Foutu Highlander…

De la même autrice :

The Campus Teacher, Addictives Poche

MARJORIE BURBAUD

Foutu Highlander…

addictives
POCHE

1

Lila

J'ai dormi d'un sommeil de plomb, mais quand je me réveille, je sais qu'il est encore très tôt. J'ouvre les yeux sur la même pénombre avec laquelle je me suis endormie. Je ne me souviens pas d'avoir fermé les yeux, et à vrai dire je ne me souviens pas de grand-chose à cet instant précis.

Pendant une brève seconde, je n'ai pas la moindre idée de ce que je fais ici. Les pièces du puzzle tremblent en se remettant en place, engourdies par l'alcool, dispersées aux quatre coins de la chambre.

Puis ma mémoire revient. Elle éclate, projetant dans ma tête les images brûlantes de la soirée, ravivant les braises incendiaires qui couvent dans mon ventre depuis que je suis entrée dans ce pub écossais et que je l'ai vu. *Lui*.

Sa démarche de félin, son regard de prédateur, son odeur enivrante, son regard à vous faire oublier la couleur du vôtre.

Mon premier réflexe est de tourner la tête vers la silhouette qui aurait dû se découper dans la nuit, près de moi.

Mais il n'y a personne.

Le drap est même bordé d'un côté, comme si la personne qui avait quitté le lit avait voulu dissimuler les traces de son passage. Je m'attends presque à voir ma fierté étalée sur l'oreiller gonflé, abandonnée là comme un mouchoir usagé.

Je me redresse, mon cœur s'emballe aussitôt. Je balaye la chambre du regard, mais il n'y a pas la moindre trace de

Nate. Seules mes affaires sont disséminées dans la pièce, comme les bribes d'un rêve auquel je me raccroche, dans l'espoir qu'il ait été vrai.

Pourquoi Nate est-il parti ?

Je n'ai pas le moindre doute quant au fait qu'il soit vraiment parti, dans le sens définitif du terme, car son côté du lit n'aurait pas été si net dans le cas contraire. Il n'aurait pas pris ce soin qui me fait l'effet d'un rire moqueur devant mon expression choquée.

La déception me mord les entrailles, la douleur s'enroule autour de mon cœur et le presse jusqu'à le faire saigner. Les mots que nous avons échangés avant de sombrer dans le sommeil me reviennent et je me demande lesquels ont été vrais et lesquels n'étaient que de purs mensonges, dans le but sans doute de m'attirer dans son lit. À ce stade, une drogue glissée dans mon verre à mon insu m'aurait fait le même effet.

Je suis figée au milieu de ce lit inconnu, dans cette chambre étrangère. Mon cœur bat dans ma gorge, contre mes tempes, dans mon ventre. Il cogne contre tout ce qu'il peut. J'ai envie de l'imiter, de me mettre à frapper contre les murs pour libérer l'amertume qui me donne la nausée.

Une heure passe. Une heure pendant laquelle je me raccroche à l'idée qu'il est peut-être sorti prendre l'air ou faire une course quelconque. Une heure où je ressemble à une femme trompée qui reste dans le déni. Sans surprise, ce n'est pas très agréable.

Mais il ne rentre pas.

« Je ne te laisserai pas être une seule nuit. » Ses mots ont désormais un goût désagréable, amer, alors qu'ils m'ont rendue terriblement heureuse hier soir.

« Demain matin, après avoir dormi un peu, on échangera nos numéros, on se confiera les détails de nos vies dont nous n'avons pas parlé ce soir. » Comment ai-je pu le croire ? Avec sa belle gueule, sa confiance en lui et son sex-appeal ?

Lorsque le soleil se lève, je fais de même. Je ne prends pas la peine de me laver, je veux juste rentrer chez moi, quitter cet endroit, faire ma valise et prendre mon avion. Je m'habille rapidement, en me rendant compte qu'il a emporté ma chemise et que je dois porter son tee-shirt. Ces vêtements que nous avons échangés comme des alliances pour sceller une union qui est morte dans l'œuf. Je ravale l'amertume qui menace de m'étrangler.

J'ouvre la porte de la chambre et tombe sur une femme d'un certain âge, les bras encombrés de serviettes propres. Quand elle me voit, son visage marqué par les ans se pare d'un sourire radieux qui me donne envie de pleurer.

– Bonjour, lance-t-elle. Je suis Avery, la gérante. Est-ce que vous avez passé une bonne nuit ? Je peux vous apporter quelque chose ?

Je m'apprête à refuser poliment, quand une question franchit brutalement la barrière de mes lèvres.

– Est-ce que Nate est déjà parti ?

Elle fronce aussitôt les sourcils, l'air de ne pas comprendre.

– Nate ? Je ne connais pas de Nate dans cette chambre, répond-elle en haussant une épaule. Je connais le nom de toutes les personnes qui séjournent ici, vous savez.

Mon estomac se noue si brutalement que je prends une brusque inspiration. La gérante le remarque et fait un pas vers moi, comme si j'allais m'écrouler.

– Qui est l'homme qui a pris cette chambre ?

– Je ne peux pas vous donner cette information, mademoiselle, répond-elle.

J'esquisse alors un sourire amer et hoche la tête.

– Merci quand même, dis-je en faisant un pas en arrière et en m'enfermant de nouveau dans la chambre.

Je m'adosse au chambranle pour reprendre mon souffle et pour me remettre les idées en place. Je me suis fait avoir, j'ai été d'une naïveté risible. Et en avoir conscience n'enlève pas la peine que je ressens profondément. Nous n'avions partagé que quelques heures, mais j'avais la sensation qu'il s'était passé quelque chose entre nous.

Quelque chose qui ne pouvait s'arrêter à une nuit.

Quelle idiote !

Je me laisse glisser au sol et m'assois un instant pour calmer les battements erratiques de mon cœur.

Quelque chose sous le lit attire soudain mon attention.

Je me précipite dessus en réalisant qu'il s'agit d'un passeport. Je l'ouvre, les doigts tremblants, et tombe sur *son* visage. Le voir me fait mal, mais ce n'est en rien comparable à ce que je ressens lorsque mon regard tombe sur son nom.

Reid Nathaniel Matthew Atlas

Il m'a menti.

Il m'a traitée sans respect ni considération. Comme si je n'étais rien à ses yeux. Ou rien tout court.

À cet instant précis, tandis que je fixe sa photo, son vrai nom et son adresse, j'ai l'intime conviction que ce n'est pas la première fois qu'il ment à une femme. Qu'il a déjà utilisé son deuxième prénom pour cacher son identité, avant de fuir en pleine nuit et de disparaître après avoir pris ce qu'il voulait.

Je repense alors au document que nous avons signé dans la chapelle, hier soir. Je tâte les poches de mon jean et sens un rectangle se dessiner sous le tissu. Je sors le document rédigé dans une langue que je ne comprends pas, mais je découvre qu'il a bel et bien signé de son vrai nom. Peut-être par inattention, peut-être pour me prouver à quel point j'ai été bête, aveugle au point de ne pas voir la vérité alors qu'il me l'avait mise sous le nez.

Quel connard !

Mon sang se met à bouillonner dans mes veines, mais il est hors de question que je donne à cet homme encore plus d'attention et d'importance, il ne le mérite pas. Je glisse son passeport dans mon petit sac, puis quitte définitivement la chambre. Quand le déclic de fermeture s'enclenche, mon cœur sombre au fond de ma poitrine.

Je remonte ce long couloir dans lequel j'ai marché pleine d'espoirs et d'excitation, hier soir. Je descends les escaliers dont j'ai apprécié le parfum, voulant graver dans ma mémoire tous ces instants inédits. C'est avec une boule dans la gorge que je me dirige vers la réception, pour une dernière tentative, une dernière bouteille jetée à la mer.

Derrière le lourd comptoir de bois sombre bordé d'une nappe en tartan se tient une jeune femme qui m'adresse un grand sourire.

– Bonjour, mademoiselle. Vous avez passé une bonne nuit ?

– Bonjour, réponds-je en évitant de m'étrangler avec ma propre salive. Est-ce que Reid Atlas a déjà payé la chambre ? ajouté-je en goûtant la saveur désagréable de son vrai nom sur ma langue.

Je lui montre le passeport, puis elle se penche vers l'écran de son ordinateur. Une partie de moi, la plus sombre, la plus douloureuse, celle qui espère, voudrait qu'il n'ait pas réglé la note… Car il y aurait une chance pour qu'il revienne dans la journée. Pour que je le retrouve.

– Il l'a payée ce matin en partant, répond-elle en relevant la tête vers moi.

Un goût de cendre envahit ma bouche, mais j'essaie de faire bonne mesure.

– Parfait, dans ce cas. Bonne journée.

Je tourne les talons avant même qu'elle ait répondu, avec l'envie de me mettre à courir.

J'aurais tellement aimé que cette nuit soit le début de quelque chose. Que tout ce que j'ai ressenti, ces émotions si fortes qu'elles ne se reproduiront sûrement jamais, ne soit qu'un début.

Mais il n'y a même pas eu de début. Ce n'était qu'une blague.

Je quitte le pub en évitant de jeter un regard à la table à laquelle nous avons passé tant de temps, puis reprends le chemin de mon propre hôtel, avec l'envie de fuir ce pays au plus vite. La honte me grignote l'estomac tandis que je foule les pavés. L'air frais du matin me picote le visage, sèche les larmes qui ont perlé mais que j'ai empêchées de couler. Je ne sais pas pourquoi je me montre aussi sensible et émotive pour une simple nuit partagée avec un homme.

Mais c'est faux. Je sais pourquoi.

Parce qu'il a suffi d'une nuit pour que j'éprouve ce que je n'avais encore jamais ressenti.

Un petit éclat d'amour.

2

Lila
Quelques heures plus tôt

Tablet.

C’est son surnom.

Je ne pouvais pas le manquer, ses amis le scandent avec rage chaque fois qu’ils sont sur le point de perdre la partie.

Un *tablet* est un dessert écossais en sucre. Et quand je regarde cet homme, je n’ai pas besoin de réfléchir bien longtemps pour comprendre pourquoi quelqu’un l’a un jour affublé d’un nom pareil.

Un homme à faire fondre sur sa langue.

Je lève ma pinte d’Innis & Gunn et me cache littéralement derrière, les yeux plantés sur le dessert en question, occupé à abattre des cartes devant son adversaire, qui semble de plus en plus démuni. Trois autres hommes les entourent, quant à eux occupés par leur boisson, comme s’ils avaient déjà une parfaite idée du gagnant.

Entre les corps qui se déplacent dans le pub, j’observe ses cheveux sombres qui bouclent sur son front, ses épaules carrées qui donnent envie de s’y accrocher. Il semble être terriblement grand, ce qui en soit est le cas de la plupart des hommes quand soi-même on mesure la modique taille d’un mètre soixante.

Un groupe de fêtards passe soudain devant lui et quand ils s’éloignent enfin je peux voir son sourire à faire pâlir d’envie Hollywood. Un sourire carnassier lourd de promesses que ses proies ne sont pas certaines de supporter. Il illumine littéralement son visage. Une barbe sombre et épaisse mange sa mâchoire et court au-dessus de sa lèvre supérieure. Je lui donnerais entre 25 et 27 ans, peut-être. Il semble avoir grandi au soleil, sa peau est brunie et la lumière tamisée du pub ne fait que l'accentuer. Le charme qu'il dégage est presque agressif, il prend ses victimes en chasse et ne leur laisse pas la moindre échappatoire. C'est le genre d'homme qui rend ivre. Quant à savoir s'il s'agit de désir ou de folie, c'est une autre question.

Il y a quelque chose chez lui qui m'a transformée en une véritable voyeuse qui ferait peur à n'importe quel être humain sensé. Moi la première.

Je bois une gorgée mousseuse, puis repose la chope et fais de nouveau semblant de m'intéresser à la décoration. Il faut dire que je n'ai pas choisi ce pub pour rien. Le typiquement écossais se trouve ici, des centaines de bouteilles de whisky entassées sur les étagères, en passant par les tables en bois brut, les nappes de tartan et les appliques rondes d'un vert criard qui diffusent une lueur chaude dans l'établissement. Le sol est recouvert d'un dallage qui devait déjà être là du temps de William Wallace, les murs sont tapissés d'affiches sur le sport et l'alcool et les barmans ont tous au moins dix centimètres d'une épaisse barbe qui tire plus ou moins sur le roux. Chaque fois que l'un d'eux croise les bras sur son torse imposant, j'ai l'impression que le sol va se mettre à trembler sous mes pieds. Une odeur de houblon, de sueur et de sucre flotte dans l'air, déjà saturé des cris des joueurs de fléchettes et de ceux qui enchaînent les shots ambrés pour ne pas avoir réussi à réciter l'alphabet à l'envers.

Ce pub se trouve dans la rue où je vis depuis une semaine, près de la cathédrale. Je suis arrivée ici avec l'idée de passer mes premières vacances en solitaire à Édimbourg. Après tant d'années à partir en vacances avec mes parents et mes amis, j'ai eu une envie de goûter à cette solitude électrisante. Pas que mes parents et mes amis soient de mauvais compagnons, bien au contraire. Mais les premiers, que j'aime de tout mon cœur et qui sont relativement envahissants si je les laisse trop faire, méritent dorénavant de profiter de leur retraite dorée. Quant aux seconds, ils sont maintenant tous en couple – concept que je regarde de loin en me demandant si c'est ma tasse de thé.

En six jours, j'ai visité la ville jusqu'à en avoir mal aux pieds, rempli ma mémoire de souvenirs de pierres brunes, de collines vertes, de kilts et de stéréotypes écossais. C'est la première fois que je sors le soir, et c'est d'ailleurs le dernier avant mon retour, demain.

Des cris s'élèvent soudain de *sa* table, et je comprends qu'il vient de remporter la partie. Ses amis l'encouragent à en commencer une nouvelle, mais il se passe tout à coup quelque chose auquel je ne m'attendais pas.

Quelque chose qui me vole mon souffle et me cloue à la banquette sur laquelle je suis assise.

Son regard se plante brutalement dans le mien.

Qu'est-ce qu'il vient de se passer, là ?

Ma peau me picote, des frissons s'enroulent autour de mes chevilles, grignotent mes jambes et remontent jusqu'à ma poitrine. J'ai envie de passer mes doigts sur mon cou, où la sensation est presque grisante.

Ses yeux s'enfoncent dans les miens et je me sens étreinte, alors même qu'il se trouve deux tables plus loin.

Est-ce que lui aussi m'observe depuis tout ce temps ?

Soudain, son index se pointe sur moi, et tous les regards convergent dans ma direction. Je sens une chaleur subite recouvrir ma peau et m'étouffer. Ses amis me font alors de grands signes pour m'inviter à les rejoindre, mais je suis partagée entre l'idée de froncer les sourcils et celle de partir en courant. J'ai visiblement été désignée comme nouvelle camarade de jeu – *désignée* étant le mot le moins rustre pour décrire la façon dont j'ai été pointée du doigt.

Je crois que mon cœur n'a jamais battu aussi vite.

Je n'ai pas la moindre idée de ce que je suis en train de faire, mais je sais que je ne peux plus rester assise. De toute façon, ils vont venir me chercher. Je prends alors une longue inspiration en sentant un stress étrange me gagner.

Ce n'est qu'un homme.

Un homme dont le regard se fraie un chemin en moi jusqu'à y planter ses griffes, sans me laisser l'occasion de les arracher.

Je me lève et, sous son regard perçant, je marche dans sa direction. Du moins, mes jambes m'y portent sans trop que je sache comment.

Ses amis m'applaudissent quand je me glisse sur la banquette en face de lui. Ils parlent un écossais épais dont je ne retiens pas un traître mot, avant de passer à l'anglais quand ils s'aperçoivent que je ne les comprends pas.

De près, je peux confirmer ce que j'ai ressenti de loin. Cet homme est à l'origine de l'expression « fondre comme neige au soleil ». Son parfum de péché se rue aussitôt sur moi.

Mon cœur bat si fort que j'ai l'impression que le pub entier peut l'entendre. Je serre fermement ma pinte pour dissimuler les légers tremblements de mes doigts. Pourquoi est-ce que je me comporte comme si j'allais passer un entretien ?

Face à lui, je suis beaucoup moins confiante que deux tables plus loin, mais il est hors de question de le montrer.

– Depuis quand est-ce qu'un homme commande une femme en la montrant du doigt ? lancé-je en buvant une gorgée de ma bière pour cacher mon trouble.

– C'est ce que tu penses que j'ai fait ? Te commander ?

Sa voix grave et sexy s'enroule autour de ma gorge.

– Tu appelles ça comment, toi ?

– Inviter silencieusement.

– C'est un oxymore, ça.

– Un oxymore qui t'a plu, puisque tu es venue.

– Un oxymore qui m'a intriguée, puisque j'ai bien voulu venir, corrigé-je.

Il arque un sourcil et un sourire arrogant étire ses lèvres.

Il ne manquait plus que ça.

– Depuis combien de temps es-tu sur le territoire écossais, Miley Cyrus ? rétorque-t-il d'une voix profonde qui me donne envie de me mordre la lèvre.

Qu'il fasse référence à la version *Hannah Montana* ou à la version *Wrecking Ball*, je le prends moyennement bien. Cela me fait penser à ceux qui répondent « elle est gentille » à la question « comment tu la trouves ? ».

Ses yeux sont un mélange saisissant entre le gris et le vert. L'ancre s'enfonce un peu plus. Son parfum flotte dans l'air, brut, suave. L'aura de cet homme est si chargée de luxure qu'il ne pourrait pas faire un pas dans une église. Toutes les croix basculeraient à l'envers.

– Une semaine, Jamie Fraser.

– Ce qui explique le fait que tu sois vierge en matière de manières de Highlanders.

Étant donné le regard arrogant qu'il pose sur moi, j'ai dans l'idée que le mot *vierge* n'est pas utilisé de manière innocente. Cet inconnu est un joueur et il me prend pour sa nouvelle proie. Intéressant.

Est-ce que j'ai l'air d'une fichue ingénue ?

– Toi, un Highlander ? Je n'ai pas lu les mêmes livres, visiblement.

– Les hommes étaient comment dans les tiens ?

– Charismatique. Sexy. Dangereux.

– Ma personnalité, donc.

Oh, j'ai l'impression que c'est tout à fait vrai.

– Tu aimerais bien.

– Ma grande, vu tes lectures, je pense avoir cerné le genre d'hommes que tu aimes.

– Les vrais ? raillé-je.

L'arc de son sourcil sombre s'accentue. Son regard clair gagne en intensité et j'y lis une émotion chaude et agréable, comme s'il adorait la tournure que prend la conversation. Il n'est pas le seul.

Autour de nous, trois paires d'yeux nous regardent, écarquillées.

– Qu'est-ce qui vient de se passer ? demande l'un des trois, avec un fort accent.

– Un coup de foudre ? essaie l'inconnu sexy, l'air ironique.

– Une tentative de drague loupée ? proposé-je.

– Je ne loupe jamais rien.

– L'occasion de te taire, ça, c'est certain.

Il hausse cette fois-ci les deux sourcils. J'ai envie de lui demander s'il a besoin que je tire dessus pour les remettre en place.

Il se tourne ensuite vers ses comparses, avec un pseudo-air supérieur.

– Mademoiselle vient d'accepter de jouer avec moi, déclare l'insolent en m'adressant un regard lourd de sens.

– Jouer signifierait que tu as une chance de l'emporter, répliqué-je.

J'ignore ce qui est en train de se passer. Je réponds du tac au tac, aussi vite que mon cœur bat, le ventre noué d'une excitation comme j'en ai rarement ressenti. C'est comme un feu qui aurait soudain pris les proportions d'un incendie. Inarrêtable. Plus chaud que les enfers eux-mêmes.

Je suis lancée, et je ne sais pas dans quoi. Mais je sais que l'inconnu en face de moi ne m'arrêtera pas. Il me poussera encore plus fort.

– Il ne me semble pas avoir entendu de question… fais-je remarquer.

Il a alors un sourire en coin qui ravive brusquement les flammes de l'incendie. Mes doigts se resserrent autour de ma chope.

– Tu joues avec moi ?

– C'est ça, ta question ?

– Est-ce que ça t'arrive d'être satisfaite ?

– Quand l'homme sait y faire, oui.

– Je le prends mal.

– Pourquoi ? Tu n'as encore rien fait.

– Tu viens d'enfoncer une porte ouverte. Tu as conscience que tu me tends une perche, là ?

On s'affronte du regard, chacun campé de son côté de la table. Comme s'il y avait une tranchée entre nous.

– Ai-je le choix de jouer avec toi ? demandé-je alors.

– Je me suis dit que tu en avais peut-être assez de me fixer et que tu voudrais te rapprocher. Du moins, c'est ce dont les femmes ont envie, généralement.

J'esquisse un sourire narquois et son regard tombe un instant sur ma bouche.

– Si tu as envie de gagner cette partie, pars du principe que je ne suis pas comme *les femmes*.

L'insolence déborde de ma réponse, mais c'est une arme que j'adore manier. Surtout quand mon adversaire considère qu'il va me faire chuter et me dominer de toute sa hauteur, la pointe de sa lame appuyée contre ma gorge.

– Quel est l'enjeu ? demande soudain l'un des trois hommes qui nous regardent comme si nous étions le spectacle le plus attrayant de la journée.

J'avais presque oublié leur présence.

– Si je gagne la partie, j'aurai toute la soirée en tête à tête avec toi, déclare l'inconnu en se penchant vers moi.

Les manches de sa chemise claire remontent sur ses avant-bras, et je dois lutter pour ne pas me passer la langue sur les lèvres. Les avant-bras ont un effet grisant sur moi. Un peu comme les Highlanders en kilt.

– C'est rustre et machiste, répliqué-je.

Je repose lentement ma bière, puis me penche à mon tour vers lui, les avant-bras appuyés sur la table. Nos regards se plantent l'un dans l'autre, et je ne sais plus qui capture l'attention de qui.

Nos genoux se heurtent. S'immobilisent. Des frissons remontent le long de mes cuisses, puis se perdent plus haut. Ma peau s'échauffe, le frottement de mes vêtements attise un peu plus l'incendie. J'ai besoin de me concentrer pour respirer calmement.

– Pour être davantage dans l'air du temps, ajouté-je, ce serait plutôt à moi de te gagner si je remporte la partie.

À cet instant précis, cet instant hors du temps qui aurait très bien pu appartenir à un rêve terriblement excitant, je comprends alors que je viens d'agiter un chiffon rouge devant un taureau qui n'attendait que ça.

3

Reid

Qu'est-ce qu'une nana pareille fait dans ce bar ?

Non pas que le bar en question soit peu recommandable, mais il est rempli d'hommes qui la regardent comme si elle était tout droit sortie d'un magazine sur le dernier défilé *Victoria's Secret*. Et elle a l'air de s'en fiche complètement. Ce qui est terriblement excitant. A-t-elle conscience de ce qu'elle dégage ? Je suis persuadé que non. Et c'est doublement plus excitant.

Je serais un gros menteur si je disais qu'elle n'avait pas accaparé toute mon attention dès l'instant où elle s'est glissée sur la banquette, deux tables plus loin face à la mienne. Seule avec sa pinte de bière, elle a observé la décoration avec un certain contentement, comme si elle était très exactement là où elle voulait être.

Puis elle m'a vu.

Je n'ai pas croisé son regard, je l'ai *senti*. Comme un souffle sur ma nuque, ce souffle que l'on ressent juste avant un baiser, celui qui hérisse la peau. Cette fille ne m'a pas touché, mais c'est tout comme. Et depuis je ne pense qu'à ça, à rien d'autre, pas même aux parties de cartes que j'enchaîne et qui servent à retarder le moment où je vais devoir quitter cet endroit pour rentrer chez moi.

Ses longs cheveux sont presque noirs, mais les lumières du pub laissent deviner des nuances chaudes. Elle a la peau pâle, des pommettes anguleuses, un nez en trompette, de grands yeux en amande d'un brun chaud, quasi orangé. Et maintenant qu'elle est face à moi, je peux voir qu'il y a une tache noire dans l'iris de son œil gauche. Ce n'est pas commun et je fais mon possible pour me concentrer sur cette petite tache et éviter de me ridiculiser en fixant ses lèvres. Ou pire, la ligne de peau que sa chemise laisse deviner. Elle a coincé le devant de sa chemise derrière le bouton de son jean, si bien que le moindre de ses mouvements tire sur le tissu. Encore plus maintenant qu'elle est penchée vers moi.

Pourquoi est-ce que j'agis comme un prépubère devant son premier porno, putain ? Cette nana est habillée et je ne vois rien qui aurait pu m'enflammer aussi facilement.

Enfin, *ça*, c'est un mensonge. Tout ce que je vois me rend fou. Parce que son charme agit sur moi comme un foutu aphrodisiaque.

Mais ça. C'était avant qu'elle ouvre la bouche.

Une Américaine perdue à Édimbourg. Une Américaine qui a la langue bien pendue et qui n'a pas la moindre idée que j'ai gagné la bataille dès l'instant où elle a quitté sa banquette pour la mienne.

Elle a voulu me voir de plus près. Elle a voulu se rapprocher. Parce que nous sommes tous les deux d'accord pour dire que nous étions trop loin.

Mais à présent, elle me regarde comme si elle avait cassé mon jouet préféré et voulait me le faire savoir. Elle ne sait vraiment pas à qui elle vient de se frotter.

Je prends alors une longue inspiration, puis me tourne vers mes potes devenus soudain un peu trop encombrants.

– Mes amis, j'ai affaire, déclaré-je, le plus sérieux du monde.

Ils éclatent soudain de rire, puis acquiescent et s'éloignent, non sans me lancer des regards entendus par-dessus leurs épaules. De vrais crétins. C'est bien pour ça que je les adore.

Je me tourne alors de nouveau vers la bombe face à moi, heureux qu'elle n'ait pas déguerpi devant toutes les insinuations et tentatives de drague douteuses que j'ai risquées depuis qu'elle s'est assise face à moi. C'est mon dernier soir ici, un soir à la saveur exceptionnelle, et que j'aimerais déguster jusqu'à la dernière goutte. Jusqu'à devoir retourner à ma vie.

Cette femme exerce sur moi une attraction terrible, mais je ne la reverrai jamais. Elle est attachée à ce soir, et sera éphémère. Tristement.

– Nate, mens-je en lui tendant la main.

Elle la serre et je sens un picotement envahir ma paume. Elle le sent aussi, car ses lèvres s'entrouvrent légèrement.

Bordel.

– Lila, répond-elle.

Sa voix est légèrement rauque, et je ne sais pas si c'est à cause de l'alcool ou du stress.

Je retire ma main, même si mon premier réflexe aurait été de tirer la sienne encore plus près. À la place, j'adopte un comportement plus civilisé et me saisis du paquet de cartes, que je mélange rapidement, avant de distribuer. Lila me regarde faire, son regard allant de mes doigts à mon visage. Elle m'observe par-dessous ses longs cils noirs, et j'ai du mal à deviner ce qu'elle pense.

– Première fois en Écosse ? demandé-je en attaquant la partie de bataille.

Elle sourcille en comprenant que je ne lui explique même pas à quoi nous allons jouer.

– Tu pars du principe que je sais jouer une bataille ?

– Tu viens de me le confirmer.

– Une personne normale m'aurait posé la question.

– Je n'ai jamais prétendu être qui que ce soit.

– Qui es-tu alors ? Si ce n'est un homme qui parle anglais sans le moindre accent, mais qui parle également écossais, et qui convoque les femmes à sa table d'un doigt.

– Je croyais que tu n'étais pas comme *les femmes* ? rétorqué-je avec un regard narquois.

– *Touché*, reconnaît-elle alors en hochant plusieurs fois la tête.

Je vois que j'ai atteint sa fierté de plein fouet, et elle le cache à moitié.

J'esquisse un sourire en coin lorsqu'elle abat ses premières cartes.

– Qu'est-ce qui t'intéresse, Hannah Montana, me faire des reproches ou me connaître ?

– Tu vas droit au but, ça me plaît, réplique-t-elle sans se démonter. J'aimerais avoir ta version du moment où ton doigt s'est pointé sur moi.

– Tu me fixais depuis une éternité, en t'imaginant sans doute que je ne l'avais pas remarqué, et j'avais envie de rendre les choses un peu plus concrètes en te faisant comprendre que je t'avais vu et que je voulais justement te voir de plus près. Et je ne convoque pas *les femmes*, tu étais libre de refuser – tu l'es toujours, d'ailleurs. Mais tu ne le feras pas, n'est-ce pas ?

– Le suspense est la clé de la séduction, mon cher, réplique-t-elle avec un regard entendu. Et cet accent, alors ? D'où vient-il ?

– Je suis américain, mais j'ai passé tous mes étés en Écosse, réponds-je. Une partie de ma famille vient d'ici, et j'ai la double nationalité. Et maintenant, c'est à toi d'être un peu plus bavarde, ajouté-je en plantant mon regard au fond du sien.

J'abats une carte et elle tressaille puis déglutit difficilement. Je l'ai prise au dépourvu.

– Timide ? raillé-je pour la provoquer.

Elle reprend contenance et sourit, puis reporte son attention sur le jeu.

– Je suis également américaine, mais c'est ma première fois en Écosse, répond-elle en jouant à son tour, les yeux baissés. Je reconnais avoir été prise en flagrant délit de voyeurisme. Mais la façon dont tu me regardes s'en approche aussi, non ? Et elle ne laisse aucun doute sur ce que tu ressens, là maintenant.

La maligne.

– Et qu'est-ce que je ressens, au juste ? rétorqué-je.

– De la crainte, parce que tu ne peux pas t'empêcher de coller tes cuisses aux miennes, chaque fois que je bouge, comme si tu avais peur que je fuie. De la curiosité, parce que tu me scrutes, tu étudies la façon dont je suis habillée, comment je réagis aux cartes que tu mets devant moi. De l'excitation, parce que tu ne cesses de te passer la langue sur les lèvres.

Elle relève innocemment les yeux et me cloue sur place. Un pieu et un marteau auraient clairement eu le même effet.

Il faut que je reprenne l'avantage, autant sur ce foutu jeu que sur la conversation. Cette nana est forte. Et elle commence à me donner envie de faire disparaître la table entre nous.

– Donc, tu as envie que je te drague ? Et tu as envie que je continue à te regarder comme ça ?

Elle arque un sourcil narquois.

– L'art et la manière de retourner la situation et faire comme si c'était moi qui voulais quelque chose. Alors qu'entre nous, s'il y a quelqu'un qui veut quelque chose ici, c'est toi.

– Et qu'est-ce que je veux, à ton avis ?

– Moi.

J'éclate alors de rire, mais réalise soudain qu'elle vient de gagner la partie. Je cesse subitement de rire et sourcille en constatant qu'elle arbore un sourire en coin satisfait très agaçant.

– Tu viens de me gagner, ma grande, constaté-je.

– Je ne sais pas encore à quoi ça correspond, mais… J'aime le danger.

Je ricane et laisse tomber mes cartes. Je me penche vers elle et elle fait de même, si bien que son parfum floral m'atteint de plein fouet. Nos cuisses se touchent toujours, et c'est le contact anodin le plus excitant que j'ai jamais ressenti.

– Qui es-tu ? demande-t-elle alors.

Je ressens soudain une pointe de culpabilité, parce que je ne lui ai pas donné mon vrai nom. Je sens qu'il est trop tard pour le lui dire, mais je peux être honnête pour tout le reste, même si on ne se reverra jamais.

– Je suis venu en vacances en Écosse pour m'inspirer des paysages écossais, réponds-je. Je suis illustrateur de romans graphiques

Son regard tombe alors sur mes doigts, comme si elle n'aurait jamais cru que j'étais un artiste.

– Tu pensais que mes doigts ne servaient pas à ça ? Tu as pensé à quelque chose en particulier ? raillé-je, insolent.

– J'ai effectivement pensé à beaucoup de choses, répond-elle sans se démonter.

Elle va avoir ma peau.

– Tu me fais du rentre-dedans ?

– Ne tire pas de conclusions hâtives.

J'ai un petit rire en lui lançant un regard lourd de sens. Elle termine alors sa pinte en me fixant par-dessus le verre. Mon corps réagit comme si elle m'avait touché, et c'est perturbant.

Je hèle un serveur pour cacher mon trouble et je nous recommande à boire.

– Et toi, que fais-tu en Écosse pour la première fois ? demandé-je.

– J'avais envie de m'aérer la tête, de partir en vacances pour la première fois seule. Voir ce dont j'étais capable, et me retrouver avec moi-même.

– Et pourquoi l'Écosse ?

– J'en ai toujours rêvé, admet-elle en haussant une épaule, comme si je venais de poser une question dont la réponse se trouve au fond d'elle-même. Je pense que ça a commencé par les paysages d'*Harry Potter*. Je suis fascinée par la culture et la nature écossaises.

– Tu as satisfait cette fascination ?

– Plus que je n'aurais pu espérer ! Je repars demain.

Quelle coïncidence...

Nous sommes donc vraiment destinés à ne passer qu'un soir ensemble, et je dois avouer que plus les minutes s'écoulent, plus ça m'embête.

– Qu'est-ce que tu fais dans la vie ?

– Je suis sur le point d'ouvrir une librairie.

Je remarque aussitôt qu'elle ne précise pas *où* elle va ouvrir cette librairie. Elle semble elle aussi éviter de donner trop de détails sur elle, sur l'endroit où elle vit. Comme si elle savait aussi que nous ne nous reverrons pas demain, et qu'il est inutile d'en dire trop. Ça me laisse un arrière-goût amer.

– Spécialisée dans la romance historique sur les Highlanders ?

Elle a un petit rire amusé qui me remue de l'intérieur.

Ce sourire. Putain.

– Le rayon romance sera sans nul doute très fourni, répond-elle.

– Contemporaine ? Érotique ?

– Nous avons un connaisseur ?

– Je travaille dans les livres, moi aussi, lui rappelé-je. Je connais le marché.

– Cet intérêt est-il seulement professionnel ? s'enquiert-elle, l'air suspicieux. Ou personnel ? Aurais-je affaire à un Don Juan ?

Je lâche un petit rire amusé, me penche vers elle et vois mon ombre la recouvrir. Elle aussi le remarque, car ses avant-bras se recouvrent soudain de frissons. La table entre nous commence sérieusement à être de trop.

– J'aime séduire, mais j'ai un penchant pour la qualité plutôt que la quantité.

– Classe, ironise-t-elle.

Je choisis de l'ignorer avec un sourire railleur.

– Si tu n'es pas Don Juan, tu es peut-être Christian Grey ?

J'arque un sourcil narquois.

– Pour le côté séducteur ou sadomasochiste ?

– Riche, raille Lila.

Je me mords la langue pour ne pas éclater de rire.

– À la recherche de ressources pour financer ta vie ? je demande avec un pseudo-air sérieux.

– Je suis toujours à l'écoute de potentiels sponsors.

Cette fois-ci, je lâche un rire bruyant.

– En tout cas, pour ce qui est du sadomasochisme, je ne juge pas ce que je n'ai jamais essayé moi-même, ajouté-je ensuite.

– Mince, soupire-t-elle, moi qui pensais apprendre des choses ce soir.

Je m'étrangle soudain avec ma bière et tousse dans ma serviette, ce qui attire brièvement l'attention sur nous.

Bordel de merde.

Lila se penche vers moi après avoir jeté des regards autour de nous, puis elle murmure, sur le ton de la confidence :

– J'aurais dû préciser que je ne parlais pas de pratique mais d'explications ?

– Tu aurais dû, confirmé-je en reposant bière et serviette.

Elle me décoche alors un clin d'œil et je sens mes entrailles se nouer. Elle déclenche une vraie tempête dans mon corps alors qu'elle me touche *seulement* avec ses genoux. J'ai du mal à me reconnaître, il est d'ailleurs possible que j'aie égaré mes bijoux de famille quelque part.

– Comment ça se fait que tu parles aussi bien l'écossais si tu ne le pratiques que l'été ? demande-t-elle.

– Je passe tous mes étés ici depuis que je suis petit, ça commence donc à faire, réponds-je. Les trois gars que tu as vus avec moi sont des amis de longue date, ils sont les enfants des voisins de mes grands-parents, qui ont toujours vécu ici.

– L'Écosse est donc une histoire de famille pour toi, constate-t-elle en buvant une gorgée de sa boisson.

Une goutte de bière s'est accrochée à sa lèvre inférieure et je dois serrer brusquement les poings pour m'empêcher de me jeter dessus comme s'il s'agissait de la dernière goutte d'eau dans le désert. Quand elle s'en aperçoit, elle suçote sa lèvre et mon corps prend ça pour une déclaration d'amour.

– Et toi, demandé-je, qu'est-ce qui compte pour toi ?

Je sens que j'effleure la limite. Celle que nous avons décidé tacitement de ne pas franchir.

La limite du lendemain. Du plus. De l'après.

– Écouter ce dont j'ai besoin, répond-elle du tac au tac, pas le moins du monde effarouchée par ma question. M'écouter, c'est pouvoir tomber quand j'ai besoin de tomber, me relever par mes propres moyens, savoir précisément où se trouvent mes limites.

– Tu sembles avoir un vrai besoin de stabilité. C'est rassurant pour toi de tout contrôler, non ?

Elle hausse une épaule. J'ai la sensation que je ne suis pas la première personne à lui dire ça. Elle le reconnaît à demi-mot.

– Un peu, avoue-t-elle. Mais c'est le schéma avec lequel j'ai grandi. Une famille stable, une sécurité financière, un soutien émotionnel.

– Donc si tu sais où se trouvent tes limites, ça signifie que tu ne les franchis jamais, n'est-ce pas ?

– Ce n'est pas ton cas ? rétorque-t-elle pour ne pas avoir à répondre franchement.

– Les limites sont des trous dans lesquels tu tombes sans outils pour en sortir, réponds-je. Ce ne sont pas des barrières qui t'empêchent de tomber, bien au contraire. Ne pas avoir de limite, c'est s'armer pour parvenir à sortir de n'importe quel trou.

Lila esquisse un sourire en coin amusé.

– Tu es blanc, je suis noir, constate-t-elle.

– Ne nous catégorise pas aussi vite.

– Tu n'aimes pas les limites ni les catégories. Tu es comme une feuille portée par le vent, alors que je suis les racines de l'arbre.

– Tu recommences, raillé-je, bien que sa métaphore soit plutôt juste.

Je me penche de nouveau vers elle et glisse mon genou

entre ses cuisses. Son regard chaud se voile soudain et je la vois déglutir. Bien, j'ai de nouveau toute son attention.

– Je suis un risque pour toi, n'est-ce pas ? Tu ne me connais pas, je ne suis rien de familier pour toi. Je surplombe le trou dans lequel tu es tombée, prêt à te tendre la main pour te tirer hors de ta limite.

– Mes pieds sont bien ancrés dans le sol. Pas sûr que tu arrives à me tirer vers le haut.

– Je suis déjà en train de te sortir de là, ma grande.

Elle déglutit de nouveau et entrouvre les lèvres, la gorge sûrement sèche. Je vois dans son regard qu'elle a envie de me croire, mais l'admettre serait comme de reconnaître que j'ai déjà cerné sa personnalité. J'ai marqué un point alors qu'elle n'a pas encore rassemblé ses cartes.

Je me penche encore et lui lance un regard par-dessous mes cils.

– Et si je posais mes doigts sur ton poignet, là maintenant, est-ce que je sentirais ton cœur battre comme un fou ? Prêt à me suivre ?

– S'il battait aussi vite que tu le prétends, tu l'entendrais forcément.

– Ma grande, c'est le bruit le plus assourdissant et excitant du bar.

– Oh, tu dis ça parce que tu ne m'as pas entendue, raille-t-elle, l'air mutin.

Sa réplique me heurte de plein fouet et j'ai envie de bondir sur elle. Est-ce qu'elle vient vraiment de dire ce que j'ai entendu ? Si oui, je crois que je vais l'épouser.

– Je ne t'ai pas *encore* entendue ? la questionné-je en arquant un sourcil qui attire son attention.

– Laissons le « pas encore » de côté pour l'instant.

J'éclate de rire. Cette nana me plaît tellement que c'en est indécent.

– Je choisis de retenir seulement le « pour l'instant ».

Nous nous balançons des mots comme des armes pendant

des heures, partageant bières et repas aussi naturellement que si nous nous connaissions depuis des années. Nous ne discutons pas assez vite, les sujets s'entremêlent, se mélangent et se chevauchent, si bien qu'il nous faut parfois faire une pause pour reprendre le fil. Je dévore chaque mot qui sort de sa bouche, et plus les heures s'écoulent plus je me demande comment je vais faire pour oublier cette fille.

J'ai tellement envie d'elle que mon corps me fait mal. Je veux tellement que cette soirée ne se termine pas que je sens une pression dans mon ventre.

Le pub se vide petit à petit et l'un des serveurs vient tout à coup nous dire qu'ils ferment dans cinq minutes. Nos regards s'accrochent alors, le silence tombe sur la table.

Hors. De. Question.

Je m'adresse en écossais au serveur que je connais, et il nous accorde quelques minutes supplémentaires le temps qu'il aille fermer la réserve, mais il ne veut pas nous voir quand il sera de retour.

– Je suppose que tu ne viens pas de lui demander la météo de demain, fait Lila, tandis que le pub se vide de ses derniers clients.

– Il pleuvra, comme tous les jours. Ce qui est intéressant en revanche, c'est de savoir si ce sera de la bruine ou des averses, et…

– Qu'est-ce que tu lui as demandé ? me coupe-t-elle, un air arrogant sur son beau visage.

Le dernier client sort. Il n'y a plus que nous et les lumières tamisées.

– Si j'ai le droit de te séquestrer ici.

– J'aime les hommes qui savent ce qu'ils veulent, raille-t-elle. Qu'est-ce qu'il a répondu ?

– Que c'était d'accord seulement s'il pouvait participer.

– Participer à quoi ?

– Je ne voudrais pas te gâcher la surprise.

– C'est glauque.

– Bienvenue en Écosse.

Lorsque je me rends compte que nous sommes bel et bien seuls dans le bar, alors qu'il était bruyant et surpeuplé quelques minutes plus tôt, je réalise que j'entends le souffle court de Lila, le frémissement de ses vêtements à chacun de ses mouvements, le passage de ses doigts dans ses cheveux. Le parfum de sa peau que les odeurs du bar ne dissimulent plus.

Il faut que je m'occupe les mains si je ne veux pas qu'elles finissent malencontreusement, et trop tôt, sur mon insupportable Américaine. Et peut-être que le pronom possessif est de trop. Du moins, c'est l'avis des deux comparses entre mes jambes.

– Je vais nous servir un dernier verre.

Je me lève et passe derrière le comptoir, et Lila me suit. Mes yeux suivent le balancement hypnotique de ses hanches, la courbe de ses reins, ses longs cheveux qui ondulent dans son dos.

Je prends deux verres, tout en gardant un œil sur elle, tandis qu'elle passe derrière le comptoir. Elle ne s'arrête que lorsque sa hanche touche mes doigts qui tiennent son verre. Je tressaille et lui jette un regard par en dessous. Ses doigts s'accrochent au rebord du plan de travail, comme si elle avait besoin de quelque chose de stable auquel s'accrocher.

– Tu as peur de tomber ? lancé-je, innocemment.

– Tu voudrais que je tombe ?

– Peut-être, pour te tirer hors de ta limite juste après.

– Pourquoi est-ce que je ne peux pas rester à ma place ?

– Ta place est un peu trop loin de moi.

– Il suffit de me demander de me rapprocher.

Nous nous affrontons du regard, jaugeant les tentatives d'attaque de l'autre.

– Je ne suis pas assez patient pour attendre de savoir si tu vas m'obéir ou non, réponds-je. Et je commence à te connaître suffisamment pour savoir que l'obéissance n'est pas une qualité chez toi.

– Ce serait trop ennuyeux.

– Ce serait aimable de ta part, pourtant.

– L'amabilité non plus n'est pas une qualité chez moi.

– Arrête de me draguer.

Lila lâche un petit rire et secoue la tête, avec un faux air exaspéré.

Je comble l'espace entre nous jusqu'à ce que mon torse effleure sa chemise, puis je scrute son regard chaud dans lequel se reflètent les lumières du pub. Ces dernières jettent des ombres sur son visage, me donnent envie de les suivre du bout des doigts.

Je trempe alors la pulpe de mon pouce dans du sucre qui sert à décorer les verres, puis le presse sur ses lèvres closes, qui s'entrouvrent à mon contact. Mes entrailles se nouent quand son souffle chaud me picote le pouce. Mon regard est rivé sur la marque que je viens de faire sur sa bouche rose, et sur le sucre qui est déjà en train de fondre.

– Il va falloir m'enlever ça… Tu en es conscient ? murmure-t-elle d'une voix rauque.

– Ce serait trop ennuyeux, je réponds avec un sourire narquois.

– Tu veux que je m'en charge ?

– J'aime les femmes qui prennent les choses en main.

Elle s'approche soudain, et je me sens comme un homme pris à son propre piège. Je la fixe, incapable de regarder ailleurs, incapable de penser à quoi que ce soit d'autre qu'à son corps qui se presse doucement contre le mien. La rondeur de ses seins rencontre mon torse, son ventre se plaque contre mon bas-ventre, et je vois à ses yeux écarquillés qu'elle vient de me sentir contre elle.

Je m'apprête à lui sortir une repartie sarcastique, mais elle fait tout à coup quelque chose qui me vole mon souffle.

Elle plaque ses lèvres contre les miennes. C'est un peu plus qu'un effleurement, un peu moins qu'un baiser. Elle colle seulement le sucre de ses lèvres sur les miennes pour s'en débarrasser.

J'ai envie de dévorer sa bouche. De la dévorer tout entière. De lui faire oublier tous les hommes qu'elle a connus avant moi et de réduire à néant ceux qui passeront après. Et le simple fait de l'imaginer avec un autre me donne envie de pousser un grognement.

Elle se recule à peine, seulement pour pouvoir m'affronter du regard. Elle me défie de répliquer.

J'enroule mes doigts autour de son cou pour caresser le pouls qui bat sous son oreille. Elle fond sous ma main et je sens sa température grimper en flèche. Sa nuque s'arque, sa lèvre inférieure, pulpeuse, se presse un peu plus contre la mienne.

– J'ai envie de goûter ce sucre, fais-je d'une voix rauque.

– Tu l'as mis là exprès, souffle-t-elle contre ma bouche. Pour trouver une excuse pour m'embrasser.

J'arque un sourcil narquois et resserre innocemment ma poigne sur sa peau. Elle enroule ses doigts autour de mon poignet, tandis que la paume de sa main vient se poser sur mon ventre, comme si elle avait de nouveau besoin de se tenir à quelque chose. Mes muscles se crispent sous elle et je la vois déglutir difficilement.

– Je n'ai besoin d'aucune excuse pour prendre ce dont j'ai envie.

– Tu le prends parce que je veux bien te le donner.

– Je le prends parce que tu m'as hurlé silencieusement de le faire.

– Encore un oxymore.

Ses lèvres effleurent les miennes à chaque mot. Et c'est ce qui me fait craquer.

Ma bouche se referme soudain sur la sienne et elle pousse un gémissement qui se perd entre nous. Ses lèvres pleines ont le goût du sucre, de l'alcool et du plaisir.

Quelque chose s'enflamme dans mon ventre.

Quelque chose s'emballe furieusement dans ma poitrine.

Je dépose mon empreinte sur sa bouche, pour qu'elle ne

m'oublie jamais. Je la savoure, pour graver chaque seconde dans ma mémoire. Elle entrouvre aussitôt les lèvres et lâche un soupir d'impatience qui meurt contre ma bouche.

Son parfum se dépose partout sur moi et j'ai la sensation qu'il va me coller à la peau jusqu'à la fin de mes putains de jours. Elle plaque son corps contre le mien, *chaque* partie de son corps, et cette fois-ci c'est moi qui laisse échapper un râle de plaisir. Elle me pousse en arrière et mon dos heurte le mur recouvert d'un velours rouge incroyablement kitch. J'empoigne sa nuque d'une main et j'enroule mon avant-bras autour de sa taille pour la soulever contre moi, alors que je ne peux pas la tenir encore plus près. C'est humainement impossible, mais mon corps hurle le contraire.

Sa langue s'enroule autour de la mienne, sa peau s'échauffe, ses cheveux se prennent dans mes doigts, elle inspire chacune de mes expirations. Ses doigts caressent mes joues rugueuses, ses pouces effleurant nos lèvres jointes.

Je vais devenir fou. *Elle* va me faire devenir fou.

– Ne t'arrête pas, souffle-t-elle entre deux baisers.

Je glisse une main dans son dos, sous sa chemise, et je sens sa peau se hérisser de frissons. Ma main libre se glisse sur sa joue et saisit son menton pour faire pivoter son visage. Je me perds dans son cou, là où son pouls bat si fort qu'il en est assourdissant.

La porte s'ouvre soudain et un juron en écossais nous parvient.

Nous nous séparons à peine pour tourner la tête vers l'intrus.

Le gérant, un vieil Écossais qui porte le kilt comme une religion, nous jauge d'un regard désapprobateur.

– Il faut se marier avant de faire *ça*, grogne-t-il en anglais avec un accent à couper au couteau.

– C'est quoi *ça* ? demande Lila, la bouche gonflée par mes baisers, les cheveux emmêlés dans mes doigts et le souffle court, l'image même de la culpabilité.

Le gérant nous désigne d'un vague geste de la main et je cache mon sourire dans les cheveux de Lila. J'inspire profondément, ma tête tourne.

– OK, mariez-nous, alors ! décrète tout à coup Lila.

Quoi ?

Je me redresse brusquement, mon regard allant de son visage amusé à celui du gérant qui arbore désormais un air satisfait. Comme s'il avait fait la seule chose de la journée qui pouvait l'envoyer directement au paradis et lui éviter un pénible voyage en enfer.

– Il y a une vieille église, derrière le pub. Je vous y emmène dès que j'ai fermé l'établissement.

Et il tourne les talons aussi sec, visiblement content de ce qu'il vient d'accomplir.

Quand le silence retombe dans la pièce, Lila tourne la tête vers moi.

– Cet homme est fou.

– J'aurais dû préciser que je ne suis pas riche, rétorqué-je avec un sourire sardonique. Je ne suis pas bon investissement financier, ma grande.

Lila sourcille, mais un sourire flotte sur ses lèvres humides.

Putain !

– Je ne veux pas me marier avec toi, *Tablet*.

– Je me sens offensé. Un peu.

Lila se mordille alors la lèvre et j'oublie soudain ma date de naissance, mon deuxième prénom et tout ce qui n'est pas en rapport avec sa bouche.

– Il va nous vendre ses légendes et ses histoires d'attrape-touristes, répond-elle. Ça ne peut que nous occuper. Après tout, je repars demain et je n'ai rien d'autre de prévu ce soir…

Oh, ma belle. Je suis *ce que tu as prévu depuis que tu as posé tes jolies fesses sur ma banquette.*

À ce stade, je suis prêt à tout accepter pour rester auprès d'elle, pour profiter des dernières heures qu'il me reste avant de rentrer chez moi.

– Je sais très bien comment se déroulent les mariages dont

il parle, ce sont de simples rituels anciens qui n'engagent personne, mais qui font partie de la culture locale et dont les touristes raffolent, soupiré-je. Un Gretna Green du XXIe siècle.

Mais je ressens une excitation tout à fait masculine à l'idée que cette femme me regarde dans les yeux, me dise qu'elle sera à moi jusqu'à la fin de ses jours, puis me laisse lui faire toutes les choses indécentes et transgressives auxquelles je pense depuis que j'ai posé les yeux sur elle.

Du moins, jusqu'à ce qu'on soit séparés.

Jusqu'à demain matin.

4

Lila

Les forêts écossaises ont ce petit quelque chose de mystique qui intrigue, mais la brume qui flotte au-dessus du sol et les ombres qui semblent se faufiler entre les arbres me font d'autant plus apprécier la présence de l'homme qui marche à côté de moi.

Nate.

Je ne comprends pas ce qui est arrivé. Ce qui *nous* est arrivé. Ça ressemble à un coup de foudre, au sens littéral du terme. Frappant, grisant, dont l'impact fait vibrer chaque os. Les yeux clos pour ressentir l'électricité passer, puis grands ouverts pour ne rien manquer du spectacle.

Je pensais qu'il n'y avait rien de niais dans notre rencontre. Mais étant donné ce que nous sommes sur le point de faire, je n'en suis plus si sûre.

Sa main serre la mienne, ses doigts sont si longs qu'ils caressent mon poignet. A-t-il conscience de l'effet qu'il a sur moi ? J'ai parfois l'impression que oui, et qu'il en joue terriblement, mais je sens aussi qu'il n'est rien d'autre que lui-même. Il est sexy, insolent, narquois, il joue avec moi sans penser que je ne suis pas à la hauteur, bien au contraire.

Son bras frôle le mien à chaque pas que nous faisons, et j'ai tellement envie de plus que j'en ai mal. Je veux m'enrouler autour de lui, replonger mes doigts dans ses boucles, tirer dessus, saisir sa bouche, le laisser s'emparer de la mienne, sentir qu'il ressent très précisément la même chose que moi.

Comment est-ce que je vais pouvoir prendre mon avion, demain ? À cette idée, mon estomac se noue et mon cœur proteste vigoureusement.

Mon cœur ? Oh, non. Pas lui. Pitié, tout sauf lui.

L'air est saturé d'humidité et d'une odeur fraîche d'herbe et de mousse. La cime des arbres est suffisamment clairsemée pour laisser apparaître la nuit piquetée d'étoiles. Là où je vis, au beau milieu des États-Unis, la pollution lumineuse ne laisse aucune place aux étoiles, qui ont comme disparu. Le ciel n'est jamais noir, la frontière entre le jour et la nuit n'a plus vraiment de sens.

Le gérant du pub, qui ressemble terriblement à un charlatan payé pour nous montrer la culture locale, marche devant nous en nous expliquant que des Highlanders se cachaient jadis dans cette forêt. Ils combattaient les Anglais – toujours eux –, qui avaient un peu trop pris leurs aises en Écosse. Le vieil homme semble ravi que nous l'ayons pris au mot et suivi jusqu'ici. Il est heureux de pouvoir nous raconter toutes ces histoires – qui sont trop bien ficelées pour ne pas avoir été préparées et déjà contées à la moitié des touristes d'Édimbourg.

Une petite chapelle se dresse tout à coup dans la nuit et nous échangeons un regard, Nate et moi. Il esquisse un sourire amusé, l'air détendu. Je sens qu'il apprécie cette balade autant que moi, ce moment de calme, cet instant irréaliste dans une soirée improbable.

La petite bâtisse est faite de grosses pierres grises, une petite croix s'élève vers le ciel et une porte imposante marque l'entrée. Le vieil homme sort alors une longue clé rouillée de sa poche, puis nous invite à entrer.

Une forte odeur de bois flotte dans l'air, mais je suis surprise de constater que l'endroit est propre et semble servir régulièrement. Deux rangées de bancs font face à un petit autel sur lequel se trouvent un registre et plusieurs cierges que le vieil homme s'empresse d'allumer. Les lieux ont quelque chose de mystique, d'irréel. C'est magnifique, et je sais que nous n'aurions jamais eu la chance de découvrir cet endroit sans le gérant du pub. J'ai alors la conviction que Nate a raison, il y a du bon à ne pas s'imposer de limites, car en temps normal je n'aurais jamais suivi deux étrangers au fond d'une forêt inconnue.

Je sens une certaine excitation m'envahir tandis que je ne peux m'empêcher d'observer le moindre recoin de cette chapelle perdue au milieu de nulle part.

Une femme d'un certain âge entre soudain dans la chapelle en nous saluant en gaélique, avant de rejoindre le gérant.

– Son épouse, m'apprend Nate.

– Nos deux témoins, donc, ricané-je. Et pourquoi tout le monde part-il du principe qu'on comprend le gaélique ?

– Tu es dans leur pays, à leurs yeux ça justifie tout.

Du coin de l'œil, j'observe les deux Écossais s'affairer autour de l'autel.

– J'ai l'impression que j'aurais dû boire quelque chose de plus fort que la bière, me glisse Nate en resserrant ses doigts autour des miens.

– Je suis surtout inquiète du sérieux avec lequel ils prennent la situation, fais-je en désignant nos hôtes d'un signe de tête.

– Ce sont des Écossais pure souche, ils adorent cette soirée. Ils ont enfin trouvé des touristes suffisamment idiots pour le suivre et écouter toutes leurs histoires.

Le vieil homme se dirige ensuite vers nous et nous explique l'histoire de cette chapelle, qui était déjà là bien des siècles plus tôt. Nous l'écoutons, assis sur un vieux banc. Plus les minutes passent et plus je me demande ce que nous faisons là.

Nate me donne alors un coup de coude et sort une flasque de la poche de sa veste. Il en boit une longue gorgée, puis me la tend. L'alcool enflamme ma gorge, mais alanguit aussitôt mes muscles. Je me laisse aller contre Nate, qui m'entoure de ses bras, le menton posé sur le sommet de ma tête. Nous continuons à écouter les histoires de fantômes, de princesse kidnappée et de guerriers farouches en vidant la flasque, si bien que lorsque le vieil homme se tourne vers nous, l'air soudain plus sérieux, nous sommes un peu éméchés.

Un peu ?

La main sur une bible, il commence alors un discours en gaélique qui me fait sursauter. J'entends Nate ricaner puis se redresser.

– Tu comprends quelque chose ? lui demandé-je dans un souffle.

– Je crois qu'on est en train de se marier.

– Ah. C'est utile de le savoir.

Puis j'ajoute :

– Cette soirée n'a pas de sens.

Nous échangeons un regard, puis Nate se penche vers moi et fond sur ma bouche. Nous entendons le vieil homme s'exclamer, mais nous en avons tout à coup assez de cette visite touristique. La seule chose dont j'ai besoin, là maintenant, c'est l'homme auquel je m'accroche comme s'il allait s'évaporer d'un instant à l'autre.

Le vieil homme continue à s'insurger, puis donne une tape sur l'épaule de Nate. Nous nous séparons et lui lançons un regard sombre.

Il nous montre un registre qui semblait déjà là au siècle dernier et un porte-plume comme seuls les musées en possèdent encore. Il continue à parler en gaélique, si bien que Nate perd subitement patience, attrape le fichu registre et la copie, et me les tend. J'y inscris mon nom, puis signe. Je ne sais pas si j'y suis vraiment parvenue, étant donné l'alcool que j'ai bu, mais je laisse échapper un rire nerveux au moment où Nate signe à son tour et où le vieil Écossais nous félicite en anglais.

– Maintenant, nous avons quelque chose à fêter, me susurre Nate à l'oreille, et je sens ma peau se recouvrir de frissons.

Il me tire vers la sortie, mais le vieil homme me retient un instant et me tend la copie que nous venons de signer. Je la glisse rapidement dans la poche de ma veste et suis Nate dehors, non sans un dernier regard à cet individu incongru qui nous a sûrement permis de passer les moments les plus étranges de notre vie.

Un couple attend devant l'entrée de la chapelle, et j'ai bien l'impression qu'il s'agit de futurs mariés. J'espère qu'ils sont plus sobres que nous. En tout cas, ils ont l'air davantage conscients de ce qu'ils s'apprêtent à faire.

Nous retournons vers le pub, mais je tire tout à coup Nate par la main pour l'arrêter. Il se tourne vers moi, une question dans les yeux. La lumière de la lune fait briller son regard et crée des ombres sur son visage. Il est terriblement beau.

– Il nous faut des alliances, décrété-je avec un sourire arqué.

Nate lâche un rire amusé, puis tâte ses poches, en quête de quelque chose qui pourrait faire l'affaire. Je ressens des crépitements au creux de mon ventre en le voyant se prêter au jeu, à nourrir cette soirée au goût d'interdit et d'inédit. Une brise agite ses cheveux, et j'ai très envie d'y passer mes doigts.

Après quelques instants, il devient évident que nous n'avons rien à échanger. Nos regards s'accrochent alors et je sais que, à cet instant précis, nous avons clairement la même idée.

J'ôte ma veste la première, puis défais les boutons de ma chemise sous son regard soudain brûlant. Je vois sa pomme d'Adam tressauter. Il s'humidifie les lèvres et une chaleur incendiaire embrase mes veines. Je me retrouve en soutien-gorge au fin fond de l'Écosse, et mon instinct n'a rien à y redire.

Nate fait de même et enlève son tee-shirt, me dévoilant un torse bronzé sur lequel des poils sombres s'étendent, ainsi que des tatouages que je n'aurais pas soupçonnés. Nous nous échangeons nos vêtements dans un silence seulement troublé par les bruits de la forêt et de nos cœurs qui battent à tout rompre. J'ai la sensation d'être incapable de lâcher cet homme du regard. Et de ne le vouloir pour rien au monde.

La chaleur de son corps imprègne le tissu et se dépose sur ma peau. Son odeur me recouvre et je sens les liens qui me retiennent à la raison s'effilocher un peu plus chaque seconde.

Nate enfile difficilement ma chemise avec un sourire en coin amusé. Le tissu craque, proteste, et ce malgré le fait qu'elle soit *oversize*.

– Je suppose que c'est le moment d'embrasser la mariée ?

– Je suppose que tu es déjà en retard pour ça.

Il s'empare alors de mes lèvres, dans un baiser qui aurait horrifié le vieil Écossais et qui me donne la sensation de me liquéfier. Mais Nate me lâche avant que j'aie pu en profiter, puis s'empare de ma main et m'entraîne de nouveau vers le pub. Il entre par une porte à l'arrière du bâtiment, dont il a la clé, en m'informant qu'il loue une chambre à l'étage. Nous montons les marches de l'escalier en bois d'un pas rapide, presque fébrile, impatients de nous retrouver seuls, de fermer enfin une porte entre nous et le reste du monde.

Une forte odeur de cire se dégage de l'escalier et les parfums de la cuisine nous parviennent, mélange d'ail frais et de viande rôtie. Des éclats de voix venant de la salle où nous avons passé des heures s'élèvent, les serveurs s'affairent à ranger et à nettoyer avant de rentrer chez eux.

L'étage du pub se compose d'un long couloir avec des portes en bois sculpté en enfilade. La décoration est plus vieillotte que dans le pub, comme si nous entrions finalement dans la vraie culture écossaise, loin des décorations attrape-touristes. Le parquet craque sous nos pieds, les cadres représentant des paysages des Highlands se succèdent aux murs tapissés et des voix se font entendre derrière certaines portes closes.

Nate s'arrête devant l'une d'elles et introduit la clé dans la serrure sans me lâcher la main. Je sens sa peau brûlante contre la mienne. Ses gestes rapides trahissent une impatience que je partage, si bien que je me demande comment il est possible que sa bouche ne soit pas déjà sur la mienne. Mon cœur bat si fort qu'il emplit le silence du couloir, se répercute contre les murs, à tel point que j'entends à peine le déclic d'ouverture et Nate pousser la porte pour entrer.

Il ne prend même pas la peine de fermer la porte derrière nous. Il saisit soudainement mon visage d'une main, écrase ses lèvres contre les miennes et plaque mon dos contre le battant, qui se referme dans un cliquetis métallique. Il est obligé de se plier en deux pour m'embrasser et le voir s'imposer ainsi à moi fait éclater quelque chose dans mon bas-ventre. Il dégage une aura de force, de désir et de sensualité qui m'étourdit. Il prend ce qu'il veut prendre, non sans s'assurer que je réponds à chacun de ses baisers, me laissant l'occasion de le goûter autant qu'il me dévore.

Je n'ai jamais connu un homme aussi passionné, qui embrasse comme il ferait l'amour. Chaque caresse équivaut à un coup de bassin. Chaque morsure à un orgasme qui monte, doucement, chaque seconde plus intense que la précédente.

Nos vestes tombent au sol, je retire son tee-shirt, lui enlève ma chemise, puis je me jette sur lui. Il m'entoure de ses bras, me soulève, me plaque de nouveau contre la porte. Les moulures en bois mordent ma peau, la poignée agresse mes côtes, mais je ne veux être nulle part ailleurs que contre ce fichu battant.

Nate passe une main derrière moi en couvrant mon cou de baisers, dégrafe mon soutien-gorge, le glisse dans la poche de son jean, qu'il fait tomber sur ses hanches. Je l'aide avec mes talons, puis crochète l'élastique de son caleçon avec mes pouces et l'incite à le faire descendre lui aussi.

Il est nu contre moi.

Cette fois-ci, c'est moi qui saisis son visage pour rompre notre baiser et pouvoir le regarder. Son souffle haché se mélange au mien, ses paupières sont lourdes, ses yeux brillants de luxure, ses lèvres mouillées par mes baisers, sa peau porte les traces de la mienne, il est l'exemple même de l'indécence. La pièce est plongée dans les ténèbres, mais la fenêtre qui surplombe le lit laisse entrer la lumière chaude d'un lampadaire. Je peux voir ses traits baignés de ténèbres, la sensualité qui se dégage de lui et qui me donne envie de me donner corps et âme.

– Tu es belle, souffle-t-il contre ma bouche, tellement belle !

Il a gardé un bras autour de mes hanches, et les doigts qui agrippent fermement l'une de mes fesses se resserrent un peu plus, m'arrachant un gémissement.

– Je te veux, je lâche dans un murmure rauque. Maintenant.

– Où est donc passée cette retenue insupportable ? raille-t-il d'une voix rauque, la bouche contre la mienne, les yeux au fond des miens.

– Tu l'as écrasée quand tu m'as fait signe de venir te rejoindre à ta table.

– Si vite ?

– Pas assez, je corrige.

Nate lâche un grognement, puis me fait glisser contre lui pour se pencher et récupérer son portefeuille, dont il sort un préservatif. J'en profite pour retirer mon jean, mais quand je veux faire de même avec ma culotte. Il saisit mes mains, les bloque dans mon dos, me soulève et pivote avant de me laisser soudainement tomber sur le matelas. Je lâche un hoquet de surprise qu'il étouffe en m'embrassant.

Il me retire alors ma culotte avec une lenteur qui m'arrache un gémissement frustré. Il libère ma bouche et son poids descend vers mes jambes.

– À quoi tu joues ? fais-je, le souffle court.

– À toi, rétorque-t-il en me lançant un regard par-dessous ses cils.

Le voir ainsi, sur moi, déclenche un frisson qui remonte le long de mes jambes, s'enroule autour de mes cuisses, puis vient s'échouer entre elles, là où Nate enfouit son visage, ma culotte roulée en boule dans son poing.

– J'ai envie de faire ça depuis des heures, souffle-t-il.

– Tu es d'une patience remarquable.

Il m'embrasse une première fois, m'arrachant un râle de plaisir, puis une deuxième fois, continuant ainsi à me torturer jusqu'à ce que je décrète que j'en veux plus. Tout de suite. Il doit sentir mon empressement, car sa langue s'enroule autour de mon clitoris comme s'il lui appartenait Ma tête me tourne tandis qu'il mime l'acte sexuel avec sa bouche, appliquant une pression plus forte lorsque ses doigts entrent en action. Mes hanches vont à sa rencontre, cherchent à accentuer la pression à l'intérieur de moi. Des frissons prennent racine là où se trouve sa bouche, puis remontent une ligne imaginaire jusqu'à mon nombril, puis plus haut. Il me titille, fait monter la chaleur puis ralentit, comme pour me provoquer. Il joue et je manque jouir chaque fois qu'il décide de changer les règles.

– Viens là… supplié-je.

– Sinon ? réplique-t-il.

Nos regards se croisent. Je le grave, lui, sur ma rétine, pour conserver cette vision pour toujours.

– Je n'arrive pas à réfléchir quand ta bouche est à un centimètre de mon clitoris.

Il éclate de rire et l'écho vibre entre mes jambes, me poussant à glisser finalement mes doigts dans ses boucles pour l'inciter à continuer et il s'exécute en continuant à rire, avant de s'échapper pour se dresser au-dessus de moi.

– Je n'arrive pas à obéir quand…

Mais je le coupe en enroulant mes doigts autour de lui.

– Putain, termine-t-il à la place.

– Où est donc passée cette maîtrise insupportable ? demandé-je, arrogante.

Il sourit quand il réalise que je viens de réutiliser sa question, puis son front se plisse et tous ses muscles se contractent quand je fais coulisser mes doigts sur toute sa longueur.

– J'ai menti, répond-il d'une voix rauque, comme s'il souffrait.

– Menti ?

– J'ai fait comme si j'étais capable de te résister.

Nos regards aimantés se troublent alors et je sens que mes dernières résistances viennent de lâcher.

Je prends le préservatif qu'il tenait fermement dans son poing pour le dérouler sur lui. À peine ai-je terminé qu'il relève mes genoux pour y glisser ses bras, puis plonge son regard dans le mien dans une interrogation muette, comme pour me laisser une ultime porte de sortie. Mais c'est bien la dernière chose dont j'ai envie, si bien que le « oui » qui franchit mes lèvres a tout l'air d'une supplique.

Il s'enfonce en moi sans prévenir. M'arrachant un soupir de plaisir. Me volant mon souffle. Saisissant mon corps et mon cœur à pleines mains. Me faisant oublier jusqu'à mon propre nom.

Nos hanches se heurtent et Nate saisit les miennes pour y imprimer son propre rythme, mais je me soustrais à sa poigne en le faisant basculer sur le dos. Il frémit quand je glisse mes doigts entre les siens et maintiens ses mains de chaque côté de sa tête pour jouer avec lui. Mais il ne me laisse pas le contrôle, il soulève les fesses pour venir à ma rencontre chaque fois que je descends sur lui. Je me penche en ondulant, sentant une chaleur incendiaire se répandre dans mes veines tandis que nos langues se retrouvent.

– Tu as fini de jouer ? me lance-t-il, insolent. Est-ce qu'on peut passer aux choses sérieuses ?

J'ouvre grand la bouche, offusquée, mais il éclate de rire et m'embrasse pour m'empêcher de rétorquer.

Il se libère aisément de mes mains et ses bras s'enroulent autour de moi sans prévenir. L'instant d'après, mon dos heurte le matelas et je ne maîtrise plus rien. Sa bouche ne lâche pas la mienne, ses doigts saisissent mes fesses pour me maintenir en place tandis qu'il accélère le rythme. Ma peau se hérisse de chair de poule, mes dents entaillent ses lèvres, le bruit de nos deux corps l'un contre l'autre est assourdissant.

L'intensité de l'instant m'étreint si fort que j'ai du mal à croire que c'est réel. Que les sensations grisantes et puissantes que j'éprouve sont réelles. C'est trop beau, trop bon, pour être vrai.

Nate m'embrasse en réponse à mes morsures, accélère un peu plus chaque fois que mes mouvements se font plus rapides, plus empressés. Nos peaux glissent l'une contre l'autre, nos parfums se mélangent, j'ai du mal à savoir où se termine mon corps et où commence le sien.

Puis tout explose. Moi. Lui.

Le monde vacille. Sort de ton axe. Chute.

Je ne le rattrape pas. Il ne le fait pas non plus. Nous nous laissons tomber ensemble, jusqu'à comprendre qu'il n'y a rien pour amortir le choc.

Quand j'ai la sensation de revenir à moi-même, le calme qui règne dans la chambre fait ralentir les battements fous de mon cœur. Ou peut-être qu'il s'agit de ceux de Nate, qui vient de glisser sur le côté, les bras autour de moi, le nez contre ma tempe. Son souffle balaye mes cheveux, et, étrangement, c'est l'une des sensations les plus agréables que j'aie jamais ressenties.

Les ombres de la forêt s'impriment sur le plafond de la chambre, comme des ombres chinoises d'un autre genre. Je reprends doucement ma respiration, redescends sur terre, puis tourne la tête vers Nate jusqu'à ce que mon nez touche le sien. Il a les yeux fermés, mais caresse la pointe de mon nez avec la sienne.

– C'était fort, dit-il dans un souffle rauque.

– Fort, répété-je pour goûter la saveur de ce mot sur ma langue.

– Intense, renchérit-il.

– Tempétueux.

Je le vois esquisser un sourire et ses yeux, moitié gris

moitié vert, retrouvent les miens. Je souris à mon tour et la douceur de ce moment s'agrippe à mon cœur.

– Explosif, suggère-t-il.

– Inoubliable ?

– Inoubliable.

Je lui rends son sourire, mais je sens déjà que tout retombe, que le couperet du lendemain est en train de s'abattre sur nous. Nate pense à la même chose que moi, car je vois son regard se voiler.

– Je ne te laisserai pas être une seule nuit, dit-il soudain, plus sérieux.

– Comment ?

– Demain matin, après avoir dormi un peu, on échangera nos numéros, on se confiera les détails de nos vies dont nous n'avons pas parlé ce soir.

– Ce serait la moindre des choses, étant donné qu'on est mariés.

Nate lâche un rire rauque qui fait s'envoler ces foutus papillons.

– C'était donc une nuit de noces ?

– Oh que oui, réponds-je. Une véritable réussite.

– Je transmettrai nos remerciements au gérant du pub.

J'acquiesce, puis me perds de nouveau dans ses yeux. J'ai envie que cet instant dure une éternité, que le temps s'enraille et se fige.

– J'ai envie de te dire quelque chose… murmuré-je alors en sentant mon cœur se serrer brusquement, si fort que c'en est douloureux, si longtemps que je sais qu'il ne se desserrera jamais.

– Ne le dis pas, répond-il alors, le regard assombri par le désir, les lèvres encore humides de nos baisers.

– Pourquoi ? lancé-je sur un ton de défi.

– Parce que j'ai envie de te dire la même chose. Mais je viens de découvrir une limite. La seule que je me dois de ne pas franchir.

– J'étais certaine que nous en trouverions une cette nuit, réponds-je avec un sourire en coin. Que toi aussi, tu en avais une.

– C'est parce que cette limite porte ton nom.

Mon cœur explose soudain dans ma poitrine. Je regarde alors cet homme, je le regarde vraiment, et à cet instant précis je sais que je ne l'oublierai jamais. Ce n'est même pas une question de ne plus en être capable, c'est plus profond. On ne se connaît que depuis quelques heures, mais c'est comme si ça faisait des années.

Car le simple fait qu'il existe m'empêchera de regarder un autre homme que lui.

Et si j'avais su que, quelques heures plus tard, il ne laisserait dans cette chambre qu'un souvenir enrobé d'alcool et de son odeur, j'aurais choisi la prudence. J'aurais enroulé mon cœur dans une carapace en l'empêchant de s'en approcher, puis je l'aurais frappé avec jusqu'à me sentir mieux.

Car me sentir bien, ce n'est plus quelque chose que j'ai éprouvé les jours suivants. Ni ceux d'après. Et encore moins ceux qui ont suivi.

J'avais pensé que mon retour chez moi, à Denver, dans mon pays, dans ma vie, allait me faire oublier mon dernier soir en Écosse. J'avais pensé finir par en rire, lever les yeux au ciel et soupirer après tous les connards qui encombrent cette Terre. J'aurais finalement laissé échapper un rire sans joie à l'idée d'être entrée dans le groupe des filles utilisées comme des objets, puis je serais passée à autre chose.

Mais ce n'est pas le cas.

Un mois plus tard, j'étais toujours dans le même état. Pire, je ressentais une douleur intérieure, lancinante, mais que je sentais enfler de jour en jour. J'ai d'abord pensé qu'elle n'était que dans ma tête, comme un contrecoup du choc que j'ai ressenti quelques semaines auparavant. Un symptôme de stress post-traumatique d'un nouveau genre. Puis j'ai fini par comprendre qu'elle était réelle.

Que quelque chose clochait.

C'est plus de deux mois plus tard que l'enfer a commencé à se déchaîner à l'intérieur de moi. Si j'avais su. Si je n'avais pas rencontré cet homme. Si j'avais choisi un autre pub. Si j'avais réagi plus tôt.

Si.

5

Lila
Deux ans plus tard

Reid Atlas

Son nom se découpe sur la boîte aux lettres des Nielsen, le couple qui habite en dessous de mon appartement. Du moins, *habitait* serait plus juste étant donné que leur nom vient d'être remplacé.

Mon cœur s'emballe, bat dans ma gorge, contre mes tempes.

Mes mains deviennent moites.

Des sueurs glacées envahissent mon dos.

Je recule, comme si j'étais face à mon pire cauchemar, jusqu'à heurter le miroir de l'entrée de l'immeuble, puis me laisse glisser au sol, le regard braqué sur *son* nom.

Deux ans qu'il a disparu de ma vie. Deux ans que je me fais violence pour le sortir définitivement de mes pensées, l'homme qui m'a pris tout ce que j'avais en une seule nuit. Dire que j'ai eu envie de le contacter – car j'étais la seule de nous deux à connaître l'identité de l'autre – est loin de la vérité. La vérité, c'est que j'ai dû lutter contre des démons tellement plus robustes que moi et qui me hurlaient de lancer un tueur à gage à sa poursuite. Et ceci n'est qu'un exemple parmi tant d'autres de ce que j'ai pu imaginer.

J'ignore combien de temps je reste ici, assise sur le sol à la propreté douteuse du hall de mon immeuble – qui est aussi *le sien*, maintenant.

Comment est-ce possible ? Son passeport indiquait qu'il vivait à l'autre bout du pays. C'est impossible que ce genre de coïncidence existe. Improbable. Ça ne se produit pas dans la réalité, ça n'existe que dans ce genre de films qui font lever les yeux au ciel.

Comme si je pensais que mon esprit m'avait joué un mauvais tour, je me relève et vais vérifier de plus près. Mais c'est toujours son nom que je lis.

A-t-il des homonymes ? J'espère qu'il en a.

Je me raccroche avec férocité à cette hypothèse et marche vivement jusqu'à mon appartement, au dernier étage. Je monte les quatre étages sans perdre de temps à attendre l'ascenseur, si bien que lorsque j'enfonce ma clé dans la serrure je suis à bout de souffle. J'entre, claque la porte et rejoins la table qui me sert autant de bureau que de table à manger. J'ouvre mon ordinateur portable et tape son nom dans mon moteur de recherche.

Je ne peux m'empêcher de laisser mon doigt hésiter au-dessus de la touche *entrée*, car j'ai eu envie de faire ça pendant si longtemps que je n'arrive pas à croire que je suis réellement en train de céder.

J'appuie sur la touche.

Les liens défilent, des photos de lui éclatent sur mon écran. Son regard se braque sur moi, et pendant une brève seconde, j'ai l'impression d'être de nouveau dans ce pub, à Édimbourg. Ma gorge se noue, quelque chose se serre dans mon ventre.

J'ai l'impression de recevoir une bombe. Brutale. Inévitable.

Ses cheveux bruns sont plus longs et bouclent en tous sens, il fait plus « adulte », plus dur. Sa peau est bronzée, ce qui fait davantage ressortir ses yeux à la couleur indéfinissable, un mélange saisissant de bleu et de gris. Sa barbe sombre est épaisse, plus épaisse qu'il y a deux ans. Ses sourcils semblent froncés sur chacune de ses photos, comme s'il était constamment en colère… Alors que s'il y a bien quelqu'un qui devrait être en colère ici, c'est moi. Il a aujourd'hui 27 ans, un an de plus que moi. Je l'ignorais, à l'époque.

Enfin, *à l'époque*, j'ignorais tout de lui.

J'ai l'impression d'être une ex qui retombe soudain sur le profil de son ancien grand amour, comme si j'avais mis un pied dans sa vie et que je l'observais par un trou dans le mur. Mon cœur bat fort. Trop fort. Ça fait mal. Il se souvient sans doute de *Nate* et de ce qu'il a ressenti pour lui à l'époque. Quel idiot !

Je découvre que *M. Atlas* a hérité de la galerie d'art de ses parents, d'où le fait qu'il ait débarqué dans *ma* ville. Cette galerie est la plus influente de la côte, ce qui explique tous les articles spécialisés sur lui, mais pas qu'il ait choisi d'habiter dans mon immeuble. On ne peut pas dire que ce soit du grand standing, même si c'est un quartier agréable et que la résidence est bien entretenue. Toujours est-il que je remarque qu'il n'exerce plus le métier dont il m'avait parlé deux ans auparavant, illustrateur de romans graphiques. Je découvre certains des ouvrages sur lesquels il a travaillé, et je dois admettre qu'il était vraiment doué.

Mais ce n'est pas le sujet.

Le sujet, c'est le fait qu'un Reid Atlas a bel et bien emménagé dans cette ville et qu'il est donc fort probable que ce soit le même qui ait emménagé dans l'appartement sous le mien.

Un goût de cendre envahit ma bouche quand je réalise que les pulsations que je ressens dans mon ventre ne sont autres que de l'excitation. Parce que mon corps se souvient du sien. Parce qu'il ne l'a jamais oublié.

Et soudain, avec la brutalité d'un coup de canon, je réalise qu'il est peut-être là, en ce moment même. Sous moi. Si près.

Il me faut une seconde pour me remettre de ce constat terrifiant… À tel point que je dois me concentrer sur ma respiration pour ne pas laisser la panique me submerger. Deux ans que je pense à cet homme, sans la moindre positivité, bien au contraire. Deux ans que j'ai imaginé un milliard de scénarii dans lesquels je tombais sur lui par hasard et lui faisais payer ce qu'il m'a fait. Une si longue période à regretter de l'avoir rencontré. Il m'a profondément meurtrie, et il n'en a pas la moindre fichue idée.

Je reprends mes esprits, mais c'est seulement de courte durée… Car soudain, un mauvais pressentiment me saisit à la gorge. Je le sens se resserrer et me priver d'air petit à petit.

Hier, j'ai été contactée par un agent littéraire voulant faire appel à mes services d'éditrice indépendante pour un roman graphique. Le contrat est extrêmement bien rémunéré, une aubaine pour moi qui ai profondément besoin d'argent en ce moment, si bien que j'ai accepté avec pour seuls détails le nombre de caractères du livre et le pseudonyme de l'auteur.

Le problème, c'est que, il y a deux ans, Reid Atlas m'avait dit être illustrateur de romans graphiques.

Prise d'une panique comme j'en ai rarement ressenti, je tape dans la barre de recherche le pseudonyme de l'auteur que l'agente m'a communiqué et me confronte avec la réalité.

Le visage de Reid apparaît de nouveau.

Le silence se fait soudain autour et à l'intérieur de moi.

J'aurais dû me douter que le destin ne viendrait pas seul et qu'il ramènerait avec lui ses potes le karma et la poisse.

Je me remémore ma conversation téléphonique avec l'agente, je tente de retrouver des détails qui m'auraient échappé sur le projet en question, en vain. Elle a été brève, préférant laisser à l'auteur le soin de m'expliquer ses idées lors d'un entretien prévu demain.

Un entretien. Demain. Avec Reid Atlas.

Putain.

Mon cerveau se met alors à fonctionner à toute allure. Si le rendez-vous n'a pas été annulé, est-ce que ça signifie que Reid ne sait pas qui je suis ? Qu'il n'a pas cherché à savoir qui se cachait derrière mon nom ? Parce que la vérité est qu'il n'a jamais su mon nom complet, il n'avait aucune information lui permettant de remonter jusqu'à moi. Contrairement à moi.

Cependant, ce n'est pas la pire hypothèse. Et si, au contraire, il savait précisément qui il allait rencontre demain ? Et s'il en avait envie ? Sans la moindre idée que je compte le démolir sur place pour ce qu'il m'a fait ?

Je prends une profonde inspiration pour me calmer et garder la panique à distance autant que possible.

Je suis éditrice parce que je n'ai pas eu le choix, j'ai dû me rabattre sur un autre métier du livre. Mes études me le permettaient, si bien que l'édition est apparue comme une solution. Il m'a fallu un boulot alimentaire le jour où j'ai perdu toutes les économies que j'avais pour ouvrir la librairie de mes rêves. Rêve qui est tombé à l'eau, comme beaucoup de choses ces deux dernières années. J'ai dû revendre le fonds de commerce, jeter mes ambitions à la poubelle. Ce qu'il me reste depuis, c'est mon amertume.

Je me mordille l'ongle du pouce et m'oblige à détourner les yeux de l'homme qui envahit mon écran. Mon regard balaye les murs blancs de mon appartement, sur lesquels sont accrochés des tableaux de différentes textures et couleurs qui représentent des paysages du monde entier. Mon salon, ma salle à manger et ma cuisine ne sont qu'une seule et unique pièce, au bout de laquelle trois fenêtres donnent sur le parc de la résidence. Près de la cuisine se trouve un couloir menant à ma chambre, au petit dressing et à la salle de bains. Je prends une longue inspiration, m'imprègne de tous ces éléments familiers, mais le fait qu'*il* se trouve peut-être dans le même bâtiment que moi me donne la sensation de ne plus être chez moi.

Pour m'occuper l'esprit, je scrolle Instagram, trouve le dernier restaurant à la mode et me commande à manger – étant donné que je n'ai pas grand monde avec qui aller manger, moi la casanière par excellence. En attendant le livreur, je reprends mes recherches sur *M. Atlas*.

Les minutes défilent, mais mon esprit ne cesse de revenir sur l'entretien prévu demain dans l'agence littéraire. Est-ce que j'ai envie de jouer les intrépides, les suicidaires ? Me prendre au jeu de la négativité et me venger ? Je n'ai rien à perdre, j'ai déjà perdu ce qui avait de l'importance.

Je veux qu'il sache que j'existe toujours. Que son comportement de connard arrogant a eu des conséquences. Comme le soir où je l'ai observé à son insu pendant des heures, dans ce vieux pub écossais, je me donne l'impression d'être une vraie folle.

Mais je n'en ai strictement rien à faire. Le destin a poussé Reid Nathaniel Matthew Atlas dans le même bâtiment que moi, et je crois bien qu'il va falloir que je l'affronte, à grand renfort de haka, de peintures de guerre, de bombe au poivre et de gilet pare-balles. Et peut-être une ordonnance restrictive de secours.

6

Reid

– Je pense que tu devrais trouver un gestionnaire pour la galerie, déclare soudain Leonora en me tendant une assiette, que je me charge d'essuyer.

Je lui lance un regard en coin. Elle arbore une mine convaincue, le regard affûté et les sourcils haussés, comme si j'étais un idiot qui n'avait que de mauvaises idées. Elle n'a pas tout à fait tort. Cette nana complètement cinglée n'est pas mon amie pour rien.

Mais là tout de suite, elle ressemble à McGonagall sur le point de me reprocher mon verre à pied recouvert de poils et assorti d'une queue-de-rat.

Les lumières de ma cuisine font briller sa peau sombre et s'accrochent aux brillants qui pendent à ses oreilles. Elle est sur son trente-et-un, comme d'habitude. Leo serait prête à recevoir le président un dimanche soir.

– Hors de question, réponds-je en lui lançant un regard lourd de sens.

– Pourquoi ? s'énerve-t-elle en dégageant sa longue tresse de son épaule. Parce que c'est la dernière chose qu'il te reste de ta famille ?

C'est ce qui s'appelle mettre les pieds dans le plat. Avec motivation.

Cette fois-ci, je lâche un grognement agacé. Si cette question était sortie d'une autre bouche que celle de Leonora, je crois que j'aurais vu rouge. Enfin, non pas que je sois totalement zen, là tout de suite… Mais j'essaie d'ignorer les émotions brutes qui se ruent soudain sur moi. Le yoga et la méditation n'ont jamais porté leurs fruits, je suis aussi souple qu'un centenaire et aussi patient que Poutine devant une campagne électorale.

– Ne joue pas les psys.

– Fais ce qui te rend heureux, Reid, pas ce que tu penses être juste. Dessine. Écris des scénarii.

Elle me tend la dernière assiette, puis appuie un poing contre sa hanche, dans une attitude que je connais par cœur. Mais hors de question que je rentre dans son jeu de maîtresse d'école à une heure pareille, je n'ai pas besoin qu'on me fasse la morale. Un dimanche soir, qui plus est. Je préférerais encore devoir descendre les poubelles en caleçon et croiser Jack Torrance en pleine cuite.

– Je compte m'y remettre, et tu le sais. C'est bien pour ça que j'ai demandé le soutien d'une éditrice à mon agente, ça me permettra de me concentrer uniquement sur le scénario et les dessins, et d'avoir un œil neuf sur mon travail.

– Ce n'est pas assez, Reid. Tu as besoin de te plonger dans tes textes et tes dessins et ne faire que ça.

– Ça viendra, dis-je. Quand je l'aurais voulu. Quand j'aurai le temps. Et tu seras la première au courant !

Elle lève les yeux au ciel puis attrape son sac. Je l'observe du coin de l'œil, amusé. Elle n'a pas eu ce qu'elle voulait, à savoir l'assurance que j'allais de nouveau être auteur-illustrateur à temps plein. Et maintenant, elle compte rentrer chez elle pour me bouder. Je connais cette femme depuis deux ans, depuis que j'ai hérité de la galerie d'art de mes parents dans laquelle elle est réceptionniste et conseillère en acquisition. Depuis ce jour, elle pense qu'elle peut être ma mère, ma meilleure amie, ma conseillère conjugale et ma thérapeute, le tout en même temps. Et malheureusement, Leo ne fait pas partie des êtres humains doués pour faire plusieurs choses à la fois.

– Je te poserai la question chaque jour, tu le sais, ça ? lance-t-elle.

– Je n'en attends pas moins de toi, dis-je avec un clin d'œil en accrochant le torchon et en la raccompagnant jusqu'à la porte. Tu m'envoies un message quand tu es bien arrivée ?

– À vos ordres, monsieur Atlas.

La porte se referme au moment où mon portable sonne, annonçant l'arrivée d'un mail. Je me laisse tomber dans le canapé, qui s'avère être le seul meuble de mon salon – les autres arrivent, mais les livreurs ont visiblement l'intention de se faire désirer. Après avoir vécu pendant deux ans dans un petit appartement, comme si je ne croyais pas au fait que j'allais rester dans cette ville, j'ai enfin investi dans quelque chose de plus grand. J'ai récupéré les clés deux jours plus tôt, si bien que je vis entre des cartons et des meubles à moitié montés. C'était sympa le premier soir – un peu comme si j'avais de nouveau 20 ans, des fêtes à organiser et des nanas à collectionner –, mais la joie de devoir constamment chercher mes affaires s'estompe chaque seconde un peu plus. La patience n'est pas une qualité dans laquelle j'excelle.

Je consulte mon téléphone et mon emploi du temps du lendemain, qui comporte l'entretien avec la fameuse éditrice dont je ne sais pas grand-chose, si ce n'est qu'elle est apparemment excellente.

Mon regard continue de faire des allers-retours jusqu'à son nom.

Lola Tristen.

Ça me fait penser à *elle*.

Lila.

Quatre petites lettres. Un nom si simple. Un nom qui est accroché à ma langue et que je ne cesse de prononcer, depuis deux foutues années. Les pires de ma vie.

Mon cœur se serre dans ma poitrine et j'ai envie de rappeler Leonora pour lui dire qu'elle a raison. Je me focalise sur la galerie pour me raccrocher au peu qu'il me reste de familier. Tout ça à cause d'*elle*. Je ressens encore pour elle une colère tenace, qui s'accroche à mes tripes et les grignote depuis si longtemps que je ne sais plus vraiment ce qu'il en reste aujourd'hui. Elle a provoqué un véritable chaos à cause de son égoïsme, et elle n'en a pas la moindre foutue idée, putain !

Je verrouille mon portable et le lance sur la table basse, où il manque de rebondir, casser deux lampes et tuer un loup, mais je le rattrape à temps en lâchant une salve de jurons qui me fait un bien fou. Au-dessus de ma tête, j'entends une chaise racler le sol. Je suis tellement tendu que j'en viens à maudire mes voisins. Sûrement des petits vieux, comme la moitié de l'immeuble.

Espérons que la journée de demain me redonnera de l'espoir. Et une envie violente de me mettre à retravailler mon projet en cours qui en a grandement besoin.

7

Reid

La galerie de ma famille est un magnifique espace construit dans une ancienne serre – et je ne dis pas ça seulement parce que mon opinion est partiale. Les tableaux d'artistes sont perdus dans une jungle artificielle dans laquelle sont cachées des milliers de petites lumières dorées. J'ai choisi de ne pas changer la décoration, pour la simple et bonne raison que j'ai aidé à l'installer, bien des années plus tôt. Et que quand il s'agit de cet endroit, je suis le genre de mamie ultramaniaque qui donne des tapes sur les doigts trop curieux.

J'entre dans mon bureau et tire sur le nœud de cravate qui m'étrangle. La climatisation n'est jamais assez forte dans cet endroit, mais on ne peut se permettre de jouer avec les températures, au risque d'abîmer les œuvres que nous exposons. Par « on », j'entends Leonora, les artistes qui travaillent pour nous depuis des années, les investisseurs extérieurs et donateurs, et moi-même. La boutique roule à peu près toute seule à présent, mais je me dois d'y venir tous les jours, même si ça veut dire travailler sur mes illustrations en costume et au milieu des contrats de cession d'œuvres d'art.

J'entends Leonora arriver dans mon dos au moment où je me fais la réflexion que l'éditrice missionnée par mon agente ne devrait plus tarder. J'ai demandé en urgence à cette dernière si l'entretien pourrait se passer finalement à la galerie, car je suis débordé. Elle m'a confirmé que c'était possible il y a une heure.

Le dos tourné à la porte d'entrée, cherchant le maudit C.V. de l'éditrice, je sens le parfum épicé de Leo quand elle entre sans frapper – elle ne l'a jamais fait, ce qui n'est pas surprenant quand on la connaît.

– Ton rendez-vous est là, m'apprend-elle. Je la fais entrer ?

Je lui lance un regard par-dessus mon épaule.

– Oui, merci. Tu peux partir tu sais, la journée est finie, ajouté-je.

– Pourquoi est-ce que j'ai l'impression qu'elle ne fait que commencer pour toi ?

– J'espère tellement que tu as tort que je vais peut-être allumer un cierge.

J'entends Leo pouffer dans mon dos.

– Dans ce cas, bon courage. À demain !

– À demain, bonne soirée.

Je reporte mon attention sur la pile de documents qui jonchent mon bureau et dans laquelle je sais que se trouve le C.V. que je cherche. Mais l'organisation est une qualité qui m'a évité à la naissance.

Je commence à me dire que j'aurais dû mieux préparer cet entretien. À commencer par lire le C.V. en question.

Des talons se font soudain entendre dans mon dos, dans la longue allée bordée de tableaux autour desquels s'enroulent des dizaines et des dizaines de plantes. Mon bureau n'est pas celui du grand patron, resté fermé depuis deux ans. J'ai élu domicile dans l'ancien bureau de Leo, que j'ai relogé dans un plus grand espace. Néanmoins, je me demande si mon rendez-vous ne va pas manquer ma porte et continuer vers le bureau où est installée une plaque au nom de mes parents.

Les talons se rapprochent, se font plus hésitants, si bien que je me retourne pour l'intercepter avant qu'elle n'aille au bout de l'allée.

Une silhouette se découpe alors dans l'embrasure de la porte.

Une silhouette qui me provoque un choc si grand que je recule instinctivement, l'arrière de mes cuisses butant contre le rebord de mon bureau.

Mon cœur se fracasse littéralement contre ma poitrine.

Putain de bordel de merde. x 3.

Je reste médusé. Sous le choc. Incapable d'esquisser le moindre geste. Je fixe ce visage si familier, et qui est pourtant celui d'une étrangère. Mon cerveau se met à fonctionner à toute allure, s'échauffe à cause de toutes les questions qui se mettent à défiler.

Que fait-elle là ? Pourquoi ? Comment ? Je n'ai jamais réussi à la retrouver, comment se fait-il qu'elle soit là ? Devant moi ?

Puis le choc laisse place à une lueur de compréhension.

La femme devant moi ne s'appelle pas *Lola Tristen.*

Et soudain, je comprends. C'est comme un seau d'eau glacée en plein visage.

Une lettre. Mon agente – cette brillante femme à qui rien n'échappe – s'est trompée sur une chose aussi simple que l'écriture d'un prénom en quatre lettres.

Car je suis face à une femme dont j'ignore le nom de famille, mais dont le prénom hante mes cauchemars depuis deux ans. Une femme que j'ai rencontrée cette fameuse nuit qui a bouleversé ma vie.

Mais la femme qui se dresse devant moi semble plus dure, comme marquée par la vie. Ses cheveux sombres frôlent ses épaules, alors que je les ai connus incroyablement longs. Elle a calé une mèche derrière une oreille, si bien que je vois une petite pierre briller à la lueur de mon plafonnier. Son regard étiré et chaud est braqué sur moi, dur. Son maquillage est impeccable, ses lèvres roses esquissent une moue indifférente. Ses pommettes anguleuses lui donnent l'air d'un mannequin. Elle a une allure très professionnelle, comme si elle était réellement venue proposer ses services d'éditrice. Elle a coincé le devant de son chemisier blanc derrière le bouton de son pantalon à pinces, *comme ce soir-là.*

C'est comme recevoir un coup en pleine poitrine. Pendant une seconde, je suis incapable de respirer. Incapable de comprendre à quel point j'ai mal. Puis le souffle revient, les poumons se gonflent, mais la douleur reste.

La colère me saute soudain à la gorge. Je repense à tout ce que j'ai vécu, à tout ce qu'elle a provoqué, et la voir ici, dans ce lieu, m'évoque des envies violentes qui me glacent le sang.

Mais elle est belle. Tellement belle. Putain.

Et elle ne semble pas du tout surprise de me voir.

– Lola Tristen, raillé-je en guise de salutations en croisant les bras sur mon torse.

Je me cale contre mon bureau, croise une cheville sur l'autre, les jambes allongées devant moi. Je feins la nonchalance, alors qu'un foutu ouragan se déchaîne dans ma tête.

– Nate Matthew, répond-elle sans se démonter.

Le timbre de sa voix fait brusquement remonter des souvenirs que je pensais enfouis au plus profond de ma mémoire. J'avais espéré qu'ils avaient disparu, mais ils ressurgissent tout à coup comme s'ils avaient toujours été là, à peine cachés sous une fine couche de poussière.

La chaleur de sa peau contre la mienne.

La courbe de son dos nu, brillant de sueur.

Sa langue sur moi.

Une boule se loge subitement dans ma gorge et la température de la pièce grimpe en flèche. Quelque chose hérisse les poils de mes bras, et je n'ai pas envie de réaliser que l'électricité que nous provoquions il y a deux ans est de retour.

– Mais je sais aussi que tu réponds au nom de *Tablet*, ajoute-t-elle de sa voix rauque qui a hanté mes rêves et mes cauchemars.

– Dégage d'ici, attaqué-je aussitôt d'un ton sec.

Parce que je n'ai pas envie de te voir, ai-je envie d'ajouter. *C'est même la dernière chose dont j'ai envie, et je viens de le découvrir.*

Je ne veux pas lui montrer à quel point la trouver ici me remue de l'intérieur. Je ne veux pas qu'elle voie qu'elle a ce pouvoir contre moi. Elle s'en servirait, incontestablement.

Elle l'a déjà fait.

À ce stade, j'ai oublié qu'il s'agit d'un rendez-vous professionnel à l'initiative de mon agente. Peut-être qu'elle aurait dû venir, d'ailleurs, histoire d'éviter le bain de sang qui se profile.

Le visage de Lila reste inexpressif, et je dois admettre que ça me surprend. Est-ce qu'elle ne devrait pas être en train de me supplier de lui pardonner, les mains accrochées à mes mollets ? Mais ce n'est que mon avis.

– Tu regretterais que je parte aussi vite.

Je lâche un petit rire sarcastique qui m'écorche de l'intérieur. Cette scène est surréaliste.

– Ne m'oblige pas à employer la manière forte.

– Qu'est-ce que tu vas faire, Reid Atlas ? rétorque-t-elle, insolente.

Je tressaille en l'entendant prononcer mon nom. C'est la première fois.

– Tu es dans un établissement privé. La police interviendrait avec plaisir.

Mais elle fait soudain quelque chose qui me donne envie de casser tous les objets de la pièce. Elle entre, referme derrière elle, tourne la clé dans la serrure pour nous enfermer, puis elle la garde au creux de son poing serré. Hors de ma portée.

Cette femme est folle.

J'ouvre la bouche, mais aucun son n'en sort. Elle en profite pour revenir se planter face à moi, les bras croisés sur sa poitrine. L'écho de ses talons résonne autour de nous.

– Il va falloir me rendre cette clé.

– Ce n'est pas le problème, là maintenant.

– Tu es une grande malade.

– Une femme déterminée.

– Déterminée à quoi ? À te faire arrêter par les autorités ? À récolter une ordonnance restrictive ?

– Déterminée à discuter avec toi.

– Ton corps est si petit comparé au mien que je te mettrais dehors d'un doigt.

– Tu n'as pas envie de me toucher.

Sa réponse claque entre nous.

Elle a tellement raison que c'en est perturbant. Elle a visé dans le mille, les yeux bandés et à un kilomètre de distance.

J'éclate alors d'un rire glaçant qui la fait tressaillir. Elle essaie de le masquer, mais j'ai clairement vu sa réaction. Je n'ai connu cette femme qu'une nuit, mais je me souviens de son corps comme si c'était une malédiction.

– Ton agente nous a mis en contact et j'ai bien l'intention de me montrer professionnelle.

Sa réponse se veut décontractée, mais elle est si crispée que je me demande quand elle va finir par briser ses talons aiguilles.

– Pas de ça avec moi, tranché-je d'un ton dur.

Elle arque un sourcil brun et je remarque soudain la tache noire dans son œil gauche. Cette tache qui m'avait obsédé il y a deux ans. Mais après tout, qu'est-ce qui ne m'a pas obsédé chez elle ?

Elle m'a d'abord rendu fou de désir, puis fou de rage. À cause d'elle, je ne suis qu'émotions incontrôlables et sentiments destructeurs.

– Tu as découvert que je me trouvais ici et tu n'as pas pu t'empêcher de venir me voir, rétorqué-je, acerbe.

Lila fait soudain un pas dans ma direction et je sens son parfum floral se déposer sur ma peau. J'ai envie de lui dire de reculer, de garder ses distances, de ne pas prendre le risque de m'approcher. Parce que, là tout de suite, j'ai beau savoir que mon agente va me remonter les bretelles pour avoir rembarré « sa meilleure éditrice indépendante », je n'ai pas envie de la voir. Je veux effacer sa présence de mon putain de bureau.

Je ne sais même pas où je trouve la patience de l'écouter. Cette journée m'aura finalement appris quelque chose sur moi. J'arrive à être patient avec des individus que j'exècre.

– Où est le mal ? rétorque-t-elle, insolente.

Elle esquisse un sourire en coin narquois qui me donne envie de lui faire faire demi-tour sur-le-champ.

– Tu as attendu deux ans pour ça ?

– Je viens seulement de découvrir que tu vivais ici. J'ai découvert que tu te cachais derrière un pseudo seulement hier.

J'ai envie de lui dire que c'est impossible, mais moi aussi j'ignorais qu'elle vivait dans cette ville.

– Le destin est un enfoiré, hein, réponds-je en haussant un sourcil.

Les mâchoires de Lila se crispent.

– Mais je ne veux pas de toi ici, ajouté-je ensuite.

Elle hausse un sourcil et décroise les bras, faisant un nouveau pas dans ma direction. Elle veut tester mes limites, approcher le doigt du feu pour voir à quelle vitesse elle va se brûler. Mais elle n'a pas conscience que je ne suis pas une flamme insignifiante, je suis l'incendie qui va la prendre par surprise si elle ne prend pas garde.

– Tu ne veux pas de moi ici ? répète-t-elle, réduisant à nouveau la distance entre nous. Ça ne te gêne pas d'abandonner une femme au petit matin après une nuit de mensonges, mais dès qu'il s'agit d'assumer les conséquences de tes actes, tu préfères fuir, visiblement.

Elle se montre hargneuse, rancunière, alors qu'elle s'est seulement réveillée seule dans le lit que nous avions partagé, ce matin-là ? Elle est complètement folle. Quelle femme viendrait se présenter ici seulement pour rappeler à un homme qu'elle existe ? Il est hors de question que je lui dise pourquoi je suis parti, cette nuit-là. Elle ne mérite aucune explication. Rien. Je la déteste profondément, c'est à cause d'elle que j'ai subi l'enfer. Physiquement et psychologiquement.

Alors que, cette fameuse nuit, j'étais tombé amoureux d'elle. Cette fille m'avait bouleversé, mais elle est devenue en quelques heures la personne la plus détestée de ma vie.

J'ai fini de jouer à son petit jeu. Elle a émoussé ma patience et a commencé à s'attaquer à ma santé mentale.

Je fais à mon tour un pas vers elle, presque jusqu'à coller mon corps au sien. Elle ploie la nuque pour continuer à me regarder, tandis que je prends un malin plaisir à la surplomber de toute ma hauteur. Elle pense sûrement que c'est un combat à parts égales et qu'elle a les épaules pour se tenir ainsi fièrement face à moi, mais elle a tort.

– Dégage d'ici, grogné-je.

– Sinon quoi ?

Je vais l'étrangler. Comme je rêve de le faire depuis deux ans.

– Tu ne veux pas jouer à ça avec moi, Lila. Si tu avais les épaules pour, il y a deux ans, ce n'est plus le cas aujourd'hui.

– Qu'est-ce qui te fait croire ça ?

– Le fait que tu te sois servie de mon agente pour m'approcher.

– Le rendez-vous est à son initiative.

– Tu t'es présentée ici pour me prendre par surprise.

– Ça s'appelle de la ruse, pas de l'intimidation.

– Appelle ça comme tu veux, le résultat sera le même.

Lila esquisse alors un sourire en coin amusé, comme si j'étais un parfait idiot. Je sens quelque chose crépiter dans mon ventre. Et ça ressemble à une colère prête à exploser.

– Qu'est-ce que tu veux ? lâché-je devant son silence insupportable.

– Discuter illustrations et corrections.

J'éclate soudain d'un rire amer qui la fait tressaillir une brève seconde. Une putain de fissure dans sa putain de carapace.

– T'es sérieuse ?

– Très.

J'arque un sourcil narquois.

– C'était avec une *Lola* Tristen que j'avais rendez-vous. Tu es vraiment idiote si tu penses pouvoir te pointer chez moi et penser que je vais t'accueillir à bras ouverts.

– Je ne te demande pas de m'accueillir ni d'impliquer ton corps dans quoi que ce soit.

Je ne sais pas si c'était fait exprès, mais l'écho de sa réponse se fait ressentir jusque dans mon bas-ventre, et plus bas.

Je vais péter un plomb.

– Quant au fait d'être berné par un nom erroné je pense que nous sommes à égalité, à présent, ajoute-t-elle, insolente.

Son corps, mon corps, ils se connaissaient intimement. Et, là tout de suite, ils se reconnaissent et veulent se retrouver. Mes doigts me picotent, et je ne sais pas si c'est parce qu'ils veulent s'enrouler autour de sa gorge ou saisir ses fesses rondes et l'attirer contre moi. Une envie monte en moi, l'envie de presser ses courbes contre mon corps, de sentir à nouveau sa chaleur, goûter sa peau.

Goûter ses lèvres.

Je prends une brusque inspiration en réalisant à quel point cette femme me retourne le cerveau. Je ne peux pas lui laisser me faire ça. Pas encore une fois.

– Dis-moi ce que tu veux, *Lila*, demandé-je alors, mais ma question sonne comme un ordre.

Elle prend à son tour une longue inspiration et sa poitrine effleure les revers de ma veste de costume. Elle déglutit et, pendant une seconde, je me demande si elle ressent la même chose que moi. Cette électricité.

– Discuter, avoue-t-elle en fouillant au fond de mes yeux, et j'ignore ce qu'elle cherche.

Mon regard est rivé au sien, et je fais mon possible pour ne pas fixer sa bouche, pour ne pas avoir envie de m'en emparer.

Merde, qu'est-ce qui m'arrive ?

– Je n'ai aucune explication à te donner sur cette nuit-là, réponds-je. Je suis parti, point barre. C'était il y a deux ans, une éternité. On ne se connaissait pas, on avait passé un bon moment, mais rien de plus. Tu ne m'intéressais pas plus que ça. C'est pour ça que je ne t'ai pas donné mon nom, pour que tu ne me retrouves pas.

Elle arque alors un sourcil et esquisse un sourire en coin narquois qui me retourne les entrailles. Elle est forte.

– Menteur, rétorque-t-elle.

Je m'avance encore, si bien que tout mon corps se plaque contre le sien. Sa respiration se coupe, mais je n'avais pas pensé que la mienne ferait de même. Je sens ses seins contre mon torse, les os de ses hanches contre les miennes. Je bois son parfum, alors que je sais que c'est un poison.

– Sors d'ici. Je ne le répéterai pas.

Je la pousse encore un peu. Je n'en ai rien à faire de me comporter comme un crétin et de me servir de mon corps comme d'une menace. Je n'ai pas de temps à perdre pour elle. Elle a déjà fait assez de dégâts comme ça.

Je la sens sur le point de basculer en arrière, car elle refuse de lâcher du terrain. Elle va tomber, et nous le réalisons en même temps, mais il est déjà trop tard.

Ses doigts s'agrippent soudain à la première chose qui se trouve à portée de main, et qui n'est autre que la boucle de ma ceinture. Et elle effleure par la même occasion quelque chose qu'elle n'aurait jamais dû effleurer.

Je lâche un juron.

Je suis incapable de faire le moindre geste, si ce n'est de poser une main dans le creux de ses reins pour la retenir de chuter.

Nous nous figeons.

Comment cette situation a-t-elle pu dégénérer à ce point ?

La chaleur de son dos se communique à ma main et, instinctivement, mes doigts se crispent et chiffonnent son chemisier. Mon cœur cogne méchamment contre ma poitrine, mon sang pulse dans mes veines, j'ai la gorge sèche et une furieuse envie de plaquer cette femme contre la première surface plane disponible.

Mais je ne le fais pas. Parce que ma raison est toujours là. Pour combien de temps, c'est une autre question.

– J'avais envie… commence Lila. Non, j'avais besoin, rectifie-t-elle. J'avais besoin de te voir. Je ne sais pas pourquoi. Quand j'ai découvert que c'était toi qui te cachais derrière le pseudonyme que m'avait présenté ton agente, j'ai été tenté de tout annuler. Puis j'ai commencé à éprouver une curiosité malsaine.

Elle prend une longue inspiration puis reprend :

– En revanche, s'il y a quelque chose dont je suis certaine, c'est que je ne peux pas me permettre de dire non à un contrat comme celui-là juste par rancœur personnelle. Je ne peux pas cracher sur l'argent que me propose ton agente.

– L'argent ne vient pas de mon agente, mais de moi, lui apprends-je. J'en avais assez des éditeurs qu'elle me choisissait d'habitude et qui ne faisaient pas un travail assez complet à mon goût.

Je la vois déglutir difficilement à l'annonce de cette nouvelle. Je suis quasi certain que c'est le fait de dépendre de moi qui l'embête. Et ça n'a rien à voir avec un sursaut de féminisme.

Je me souviens alors qu'elle était sur le point d'ouvrir une librairie, il y a deux ans. J'ai dans l'idée que les choses ne se sont pas passées comme prévu, pour elle. Au moins, on est deux dans ce cas-là.

– Tu penses vraiment que je vais te faire confiance pour travailler avec moi alors que tu as débarqué ici comme une maîtresse délaissée et que tu t'es montrée désagréable, juste parce que je t'ai laissée seule dans un lit après t'avoir baisée. Pire, tu penses que j'ai envie de bosser avec toi ? Tu te mets le doigt dans l'œil.

Ces derniers mots résonnent entre nous et ses doigts se crispent soudain autour de ma boucle de ceinture. Ma queue gonfle, réclame ses doigts. Elle doit forcément sentir à quel point mon corps a envie d'elle, mais à ce stade de cette conversation surréaliste, je n'en ai plus rien à foutre.

– Tu me connais. Et mon expérience t'a convaincue de me recevoir, c'est donc que tu m'estimes à la hauteur. Ton agente est de cet avis, en tout cas, ajoute-t-elle en arquant un sourcil.

Cette nana est complètement dingue. Elle pense pouvoir se pointer ici comme une fleur, puis réclamer du boulot ? Dans quel monde vit-elle ? Certainement pas le mien.

– Tu es cinglée.

– Déterminée, répète-t-elle.

– Arrête de jouer sur les mots.

– Arrêter de jouer un rôle, réplique-t-elle. Arrête de froncer les sourcils comme si j'avais donné un coup de pied à ton chien. Alors que je suis à un centimètre de ton service trois-pièces et que tu tiens mon chemisier comme si tu avais envie de le déchirer.

Pour toute réponse, mes doigts se crispent tout à coup et le tissu craque. Mais ils ne la lâchent pas pour autant. Quant à ce qui se trouve près de sa main et qui ne cesse de gonfler comme si elle était la dernière femme sur terre, j'essaie de l'ignorer. Parce qu'il n'y a pas d'autres options, putain, et elle va devoir le comprendre. Plutôt approcher ma queue d'une trancheuse à saucisson.

Lila est entrée dans cette pièce depuis moins d'une demi-heure et j'ai l'impression d'avoir vrillé.

– Pourquoi tu voudrais bosser avec moi ? sifflé-je entre mes dents serrées. Pourquoi tu penses que c'est une option envisageable ? Parce que c'est totalement hors de question, Lila.

– Tu es connu dans le milieu, tes romans graphiques ont été primés et tu es devenu une référence en la matière. Tu es invité à tous les salons littéraires et tes conférences sont suivies par des centaines de lecteurs et passionnés. J'ai besoin de ça pour ma carrière.

– Je n'ai pas envie de t'aider.

– Tu ne vas pas le faire, puisque je vais te rendre un service, corriger ton bouquin. C'est donnant donnant.

Elle est sérieuse. Bordel, elle l'est vraiment.

Mon cerveau lâche soudain l'affaire et mon regard tombe sur sa bouche. J'ai envie de sortir une flopée de jurons, mais je sais déjà que je suis foutu. Et ce depuis deux ans.

8

Lila

Il doit me prendre pour une psychopathe.

Et pour être tout à fait honnête, je n'ai pas la moindre idée de ce que je suis en train de faire. Je ne sais pas non plus pourquoi je n'ai pas annulé ce rendez-vous et dit à son agente que je pouvais travailler avec tout le monde sauf avec *sa poule aux œufs d'or*. Et je sais encore moins ce que je fais ici, accrochée à la boucle de sa ceinture, le cœur battant à tout rompre, la peau en feu et des frissons là où je ne devrais pas en avoir.

Je ne m'attendais pas à recevoir un coup en pleine poitrine en le revoyant. Je ne m'attendais pas non plus à ce que mon corps se mette à hurler son nom, comme s'il n'attendait que lui depuis deux ans.

Dire qu'il est beau n'est qu'une pâle illustration de la réalité. Le charme de Reid Atlas est un piège, il s'enroule autour de vos chevilles sans prévenir, s'agrippe à vos jambes, puis prend le contrôle de tout le reste, jusqu'à ce que la dernière chose que vous réussissiez à prononcer, ce soit son nom. Il sent le péché et les problèmes. Même son rictus s'apparente à un sourire carnassier promettant de vilaines choses. Il est sexy, et son costume agit sur moi comme un emballage cadeau que mes mains aimeraient défaire le plus lentement possible.

Tablet, ce surnom que ses amis écossais lui donnent, lui va comme un gant.

Son regard bleu-gris surmonté d'épais sourcils froncés est rivé au fond du mien, il s'y accroche autant qu'il peut, mais je le vois dériver vers ma bouche trop souvent pour que ça soit innocent. Sa barbe est épaisse, tout comme ses cheveux aux boucles indisciplinées. Et cette grosse boucle sur le devant qui pointe vers moi me donne envie de choses qui n'ont rien à voir avec l'objet de ma visite.

Cet homme est aussi troublé que moi par ces retrouvailles imprévues, improbables et ingérables. Maintenant, la question est de savoir si nous allons pouvoir passer outre. Je vais devoir rassembler mes forces et virer mes hormones de là.

– J'ai conscience que cette situation est totalement étrange, renchéris-je. J'ai conscience que j'ai l'air d'une folle venue venger son honneur, et c'était à peu près ça jusqu'à ce que je reprenne mes esprits.

– Et quand as-tu repris tes esprits ? demande Reid, la voix rauque.

Je manque lever un sourcil narquois. M. Atlas aurait-il du mal avec le fait que ma poitrine soit plaquée contre son torse ?

– Quand je t'ai vu.

– Pourquoi ?

– Parce que j'ai compris que tu n'avais pas été qu'un fantasme, toutes ces années, réponds-je pour jouer l'indifférente – le seul moyen de me sortir de là. J'ai nourri pour toi une haine factice.

Reid me lâche soudain et je manque trébucher. Je me rattrape au meuble derrière moi, qui proteste en grinçant méchamment. Le responsable fait un pas en arrière, se passe une main sur le visage, puis rajuste la boucle de sa ceinture que j'ai maltraitée.

Et c'est le geste le plus érotique que j'ai jamais vu.

– Un fantasme ? répète-t-il comme si je l'avais insulté.

Ses sourcils froncés donnent l'impression que je viens de le comparer à un mouchoir usagé oublié au fond de mon sac à main.

– J'ai blessé un ego ?

Il me lance un regard agacé. Pourquoi a-t-il constamment ce regard ? Qu'il soit en colère, calme ou excité, son regard semble lourd de désir. Ce n'est pas facile de rester concentrée dans des conditions pareilles.

Quoique, ça pourrait être pire. Il pourrait être nu.

– Ne te donne pas autant d'importance, réplique-t-il. Je te rappelle que je suis parti de cette chambre d'hôtel pour une très bonne raison.

Outch. Touché !

Il semble me détester, mais pourquoi ? C'est moi qui devrais le détester, s'il y a une colère justifiée ici, c'est bien la mienne !

– Je suis tout ouïe, dis-je en me retenant de croiser les bras sur ma poitrine, ce qui lui aurait montré que je redoute ce qu'il s'apprête à dire.

Je le fixe et je sens alors qu'il est en plein dilemme. Il a envie de me faire de la peine, comme je viens de lui en faire en le comparant à un fantasme raté. Mais il n'a pas envie de rentrer dans ce jeu-là.

– Cette nuit-là n'était pas aussi magique qu'on l'a cru.

J'accuse le coup, mais j'ai conscience que ça aurait pu être pire. Je déglutis difficilement, mais parviens à ravaler mon amertume.

– Le mot *magique* est le dernier que j'aurais choisi. *Excitante*, à la limite.

– Notre nuit n'était pas excitante ? ricane-t-il.

Je hausse une épaule.

– J'ai eu de quoi comparer depuis.

Je vois les muscles de sa mâchoire se contracter.

– Content qu'on soit sur la même longueur d'onde.

– Nous deux, c'est sûr qu'on est d'accord. Mais j'en connais une qui n'est pas de cet avis… fais-je en baissant les yeux vers sa braguette.

Reid arque un sourcil.

– Tu as terminé ? grogne-t-il.

– Tu veux qu'on passe enfin à notre future collaboration ?

Reid éclate soudain d'un rire rauque et il me faut une seconde pour rappeler leur fonctionnement à mes neurones.

– Notre future collaboration ?

– Tu as fini de répéter tout ce que je dis ?

Il hausse les sourcils, puis recule sans me lâcher des yeux, avant d'aller s'asseoir derrière son bureau dans une position nonchalante. Il plante de nouveau son regard au fond du mien tandis que je m'assois dans le seul fauteuil face à lui. Je pose mes avant-bras sur son bureau pour envahir son espace et lui montrer qu'il ne me fait pas peur, bien au contraire. Il ne semble pas apprécier, car il me regarde soudain comme si j'étais porteuse d'une maladie grave.

– On peut parler sérieusement ? demandé-je.

– Ce n'était pas ce qu'on faisait ?

Je lève les yeux au ciel.

– Je t'écoute, lâche alors Reid.

Le regard par en dessous qu'il m'adresse alors, couplé à son costume impeccable, manque me faire bégayer.

C'est parti. Je tente le tout pour le tout. Je n'ai plus rien à perdre. J'ai déjà joué les insensées. Il est temps de jouer la carte de la raison. C'est totalement fou, mais la perspective de travailler avec Reid serait une opportunité. J'y ai pensé toute la nuit, tournant et retournant cette idée dans ma tête. Les pour sont plus nombreux que les contre.

– J'ai travaillé avec de grands auteurs, certains ont été récompensés. Je suis spécialisée en littérature générale, mais j'aimerais étendre mes compétences. *Tu* serais une opportunité pour moi.

– Et qu'est-ce que ça m'apporterait de te choisir toi ?

– Tu me connais.

Reid lâche un petit rire sans joie.

– Non, Lila. Je ne te connais pas. Ce n'est pas en une nuit que j'ai pu apprendre à te connaître.

Surtout que tu m'as menti, ai-je envie de rétorquer.

– Il faut bien commencer avec quelque chose.

– Et donc commencer un partenariat professionnel alors qu'on a fait l'amour ne te pose pas de problème ?

– C'est ce qu'on a fait ? rétorqué-je. Il me semblait qu'on avait *baisé*.

Je le vois se crisper aussitôt et je sais très précisément que je viens de lui provoquer une érection, et ce pour la deuxième fois de l'heure.

– On peut peut-être ne pas en parler ? raillé-je.

Il me fusille du regard, puis se penche vers moi, imitant ma posture. Il me regarde de nouveau par-dessous ses cils et j'ai subitement un flash-back. Il me regardait de cette façon en allant et venant entre mes cuisses…

Merde. Il faut vraiment que j'arrête de penser à *ça*.

– Laisse-moi la soirée pour décider si j'ai envie de travailler avec toi. Si tu en vaux le coup.

– Oh, je le vaux, tu l'as déjà vérifié.

Soudain, je le revois écarter mes jambes, me surplomber avec une question dans les yeux. Une seconde avant de me pénétrer.

Je prends une brusque inspiration et son regard tombe sur ma gorge. Il esquisse un sourire narquois. Je sais alors que ma peau s'est marbrée de rouge, trahissant avec évidence ce à quoi je viens de penser.

– Lila… gronde-t-il alors dans une mise en garde.

– Nous pourrions nous aider mutuellement, réponds-je pour détourner son attention.

Plus les minutes passent et plus je me dis que travailler avec lui serait vraiment une excellente opportunité pour ma carrière. On ne peut pas dire que je roule sur l'or, car pour l'instant mon job n'est qu'alimentaire. Mais il pourrait devenir plus que ça grâce à cet homme. Il s'est fait un nom dans le milieu, d'après ce que j'en ai vu. Est-ce que le destin ne me laisserait pas une chance de faire de Reid Atlas quelque chose de bien et de me débarrasser de mes démons ? Il n'est pas question de lui pardonner ce qu'il m'a fait et dont il n'a pas la moindre idée, mais je peux mettre ça de côté pour mon boulot. Après la souffrance qu'il m'a infligée, ce serait une bonne chose qu'il m'apporte quelque chose de bien.

– Laisse-moi la soirée, Lila, répète-t-il.

Je sors alors une de mes cartes de visite de mon sac et la lui tends, en évitant de penser au fait qu'il ne sait pas encore que j'habite au-dessus de chez lui. Jusqu'à aujourd'hui, il ne connaissait pas mon nom de famille, mais c'est désormais chose faite.

J'ai soudain envie de fuir, en anticipation du moment où il va s'apercevoir que nous sommes *aussi* voisins. La réalité est en train de me rattraper et mon cœur s'emballe.

– Tu sais comment me joindre, dis-je en me levant.

Je lui tends la main, dans un geste idiot qui le fait sourciller.

– Tu veux me serrer la main après t'être accrochée à ma braguette ?

J'esquisse un sourire en coin.

– J'ai déjà fait pire, Reid. Ne sois pas gêné.

Il se lève alors et me rend ma poignée de main. Quelque chose me picote aussitôt dans le creux de ma paume, et je sais que c'est cette foutue électricité. Cet échange semble durer une éternité, jusqu'à ce que je fasse un pas en arrière et qu'il me libère enfin.

Je sors alors la clé que j'ai prise en otage et je le vois tiquer. Il a envie de m'étrangler.

Je décide de tourner les talons avant qu'il ne craque. Je quitte la pièce, en sentant son regard braqué sur ma nuque. Et quand je sors de la galerie, je réalise que je n'ai pas la moindre idée de ce que je viens de faire. J'ai réagi à l'instinct, car cet homme m'a mis la tête à l'envers, exactement comme il y a deux ans.

Et je ne sais vraiment pas comment je vais pouvoir gérer ce que je viens de provoquer.

9

Reid

Le lendemain soir, je ne me suis toujours pas remis les idées en place. Et je n'ai toujours pas contacté Lila.

Parce que je suis paumé.

Parce qu'elle m'a retourné le cerveau.

Parce que je ne sais pas pourquoi je m'inflige sa présence, alors que, au fond de moi, je la déteste viscéralement. Et ce peu importe qu'elle n'ait pas conscience de ce qu'elle a provoqué. Mais je n'arrive pas à lutter contre cette électricité, ce putain de lien entre nous, ce truc que tout le monde cherche et espère trouver, et que nous avons alors que nous n'en voulons absolument pas. C'est comme une malédiction. Et je dois trouver le moyen de l'annuler.

Peut-être que ça doit passer par le fait de l'exorciser. De me forcer à collaborer avec elle jusqu'à ce que mon corps et mon cerveau comprennent qu'elle est une femme comme les autres.

Je me sens comme si Lila avait trouvé un gros bleu tout frais sur ma peau et qu'elle avait appuyé dessus avec un sourire sadique. La situation de ma santé mentale est un sujet sensible ces temps-ci.

La nuit dernière, j'ai à peine fermé l'œil. J'ai repensé à tout ce qu'il s'est passé, à tout ce que j'ai ressenti à cause de Lila, et pour elle. Toutes ces années, je me suis imaginé nos retrouvailles maintes et maintes fois, en espérant toutefois qu'elles ne se produisent jamais. Pour son bien. Mais je dois me rendre à l'évidence : elles ne se sont pas déroulées comme je l'avais pensé. Elle a encombré mes pensées toute la journée. Chaque foutue seconde.

Après une nuit et une journée pour digérer son irruption dans mon bureau la veille, je pensais avoir eu le temps de reprendre mes esprits. Et de décider que cette nana devait rester aussi loin de moi que possible. Mais ça ne s'est pas passé aussi facilement. J'ai fait un nœud avec mes pensées, puis j'ai fait des nœuds avec le nœud, avant de lui donner un coup de pied rageur. Maintenant, je ne sais pas si je dois retrouver ce bordel pour y mettre de l'ordre. Et je suis un peu fainéant sur les bords.

J'entre dans mon immeuble au moment où mon portable sonne. Je décroche en voyant le nom de Leonora apparaître.

– Alors, Lola ? demande-t-elle en guise de salutations. J'étais à l'autre bout de la ville toute la journée en quête de nouvelles perles à exposer, je n'ai même pas trouvé le temps de passer te demander comment ça s'était passé avec elle.

Je lâche un rire rauque en coinçant mon portable entre mon oreille et mon épaule pour ouvrir ma boîte aux lettres et récupérer mon courrier. Je sens alors à quel point mes muscles sont ankylosés. Entre le dessin et la galerie, je dors peu et je passe mon temps à tenter de faire entrer quarante-huit heures dans des journées de vingt-quatre. Oui, je suis du genre optimiste. Ou adepte du déni.

– C'est une longue histoire.

– Longue comment ?

– Longue comme ça va mériter un verre, une terrasse et un vendredi soir.

– *Deal*, je te réserve mon prochain vendredi. Mais on est que lundi, Reid, ça va faire long à attendre.

Je m'apprête à lui répondre, quand mon regard tombe soudain sur un nom.

Un nom sur une boîte aux lettres. Dans mon immeuble. Dans ma vie.

Bordel de merde.

Mon sang ne fait qu'un tour dans mes veines.

– Leo, je te rappelle, dis-je en raccrochant aussitôt, sans prendre le temps d'écouter sa réponse.

Je laisse mon courrier dans la boîte aux lettres, puis m'élance dans les couloirs. Je suis habité par une rage contenue, mais qui menace d'éclater à tout moment. Je bouillonne en me repassant l'entretien surréaliste de la veille. Je ne connaissais pas son nom avant-hier, je ne l'ai su que grâce aux infos que mon agente m'a données. Je ne me suis douté de rien. Mais, elle, elle savait.

La reine des menteuses. Elle l'a fait exprès. Elle a voulu bosser avec moi en sachant qu'on habitait dans le même immeuble pour me rendre fou. Elle s'est crue où, bon sang ? Dans une putain de téléréalité ?

Je fais tous les étages pour scruter les noms à chaque porte. Arrivé à mon étage, l'avant-dernier, je ne la trouve toujours pas, et je commence à sentir ma patience fondre.

C'est tout en haut que je la trouve.

Dans l'appartement au-dessus du mien.

Je vais devenir fou.

Je me mets à tambouriner contre sa porte sans prêter attention aux voisins qui pourraient appeler la police. Mon cœur cogne violemment contre mes côtes et tente de les écarter pour s'échapper. Mes doigts me picotent, comme s'ils avaient besoin de frapper dans quelque chose pour se soulager. Mon sang rugit à mes oreilles. Je ne pense à rien, mais en même temps un millier de questions sans réponses et de pensées négatives s'entassent dans mon esprit.

La seule chose que je sais avec certitude, c'est que je vais l'étriper.

Cette femme est une mauvaise herbe dont on ne peut pas se débarrasser. J'aurais dû le savoir. Je n'aurais jamais dû accepter qu'elle entre dans mon bureau, dans ma vie. Elle va sûrement la bousiller, comme elle a commencé à le faire il y a deux ans. Hier, j'étais choqué de la revoir, j'ai eu envie d'elle, une envie violente, qu'on ne peut pas réfréner. Mais aujourd'hui j'ai retrouvé mes moyens, et elle n'est pas prête pour cette version-là.

J'entends soudain le judas de l'autre côté du battant, signe qu'elle vient de me voir, mais la porte reste close. Et elle ne compte sûrement pas l'ouvrir, cette peste.

Je vois rouge.

Je me colle presque au bois sombre pour qu'elle entende très distinctement ce que je m'apprête à lui dire, car je sais qu'elle est retranchée juste derrière. Sûrement en train de regretter d'avoir joué les menteuses, de s'être approchée trop près du feu.

– Tristen, si tu n'ouvres pas cette putain de porte, je te jure que…

La porte s'ouvre brutalement et mon sang quitte alors mon visage pour se concentrer plus bas.

– Tu me jures que quoi ? feule Lila.

Elle fait un pas hors de son appartement, les yeux étrécis et un doigt menaçant pointé sur moi… Totalement indifférente au fait qu'elle est à peine couverte d'une serviette enroulée autour de sa poitrine, qu'elle est pieds nus, que son corps est humide et que ses cheveux mouillés gouttent sur ses épaules. Ses yeux chauds me fusillent sur place, ses joues sont rouges de colère et de chaleur, ses lèvres brillantes sont pincées. Sans maquillage, elle dégage une sensualité qui me cloue sur place.

Elle est tellement belle, tellement délicieuse, que, là tout de suite, ça me fait mal.

Je n'avais pas fait attention au fait qu'il était tard et qu'elle pouvait être sur le point de se coucher. Ou de sortir de la douche.

Je reprends mes esprits, plante mon regard au fond du sien, puis avance vers elle.

– Tu le savais et tu n'as rien dit, sifflé-je, menaçant.

– Je savais quoi ? Que tu avais emménagé dans mon immeuble ? Que tu avais choisi de vivre sous moi ?

– Pourquoi tu ne m'as rien dit ?

– Ça aurait changé quoi ?

– Le fait que ça ne te paraisse pas logique me fait penser que tu n'as pas le moindre bon sens.

– De la part de l'homme qui vient frapper à la porte d'une femme seule à vingt-deux heures trente et qui la menace de je ne sais quoi, c'est plutôt déplacé.

– Je ne savais pas que tu étais seule. Mais maintenant oui.

Elle sourcille et croise les bras, ce qui fait remonter ses seins.

Mon sang change encore une fois de direction et cesse d'alimenter mon cerveau.

– Et alors ? Tu veux me pousser à l'intérieur et mettre ta menace à exécution, comme un bel enfoiré ?

– Tu aurais dû me dire que nous étions voisins, Lila, répété-je en ignorant sa dernière remarque.

– Dans un monde normal, ce n'est pas censé changer quoi que ce soit entre nous. Au pire, nous allons nous croiser dans l'ascenseur.

– Mais nous ne sommes pas dans un monde normal, ma grande. J'espérais que tu l'avais compris.

Elle tique sur le « ma grande », et moi aussi en vérité. La dernière fois que je l'ai appelée comme ça, elle était totalement nue sous moi. Puis sur moi. Puis devant moi.

Merde.

– Pour toi, le monde n'est pas normal parce qu'on a déjà couché ensemble ? Tu accordes visiblement trop d'importance à ce qu'il s'est passé.

J'éclate d'un rire sans joie qui la fait tressaillir. Elle ne sait pas à quel point elle est loin de la vérité. Et j'ai envie de la lui hurler, la vérité. Mais je ne le ferai pas, parce qu'elle ne mérite pas de connaître la tragédie la plus intime de ma vie, et dans laquelle elle tient le beau rôle.

– Le monde n'est pas normal parce que nous sommes là, tous les deux. Que tu te tiens nue devant moi comme si c'était la chose la plus normale qui soit, alors que pas du tout.

– Oh, mon cher, si j'étais nue tu ne parlerais pas aussi raisonnablement.

Et soudain, ma raison éclate.

Je dois la faire taire. Je dois mettre un terme à l'électricité qui m'embrouille l'esprit depuis hier. Je dois céder une demi-seconde pour avoir la paix le reste de ma vie.

J'enroule mes doigts autour de sa nuque humide et écrase subitement ma bouche contre la sienne.

Le monde déraille. Vacille.

Je ne l'embrasse pas, je refuse de lui témoigner la moindre tendresse, la moindre chaleur, je m'impose à elle. J'enroule ma langue autour de la sienne, mords sa lèvre inférieure, puis celle du haut, plus fine.

Elle lâche sa serviette, qui s'échoue au sol, au milieu du couloir, où n'importe qui pourrait sortir et nous voir. Je la pousse contre le mur, me presse tout entier contre elle. Elle gémit dans ma bouche, et je sais que le contact de mon costume contre son corps nu y est pour beaucoup. En d'autres circonstances, j'aurais adoré cette situation, j'aurais apprécié chaque putain de seconde. Mais je ne sais pas ce que je fais, je ne sais pas pourquoi je goûte cette femme au beau milieu d'un couloir désert. La seule chose dont je suis certain, c'est que je ne peux pas m'en empêcher.

Ses lèvres sont féroces contre les miennes. Elle essaie de me démolir avec ce baiser, sans comprendre que je l'ai déjà mise à terre.

Son corps se couvre de frissons et je sais que la fraîcheur du couloir n'a rien à voir avec ça. Je sens la pointe de ses seins frôler ma chemise et lui arracher un soupir douloureux. J'ai envie de la toucher, de la saisir tout entière. Et je m'apprête à le faire, parce que je le peux et que je veux lui montrer que je peux avoir tout ce que je veux d'elle, mais je la sens se raidir soudainement.

Elle me repousse tout à coup de toutes ses forces, et je la laisse faire, sinon elle n'aurait pas réussi à me faire bouger d'un millimètre. Elle pointe de nouveau un pseudo-doigt menaçant vers moi, l'air furax. Ses lèvres sont rouges et gonflées à cause de moi, comme une putain de marque. Une empreinte sur mon putain de territoire. Et employer un pronom possessif dans une phrase qui implique Lila me perturbe.

– Ne me menace plus jamais. Ne me reproche pas les coïncidences de nos vies. Parce que tu sais quoi, Atlas, on est deux putains de coïncidences l'un pour l'autre.

Elle récupère sa serviette, puis retourne s'enfermer dans son appartement.

La porte claque. Et je la ressens contre ma joue.

Et, pour être tout à fait honnête, je ne sais pas ce qui vient de m'arriver.

10

Lila

Lorsque j'ouvre les yeux sur le plafond lambrissé de ma chambre, sur lequel dansent les ombres des arbres au-dehors, je me demande si ce qu'il s'est passé la veille au soir a réellement eu lieu. Est-ce que ce n'est pas seulement un rêve qui a commencé comme un cauchemar, mais qui s'est terminé en véritable fantasme ? Comme si j'avais regardé *Cinquante nuances de Grey* avant de dormir et que ça m'avait laissé des séquelles ?

Mon cœur s'emballe. Ma peau gagne en température.

Mon corps se souvient de chaque seconde, puisqu'il a bien failli être vu par tout l'étage. Je me suis retrouvée nue, hors de mon appartement. Dans le couloir. Dans mon immeuble. À cause d'un homme.

Reid Atlas.

Forcément.

Je tourne et retourne son nom sur ma langue, en essayant de ne pas sombrer dans les souvenirs qui hantent déjà ma mémoire. Qui la pollue, aspire ma raison et la retient prisonnière.

Il ne m'a pas embrassée, il m'a dévorée. Comme on dévore une sucrerie dont la consommation excessive rend malade. Ses mains se sont posées sur moi comme si je lui appartenais, et comme s'il n'y avait pas d'autre option possible à ses yeux. Pendant cet instant hors du temps, j'ai été captive d'un homme qui m'a bousillée.

Je me lève pour arrêter de penser à ce qu'il s'est passé, à quel point ça ne va pas arranger nos relations, puis prends une douche, enfile un jean, un chemisier, noue mes cheveux en un chignon flou, attrape mon sac, mes chaussures et ma veste, puis sors de chez moi. Je ne veux pas rester ici alors qu'*il* se trouve juste en dessous et qu'il m'a prouvé qu'il pouvait monter d'un étage en un claquement de doigts.

L'air est frais et je tire sur les revers de ma veste, tandis que je fais la queue au stand de café au bout de la rue. J'achète deux lattés et me dirige quelques mètres plus loin, vers la librairie chaleureuse et surchargée de livres d'Annabelle. J'entre en faisant tinter la cloche, bien que l'endroit soit désert à cette heure si matinale.

Mon amie se retourne, les bras chargés d'ouvrages encore protégés par leur emballage plastique.

– Beaucoup de nouvelles parutions, constaté-je en guise de salutation. J'ai amené de quoi trouver l'énergie d'atteindre les étagères les plus hautes.

Annabelle lève les yeux au ciel – elle le fait chaque fois que je sous-entends que je vais l'aider alors que je refuse qu'elle me paye pour ça – puis dépose les livres et viens à ma rencontre. L'endroit lui ressemble, convivial et parfaitement rangé. La décoration est à l'image des vieilles librairies d'antan, où les tapisseries rétro à fleurs côtoient les moulures en bois et les abat-jour en verre soufflé. D'épais tapis recouvrent le sol en parquet ciré, qui dégage une bonne odeur qui se marie avec celle des livres, et étouffent les pas de tous ces lecteurs qui viennent se perdre ici, pour les livres, l'endroit et le thé d'Annabelle.

– Tu es bien matinale, répond-elle en me lançant un regard suspicieux après avoir attrapé son café.

Annabelle a la silhouette d'une danseuse étoile, la culture d'une grande reine et le caractère d'une vendeuse de poissons. Elle est belle, avec ses longs cheveux blonds, son nez pointu, sa peau qui n'a jamais connu l'acné et ses yeux clairs qui attirent l'attention. Elle vit dans les livres depuis toute petite, d'où le fait qu'elle est rapidement devenue mon amie la plus proche. Nous nous sommes rencontrées ici même, alors que j'avais décidé que sa librairie serait ma deuxième maison. C'est là que j'ai découvert qu'elle était capable du pire pour me convaincre d'acheter tous ses livres. Mon banquier s'en souvient encore.

– J'ai été contrainte de sortir de chez moi, réponds-je tandis que nous nous laissons tomber dans les deux fauteuils du petit salon où les clients adorent venir se détendre un moment, une pile de livres sur les genoux.

J'enlève ma veste et me cale confortablement dans le velours vert sûrement plus vieux que moi.

– Un homme ? lâche Annabelle en écarquillant les yeux, aussi choquée que si j'avais gagné au loto.

– Ton excitation pour ma vie sentimentale est vexante.

– Tu n'as pas vraiment eu de relation depuis deux ans, comme si la place était déjà prise… rétorque-t-elle en m'adressant un regard lourd de sens.

Elle n'a pas tort. Ces deux dernières années, j'ai été concentrée sur ma santé et mes problèmes financiers. J'ai pris mes distances avec le monde réel, mes amis de la fac, ceux avec qui j'ai effectué ma spécialisation dans les métiers du livre, et les quelques connaissances que j'avais faites en déménageant à trois heures de route de ma ville natale – pour prendre un nouveau départ, comme on dit. Mes visites à mes parents se sont espacées, mais je les appelle plus souvent. Ce qu'il s'est passé m'a rendue introvertie, et les quelques hommes que j'ai rencontrés n'ont pas tenu la route plus de quelques semaines.

Je bois une gorgée de café, l'air volontairement coupable. Annabelle écarquille les yeux et je sais alors que je détiens les potins les plus croustillants qu'elle ait entendus de la semaine. Je lui raconte la découverte de Reid, notre entrevue basée sur un quiproquo, puis notre confrontation – corps à corps ? – dans mon couloir. Quand j'ai terminé, elle continue de me fixer, la bouche ouverte. Ses joues de blonde se colorent aussitôt et elle saisit son portable.

– Tu es train de le googler ? ricané-je.

Ses yeux s'écarquillent quand les résultats défilent sur son écran.

– Oh, lâche-t-elle.

– Comme tu dis.

– Mais…

– Il y a toujours un *mais* quand on parle de cet homme. C'est comme si ce mot était accroché à son nom.

– *Reid Atlas, mais…*, acquiesce Annabelle.

– On dirait le début d'une romance toxique.

– Le genre de mecs desquels les parents éloignaient leurs filles, au lycée.

– Le genre de mecs desquels les maris éloignent leurs femmes, aujourd'hui.

Annabelle termine son café, puis demande :

– Tu as vraiment insisté pour bosser avec lui ? Vingt minutes à peine après avoir débarqué dans son bureau ? Et après deux ans d'amertume ?

– En y réfléchissant à tête reposée, je me demande comment j'ai pu accepter la proposition de son agente, admets-je. Et Reid était du même avis.

– Mais ça te plairait vraiment de bosser pour lui ?

– Comme je te l'ai dit, c'est un pied dans le milieu des romans graphiques Ça étend mes compétences, et ça pourra m'ouvrir de nouvelles portes, à l'avenir. Et puis, ajouté-je parce que c'est Annabelle et qu'elle sait *tout*, j'ai besoin d'un nouveau contrat.

– Tu n'avais pas besoin d'insister autant pour travailler avec lui, répond-elle. Je te l'ai déjà dit mille fois, mais je suis toujours prête à te proposer un poste à mi-temps ici pour t'aider à payer tes dettes.

Mon estomac se noue en entendant ce dernier mot. Il me ramène inévitablement à ma situation, qui n'a rien de confortable. Mais rien n'est confortable depuis deux ans.

– Et je vais encore refuser, comme je le fais depuis toujours.

C'est tellement gentil de ta part, mais je sais que tu as déjà du mal à joindre les deux bouts, ce n'est pas simple tous les jours de devoir vivre grâce à la vente de livres.

– Surtout depuis l'arrivée des jeux vidéo.

Je lâche un rire.

– Et des livres audio, renchéris-je.

Annabelle continue à tenir cette librairie parce que c'est toute sa vie, mais elle a du mal à se dégager un salaire. C'est sa petite amie, Jade, qui paye régulièrement le loyer pour elles deux.

– Et tu n'essaierais pas de trouver un moyen de te venger, par hasard ? s'enquiert Annabelle, suspicieuse, les yeux étrécis par-dessus sa tasse.

Je prends quelques secondes pour réfléchir à sa question.

– Il y a encore quelque temps, j'avais envie qu'il ait aussi mal que j'ai eu mal. Mais ce n'est pas sain de penser comme ça, ça ronge de l'intérieur et ça rend tout moche et désagréable. J'aimerais juste passer à autre chose, et je peux peut-être tirer quelque chose de bien de cet homme, cette fois-ci.

– Je comprends, acquiesce Annabelle, mais tu ne vas pas me dire que c'est la seule chose à laquelle tu as pensé quand tu as découvert qui se cachait derrière son pseudo…

– C'était de la curiosité. De la curiosité malsaine. Tu sais, ce genre de curiosité qui te pousse à chercher ton ex sur Instagram et découvrir qu'il a épousé une bombe avec un nouveau ventre tout rond et tout parfait.

Mon portable annonce soudain l'arrivée d'un message et mes doigts se crispent quand je vois que c'est Reid qui vient de me donner rendez-vous dans le café près de notre immeuble.

– C'est lui ? comprend Annabelle.

Je relève les yeux et croise son regard amusé.

– Il veut parler boulot.

– Mais bien sûr, raille-t-elle. Mais cette fois-ci ce que tu portes semble bien accroché à ton corps, peut-être que ça va mieux se passer…

Je la fusille du regard, mais me trahis en esquissant un sourire.

– Ma pudeur ne supporterait pas un deuxième affront.

– Quelle pudeur ? Tu as déjà dansé sur le comptoir d'un bar pour un pari.

– Je ne fuis jamais devant le danger, rétorqué-je en me levant. Je t'envoie un message pour te tenir au courant. Bon courage avec les nouvelles parutions !

Je quitte la librairie avec le sourire, mais c'est un rictus crispé que j'arbore tandis que je rejoins le café dans lequel Reid m'a donné rendez-vous. Je ne sais pas à quoi m'en tenir avec lui et, après ce qu'il s'est passé hier soir, j'ai la sensation d'avoir rendez-vous avec mon pire ennemi déguisé en ange.

J'entre dans le café qui sent bon le chocolat chaud et la pâte feuilletée, et je *le* repère aussitôt.

Il est assis à une table de quatre, au milieu de la banquette, un café et plusieurs ouvrages devant lui. Je marche dans sa direction et je vois aussitôt un muscle jouer sous sa mâchoire. Il m'a repérée, mais veut prétendre le contraire. Il porte un costume, et je me fais la remarque que je ne l'ai encore jamais vu habillé autrement depuis qu'on s'est retrouvés. Mais loin de moi l'idée de me plaindre. D'autant que la boucle qui tombe sur son front est en train de me voler mon oxygène.

Il a un air de mauvais garçon qui essaie de prétendre le contraire.

Il ne lève pas les yeux quand je me glisse sur la banquette face à lui, me confirmant qu'il m'a bel et bien sentie arriver.

Il finit par relever légèrement le menton et me lance un regard par en dessous. J'ai envie de suivre le contour de ses lèvres avec ma langue, de caresser son nez avec le mien, de…

Eh merde !

– Je suis d'accord pour collaborer avec toi, déclare-t-il de but en blanc.

Visiblement, on ne va pas parler de ce qu'il s'est passé hier. Mon bas-ventre se crispe chaque fois que j'y repense.

Je commande un thé au serveur pour éviter de m'attarder sur la lueur qui brille dans ses yeux. Pourquoi est-ce que j'ai toujours l'impression que c'est du désir ? Pourquoi cet homme respire-t-il la luxure ?

– J'entends un *mais*, réponds-je en appuyant mes avant-bras sur la table entre nous.

– Mais nous allons devoir discuter des conditions. Enlève ta veste.

Je lâche un ricanement.

– C'est la première fois qu'un homme me demande d'enlever autre chose que…

– Lila, tranche-t-il brutalement, le regard soudain plus sombre.

J'arque un sourcil.

– Pourquoi pars-tu du principe que je vais dire quelque chose d'indécent ? rétorqué-je en tirant vers moi la tasse que le serveur vient de déposer sur la table.

Il ouvre aussitôt la bouche pour répondre, puis se mord la lèvre du bas, comme pour se retenir de dire ce quelque chose qu'il pourrait regretter. Il secoue la tête, mais je ne sais pas si c'est mon comportement ou ce qu'il a failli dire qui l'agace.

Je bois une gorgée de thé et l'observe par-dessus ma tasse.

– Comment se passe le combat avec ta raison ? Ça a l'air tendu. Qui a l'avantage ?

Il se penche tout à coup vers moi et je sens que le jeu vient de prendre fin.

– Si on veut que ça se passe bien entre nous, il faut arrêter *ça*.

– *Ça* quoi ?

– Ce petit jeu.

– Parce que tu penses que c'est un jeu ?

Je lâche un petit rire narquois.

– Je ne veux pas jouer avec toi, Reid Atlas. Pas parce que l'un de nous deux est plus armé que l'autre, mais parce que nous ne jouons pas avec les mêmes armes. Ce serait un carnage d'essayer. Et je n'ai pas de temps à consacrer à *ça*.

C'est la première fois que je laisse échapper autant de franchise quand il est dans les parages. Ça fait du bien.

Je me penche ensuite en avant et je murmure, sur le ton de la confidence :

– *Ça* comprend aussi les préliminaires sur mon palier.

Son regard se braque soudain sur ma bouche et je vois sa pomme d'Adam tressauter.

Il m'imite alors et se penche en avant. Nos visages sont proches. Trop. Son parfum est partout sur moi. Un véritable piège à femmes. Dans lequel je vais éviter de tomber, alors même que j'oscille déjà dangereusement.

Souviens-toi de ce qu'il t'a fait, me dis-je intérieurement pour me rappeler à l'ordre.

– Tu ne connais visiblement rien aux préliminaires, murmure-t-il d'un ton rauque.

– Tu ne crois pas que le mot *préliminaire* devrait être interdit, entre nous ?

– Je suis plutôt d'accord.

– Comme le mot *baiser*, renchéris-je. Et si on doit établir une vraie liste, je souhaite rajouter tous les synonymes.

– D'autres exigences ? râle Reid.

– Tellement qu'il va nous falloir une feuille et un stylo.

– Problème de mémoire ?

– Problème de voisin, rétorqué-je avec un sourire hypocrite.

– Il suffit que chacun reste à son étage.

– Je suis obligée de passer par le tien pour descendre.

– Sois gentille et ne fais pas d'histoire, dans ce cas.

– Gentille ? ricané-je. Et pourquoi pas vilaine, tant que tu y es ?

– Je rajoute *vilaine* à la liste des mots interdits.

Tout. Va. Bien.

Je me redresse et il fait de même. Même si, bordel, la seule chose dont j'ai envie c'est de le tirer vers moi avec sa cravate.

– Maintenant, quelles sont tes conditions pour notre collaboration ?

Il continue de me scruter et je fais mon possible pour ne pas respirer son parfum. Il me sonde, tente de deviner ce que je n'ai pas prononcé, mais il peut toujours essayer. S'il y a bien une personne au monde à qui je ne confierais pas mes secrets, c'est bien lui.

Il finit par soupirer, comme s'il était agacé que je n'en dise pas plus, puis se redresse. Il pousse vers moi une dizaine de romans graphiques qui portent son pseudonyme. Je profite de cette porte de sortie qu'il m'offre et les consulte.

– Ce sont mes bouquins, dit-il. Ça te donnera déjà une idée de ce que je fais.

– Je pourrais les lire et te faire un retour sur ce que, moi, j'aurais modifié, réponds-je sans lever les yeux vers lui.

Je lui jette un coup d'œil et je vois que son regard est rivé sur moi, il m'étudie attentivement, comme s'il ne pouvait pas s'en empêcher. Ou comme s'il n'arrivait pas à croire à ce qui est en train de se passer. Opinion que je partage.

Cette situation est troublante. Comme si nous n'étions pas les mêmes personnes qu'il y a deux ans.

– C'est une bonne idée, réplique-t-il. Ça me donnera un aperçu de ta façon de travailler. J'ai regardé les romans sur lesquels tu as déjà bossé, c'est vraiment qualitatif.

– Évidemment, raillé-je en lui lançant un regard lourd de sens, parce que je ne peux pas m'en empêcher.

Il retient un sourire en coin qui ne m'échappe pourtant pas. Mais il le ravale presque aussitôt avec une expression proche de la culpabilité. Qu'est-ce qui cloche chez lui, à la fin ?

– Je viens de terminer un nouveau livre. Ce n'est qu'un premier jet, mais c'est déjà un gros volume, enchaîne-t-il en se raclant la gorge. Le double de mots que ces livres-là, et donc plus d'illustrations. Ce serait le livre qui pourrait relancer ma carrière.

– Pourquoi, ta carrière a besoin d'être relancée ?

– Je n'ai pas publié depuis deux ans.

– De quoi est-ce que ça va parler ?

– De l'Écosse.

Je tique.

Évidemment.

– Et quoi d'autre ?

– Tu le découvriras par toi-même, répond-il. Je préfère ne pas te faire de résumé pour que tu ne sois pas influencée par ma vision de l'histoire. J'ai envie d'avoir ton avis le plus objectif possible.

– Compte sur moi. Quand pourras-tu m'envoyer les premières épreuves ?

– Quand peux-tu commencer ?

– Quand peux-tu me payer ?

Il essaie de se comporter comme si ce qui s'était passé hier soir ne s'était jamais produit. Et je ne sais pas quoi en penser. Et peut-être que je n'ai pas envie de me poser la question trop longtemps, de peur de découvrir ce que j'en pense, moi. Pour l'instant, je veux bien faire l'autruche avec lui. Pour une fois qu'on est sur la même longueur d'onde. Même si elle grésille tellement que c'en est désagréable.

Pourtant, je n'arrête pas de penser au fait que ses lèvres se sont écrasées sur les miennes la nuit dernière. Que sa langue m'a caressée. Que ses dents m'ont mordue.

Putain !

– Je veux la moitié à la signature de notre contrat et la moitié à la fin, ajouté-je en voyant qu'il ne répond pas.

– Tu veux un paiement à signature parce que tu ne me fais pas confiance.

– Je ne vois pas en quoi la confiance a quelque chose à voir ici, rétorqué-je en fronçant les sourcils. C'est du business, Reid. Si tu as un doute, je peux t'apporter mes autres contrats.

Il continue de m'observer et je vois les rouages de son cerveau s'activer derrière ses yeux à la nuance si particulière. Je ne sais pas ce qu'il voit quand il me regarde, et je ne préfère pas le savoir. Je ne veux pas comprendre pourquoi il ne m'aime pas, alors que c'est moi qui ai toutes les raisons de ne pas l'apprécier.

Et je veux encore moins comprendre ce qui l'a poussé à me bondir dessus hier soir. À m'embrasser. À marquer son territoire comme si j'étais un foutu pays. À me rappeler à quel point le désir que j'éprouve pour lui est mille fois plus intense que ce que j'ai pu ressentir avec tous les autres hommes que j'ai connus.

– OK, lâche-t-il finalement. Je vais appeler mon agente pour qu'elle prépare le contrat. Je te l'envoie par mail ce soir.

– Marché conclu.

Nous nous regardons un instant, et j'ai envie de faire disparaître la table entre nous. Ce désir est insensé et ingérable. Et il a déjà été destructeur. Pourtant, la raison n'a aucun poids face à l'électricité qui crépite entre nous.

– Merci, ajouté-je d'un ton que j'aurais aimé moins rauque.

– J'espère que nous allons tous les deux tirer profit de ce partenariat.

Ce que j'entends alors, là tout de suite c'est que Reid Atlas va participer au remboursement d'une partie des dettes que je supporte à cause de lui. Et qu'en un sens, c'est un juste retour des choses. Qu'il y a une certaine justice dans ce monde. Et pour l'instant, c'est tout ce qui compte.

Karma, merci pour ton aide.

11

Reid

Lila travaille sur mes bouquins depuis ce matin, depuis que j'ai fui lâchement notre rendez-vous au café, pour la simple et bonne raison que j'étais incapable de ne pas penser à ce qu'il s'est passé dans le couloir hier soir. Et, surtout, parce que j'avais envie de répondre à chacune de ses piques, d'être encore plus insolent qu'elle, mais je m'en suis empêché, car il faut au moins que l'un de nous deux se montre raisonnable. Ou essaie de l'être. Si je me laisse aller avec elle, ça signifie oublier ce qu'il s'est passé, et mon cœur en saigne encore et saignera pour toujours.

Je ne sais pas pourquoi j'ai accepté. Ça me fait mal rien que d'y penser. Mais ça me fait aussi ressentir cette étrange excitation que je n'avais pas éprouvée depuis des lustres. Une excitation qui me fait me sentir vivant. Je suis comme un drogué qui a retrouvé sa putain de drogue après une cure de désintox qui lui a mis la tête à l'envers et dont il ne voulait pas.

J'ai envie de la punir pour ce qu'elle m'a fait. Et l'avoir sous la main pourrait être un avantage.

Je sais qu'elle va me recontacter dans la soirée, car elle doit me faire un retour, et surtout parce que je lui ai envoyé par mail le brouillon de notre contrat après en avoir discuté avec mon agente. J'en suis presque à taper du pied en attendant que son nom s'affiche sur mon portable, et ça m'agace d'être impatient *pour elle*. Avec d'autres femmes, je n'ai aucun problème avec le fait de montrer ce que je ressens, mais Lila Tristen n'est pas les autres femmes. Elle est pire.

Leonora vient de partir et m'a laissé seul avec l'archivage des derniers contrats de prêt d'œuvres d'art, si bien que je suis à l'autre bout de la galerie quand des talons se font entendre, presque étouffés depuis l'endroit où je me trouve.

Je me fige.

Mon cœur s'emballe et je lâche un juron. Qu'est-ce qu'il lui prend à celui-là ?

Je referme le dernier dossier d'archives et passe la tête par la porte entrouverte, d'où j'ai une vue étendue sur le long couloir qui mène à mon bureau.

Elle est là.

La voir me déclenche des frissons. Pas de ceux que l'on ressent quand on entend un bruit suspect la nuit. Pas non plus de ceux que l'on éprouve quand le livreur arrive une minute en avance avec le *cheat meal* de la semaine. Plutôt le genre de frissons qui prennent racine au creux du ventre, qui s'épanouissent et qui donnent envie de gémir.

Ses cheveux bruns sont noués vaguement au-dessus de sa tête, et j'ai l'impression qu'ils vont se détacher à tout moment. Sa bouche est peinte en rouge, et c'est le seul maquillage qu'elle porte. J'ai envie de le lui enlever avec ma langue, putain. Son jean me rappelle méchamment que j'ai déjà vu ses fesses de *très près*, tandis que son haut, dont elle a coincé le devant derrière le bouton de son pantalon, est trop large pour laisser deviner quoi que ce soit. Mais je n'en ai pas besoin, puisque je la connais déjà. Et c'est ça le pire.

Elle me tourne le dos et s'engage dans le long couloir, et je ne peux rien faire d'autre que l'observer comme un ado dépassé par ses hormones. Elle ondule des hanches naturellement, mais mon attention se détache soudain de son corps quand je la vois dépasser mon bureau et aller jusqu'à celui de mes parents et poser la main sur la poignée.

Chose que je n'ai pas faite depuis des années. Et dont je suis incapable. Seule Leonora y a accès, parce qu'il faut bien que quelqu'un y aille.

Mon sang ne fait qu'un tour dans mes veines. Une sensation étrange monte en moi, mélange entre la colère et la peur.

– Tu n'as pas à entrer ici, grogné-je littéralement en sortant de la pièce.

Lila sursaute et pivote dans ma direction.

– Je suis déjà entrée ici, réplique-t-elle en fronçant les sourcils, ne comprenant visiblement pas que je ne parle pas de la galerie elle-même.

– Dans ce bureau, précisé-je d'un ton si incisif qu'il pourrait trancher dans la chair.

Lila se tourne vers moi et je vois son incompréhension laisser place à la colère. Nos émotions se calquent toujours, comme des miroirs. Nous nous affrontons constamment, face à face, effectuant les mêmes pas, en même temps, sans en avoir conscience.

– Je n'ai rien fait, Reid, si ce n'est me diriger vers le bureau des grands patrons par curiosité. Ne me traite pas comme si j'étais une putain de voleuse dans ta putain de maison.

– Tu es une étrangère dans ma maison, rectifié-je. Alors laisse-moi juger de ce que tu as le droit de faire ou de ne pas faire.

Lila hausse un sourcil et fait un pas vers moi. Je l'imite, même si nous sommes toujours loin l'un de l'autre. Trop loin pour mon corps. Pas assez pour ma raison.

– Dans ta maison ? répète-t-elle. Tu ne serais pas en train d'exagérer ?

Bien sûr qu'elle pense que j'exagère, parce que Leonora pense la même chose quand je me crispe chaque fois qu'elle mentionne ce bureau. Mais je n'en ai rien à foutre de ce que Lila Tristen en pense. Je ne veux pas qu'elle s'approche de cet endroit, je ne veux pas qu'elle sorte du cadre mental dans lequel je l'ai enfermée, pour ma santé, parce qu'il n'y a pas d'autre scénario possible. Elle ne doit pas s'approcher de mes limites, même si elle ignore qu'elles existent.

– Qu'est-ce que tu veux, Tristen ? Venir assombrir chacune de mes journées ?

– J'ai ce pouvoir sur toi ? raille-t-elle, insolente. Déjà ?

– J'ai très peu de patience quand il s'agit de tes conneries.

– Mes conneries ?

– Tu as très bien entendu.

Elle me fixe, les lèvres pincées. Je vois presque de la fumée sortir de ses oreilles. Quant à moi, je suis dans un état second, comme si elle voulait s'approcher de mes plaies à vif pour voir si j'ai encore mal.

– Très bien, Reid, décrète-t-elle. Je n'ai pas le temps de jouer à ça.

Elle marche soudain vers moi, si bien que j'ai l'impression qu'elle ne va pas s'arrêter et me rentrera dedans comme un boulet de canon. Mais elle s'arrête une seconde avant de me toucher, pour plaquer contre mon torse un dossier que je rattrape de justesse.

– Notre contrat que j'ai annoté, lâche-t-elle entre ses dents. Je te ferai un retour sur mes premières corrections éditoriales par mail.

Elle hésite une seconde avant de tourner les talons. Une putain de seconde où ma colère disparaît, la sienne aussi, et je sens qu'on est à deux doigts de se saisir l'un de l'autre et de se dévorer, littéralement. Mais ça ne dure que le temps d'un battement de paupières, avant que la réalité reprenne ses droits, que je me souvienne qu'elle a failli se permettre d'entrer dans ce bureau.

Je l'observe quitter la galerie, les nerfs à vif et une douleur lancinante dans la poitrine. Je ne veux pas parler de ce bureau. Je ne veux pas parler de mes parents. Et encore moins avec elle.

J'attends qu'elle soit partie depuis une bonne heure avant de rentrer chez moi. Je ne veux pas prendre le risque de la croiser dans l'ascenseur de l'immeuble, c'est la dernière des choses dont j'ai envie. Une fois dans mon appartement à moitié meublé, aux murs nus et à l'aspect encore impersonnel, je m'écroule dans mon canapé et consulte le contrat annoté qu'elle m'a donné.

Je consulte ensuite mes mails et tombe sur ses commentaires et suggestions. Elle les a visiblement rédigés après notre échange houleux, car chacune de ses phrases transpire la colère et la hargne. Elle tente de rester professionnelle, et ne réussit qu'à moitié. Cette nana est incroyable. Néanmoins, c'est du bon boulot, je ne peux que le reconnaître. Un pincement de soulagement se fait ressentir dans mon ventre, comme si j'avais eu peur d'avoir fait une erreur en acceptant de collaborer avec elle. Comme si j'avais eu peur d'avoir réfléchi uniquement avec ma queue. En ce moment, sa personnalité prend tellement de place que je devrais peut-être lui rédiger un C.V.

Je balance mes chaussures sur le tapis, tire sur mon nœud de cravate et la garde pendue de chaque côté de mon cou. Je défais ma ceinture et l'abandonne à son tour, tentant d'arracher des morceaux de ce déguisement qui m'épuise. Je suis né pour vivre en jean, tee-shirt, un crayon à la main. Mais ça fait deux ans que je dois y renoncer la plupart du temps, au profit d'un costume inconfortable. J'ai conscience de l'image que je renvoie, alors la plupart des gens seraient surpris en voyant l'appartement simple et vide dans lequel je vis pour l'instant. Quoique, depuis que je sais que Lila se trouve juste au-dessus de moi, j'ai l'impression qu'elle vit *avec* moi.

En parlant du loup, je réponds à son mail en lui demandant d'être plus précise dans ses explications, car après tout c'est son boulot et je n'ai pas une seconde à accorder à ses états d'âme.

Je laisse tomber mon téléphone, me rends dans la cuisine en abandonnant mes chaussettes, puis tire ma chemise de mon pantalon. J'ouvre mon réfrigérateur plus grand que mon dressing et saisis quelque chose à grignoter. Je m'apprête à mordre dans un grain de raisin, quand un tambourinement sonore résonne soudain contre ma porte d'entrée.

Merde.

Je prends une longue inspiration et me dirige vers la porte, avant de l'ouvrir à la volée avec l'envie d'étrangler celui ou celle qui…

Celle qui me vole mon souffle.

Putain ! Mais pourquoi est-ce qu'elle me fait chaque fois cet effet-là ?

Lila entre chez moi sans prévenir, se glissant aisément sous mon bras. Mais vu sa taille ça ne m'étonne pas, elle pourrait voyager sans problème dans une valise. Et faire rentrer la sienne avec.

Je referme la porte en soupirant, puis m'adosse au battant et croise les bras sur mon torse, autant pour contenir ma colère que pour empêcher mon cœur de s'échapper. J'ai envie de lui dire à quel point c'est ridicule qu'elle soit là, mais je suis encore plus ridicule de l'avoir laissée entrer. Si nous étions vraiment ce que je m'entête à croire, elle ne se permettrait pas autant de libertés avec moi. Et je ne lui permettrais pas d'en prendre.

À cet instant précis, je comprends que les choses que je refuse de faire avec Lila Tristen fondent comme neige au soleil. Et ça ne fait même pas une semaine.

12

Lila

Il me traite comme si j'étais une enfant idiote qui n'a pas conscience d'être pénible. En temps normal, ça aurait déjà été difficile d'accepter ça de la part d'un homme. Mais c'est encore pire quand ça vient de Reid Atlas. Parce qu'il n'y a aucune raison à son attitude. Parce que j'en ai assez bavé à cause de lui.

– Tu te comportes exactement comme tu m'as reproché de me comporter ce matin.

– C'est-à-dire ?

Adossé à sa porte, les bras croisés sur son torse, avec sa chemise sortie, son col ouvert et sa cravate défaite, il donne l'impression de poser pour un magazine de mode dont le thème serait « *casual hot* ». Il est pieds nus, ses boucles sont un désordre sans nom, et je crois ne l'avoir jamais vu aussi sexy.

Je suis dans de sales draps.

– Tu me lances des piques, réponds-je. Pire encore, tu ne les balances pas frontalement, tu me les adresses par mail, comme un lâche.

– Tu m'insultes ?

– Tu vas répondre à chacun de mes reproches par des questions ?

– Ce sont des reproches, ça ? Tu nous prends pour un putain de couple ?

– Je nous prends pour deux personnes qui sont sensées avec une relation professionnelle.

– Et si nous ne nous connaissions pas d'avant, tu te permettrais de venir frapper à ma fichue porte et entrer chez moi comme si tu avais tous les droits ?

– Tu veux dire si je ne savais pas ce que c'est de t'avoir en moi ?

Reid tressaille et sa pomme d'Adam tressaute.

– Pourquoi tu joues à ça, Lila ?

– Encore une question, sifflé-je entre mes dents serrées.

– Réponds-y et je cesserai d'en poser.

– Bien sûr que non je ne me le permettrais pas s'il n'y avait pas eu « d'avant ».

J'ai l'impression que cet aveu a été arraché de ma gorge si violemment qu'une hémorragie se profile. Il remporte cette partie, alors que c'est moi qui ai lancé le premier assaut.

– On ne peut pas bosser ensemble, Tristen.

– Trop tard.

– C'est bien le problème.

Ce qu'on ne dit pas, là maintenant, mais que nous pensons tous les deux, c'est que nous n'aurions jamais dû accepter quoi que ce soit. Néanmoins, le mal est fait, le contrat est déjà signé électroniquement.

– Est-ce qu'on établit des règles ? tenté-je pour essayer de calmer le jeu.

– Nous ne sommes pas des enfants.

– Non, nous sommes pires que ça.

Reid arque un sourcil et je réponds, insolente :

– Nous avons envie l'un de l'autre.

Ma réplique claque entre nous, ricoche sur nos poitrines, se disperse dans l'air. La pomme d'Adam de Reid tressaute toujours dans sa gorge. Sa respiration se fait plus courte. Je suis certaine que si, là maintenant, je posais la main sur son torse, je sentirais son cœur battre à toute allure. Parce que je suis exactement dans le même état. J'ai l'impression d'être alcoolisée ou droguée, je ne prends pas conscience des conséquences de mes mots. De mes actes. De ma foutue présence ici.

Reid se détache alors de la porte et réduit la distance entre nous. Ma gorge s'assèche. Mon cœur manque un battement. J'ai conscience du moindre de ses gestes, de chaque seconde qui s'écoule.

– Je n'ai pas envie de toi, Lila, lâche-t-il, telle une insulte. J'ai des souvenirs de toi, c'est différent.

Je cache la douleur qui m'étreint soudain de l'intérieur derrière un sourire narquois.

– Si ça te rassure de penser ça, tu es libre. Mais moi je suis une adulte, j'assume ce que je ressens.

Je le contourne et ouvre la porte pour rentrer me terrer chez moi. Je sais que je donne l'impression d'avoir été profondément blessée, mais c'est précisément ce qu'il vient de se passer et je ne sais pas faire semblant. Mentir n'est pas dans ma nature.

Je m'apprête à m'élancer dans le couloir, le cœur battant à tout rompre et un arrière-goût amer dans la bouche, quand je sens quelque chose me retenir. Et j'ai bien l'impression que c'est mon ego blessé.

– Tu te souviens de cette nuit ? lancé-je sans me retourner, dans le silence du couloir.

Je l'entends prendre une brusque inspiration, dans mon dos.

– Va-t'en, Lila.

– Tu t'en souviens vraiment ? insisté-je en me retournant et en l'épinglant du regard.

Ses sourcils sont froncés, ses boucles retombent sur son front et assombrissent son regard. Il est en colère. Très en colère.

Rien à foutre.

– Va-t'en, répète-t-il.

Je reviens me planter face à lui, si près que je peux sentir l'odeur de sa peau. Je n'ai qu'à inspirer pour que ma poitrine frôle son torse. Mais mes poumons sont ratatinés, hors service jusqu'à ce que mon éclat de courage se soit fané. Ou soldé par un échec cuisant.

– Tu te souviens de tout ce que tu m'as fait ?

Il ne me répond toujours pas, et je sais qu'il lutte contre lui-même. Mais je suis son élément déclencheur, comme je l'étais déjà il y a deux ans.

– Tu te souviens de tout ce que tu m'as dit ?

Reid lève soudain sa main, lentement, comme s'il se laissait le temps de faire demi-tour, de la laisser retomber pour étouffer son instinct. Mais il continue jusqu'à ma bouche, et son pouce presse mes lèvres closes, puis étale mon rouge à lèvres sur mon menton, jusqu'à mon cou, dans un geste d'une lenteur délibérée. Sensuelle. Électrisante. Mon cœur se propulse à toute allure contre ma poitrine, mon sang rugit, mon corps prend feu. Une coulée brûlante part de ses doigts et descend plus bas, si bas.

Puis il se penche tout à coup, se replie sur moi. Son visage s'incline vers le mien et sa bouche se pose sur mon menton et je sens sa langue effacer la trace de rouge à lèvres, puis descendre plus bas et sucer la peau si sensible de mon cou. Je me mords l'intérieur de la joue pour retenir un gémissement. Ma peau se hérisse de frissons, et il doit le sentir.

– Je me souviens de tout, putain, grogne-t-il d'un ton si rauque que j'ai l'impression que sa voix va se casser. Tu n'as pas idée…

J'entends le supplice dans sa voix, et pour la seconde fois depuis nos retrouvailles, je retrouve l'homme que j'ai rencontré il y a deux ans. La première fois, c'est quand il m'a embrassée dans mon couloir. Cet homme-là n'a aucune limite quand il s'agit de désir, de sentiments et d'émotions. Il n'est pas celui qui a prétendu ne pas avoir envie de moi, quelques instants plus tôt. Ce Reid Atlas-là, je le déteste.

– Alors pourquoi es-tu parti, cette nuit-là ?

Il ne répond pas, garde son visage enfoui dans mon cou. Et je suis sur le point de suffoquer.

– Si tout était vrai, pourquoi tu es parti ? insisté-je.

Son visage remonte soudain vers le mien, et je dois ployer la nuque pour suivre le mouvement. Il est si près qu'il pourrait m'embrasser. Mais il ne le fait pas, il caresse mes lèvres des siennes, une seule fois, comme pour tester sa résistance. Il inspire profondément, comme un drogué approchant enfin de sa dose. Une seconde passe, une seconde qui semble durer une éternité. J'inspire sa chaleur, me gorge de son parfum. Je vais imploser, littéralement.

– Je ne suis pas parti, avoue-t-il subitement. J'ai été obligé de le faire.

– Pourquoi ? demandé-je alors.

Il se recule brusquement, fait un pas en arrière, puis saisit le battant. Il le serre tellement fort que ses phalanges blanchissent. Il se passe la langue sur les lèvres, et je sais pourquoi. Il a mon goût sur lui. Et ceci est l'aveu le plus flagrant que je n'ai jamais vu.

Cet homme me veut toujours.

Mais pour une raison que j'ignore, il s'y refuse.

Il ne va pas me répondre, je le sais aussi bien que si c'était inscrit sur son front.

Je me sens glacée maintenant qu'il a fait un pas en arrière. Je me sens seule dans mon propre corps, alors que ça fait vingt-six ans que c'est le cas. Comment se fait-il que je ressente soudain cette sensation de vide, de manque de quelqu'un ?

La peur s'empare soudain de moi, se jette sur les débris de désir qui persistent dans mon ventre, puis me hurle de fuir.

Je tourne alors les talons, sans demander mon reste, sans chercher à savoir ce que Reid entendait par « Je ne suis pas parti. J'ai été obligé de le faire ». Parce que la réponse serait sûrement encore un mensonge pour me faire partir, une version altérée de la vérité, dans le but de me donner envie de lui sauter à la gorge.

Alors que c'est déjà ce dont j'ai envie. Depuis deux putains d'années.

***

Le lendemain, je me rends à la galerie Atlas avec les livres qu'il m'a prêtés. Je devrais être contente d'avancer, d'être sur le point de toucher une grosse somme d'argent, mais la seule chose à laquelle je suis capable de penser, c'est à la carapace de Reid que j'ai vu se fendiller hier soir. Avant qu'il ne colmate la fissure le plus rapidement possible en s'apercevant de son erreur.

Je pousse la lourde porte en verre et découvre pour la première fois quelqu'un à l'accueil.

Une femme magnifique s'avance vers moi, la même qui m'a fait entrer la dernière fois. Elle porte une robe beige près du corps qui met en valeur ses formes, de grosses boucles d'oreilles en or et ses longs cheveux aux boucles noires très serrées sont retenus en arrière par un foulard aux couleurs froides. Son regard chaud se braque sur moi, et je peux presque le sentir me transpercer.

– Lila Tristen ? fait-elle.

J'acquiesce.

– Bonjour, réponds-je en lui tendant la main.

– Leonora Okar, dit-elle en me rendant une poignée de main vigoureuse. Je suis galeriste ici. Je n'avais pas eu le temps de me présenter, la dernière fois.

Elle est ouvertement hostile, alors même qu'elle ne me connaît pas. Mais elle a visiblement entendu parler de moi. Mon cerveau se met à fonctionner à toute allure, inventant des scénarii motivés par mes hormones frustrées et mon cœur qui ne devrait pas s'en mêler. Qu'est-elle pour Reid ? Pourquoi se sent-elle obligée de pisser sur son territoire ? Pourquoi pense-t-elle qu'il serait son territoire ?

Je prends une longue inspiration pour évacuer ces réflexions puériles et stériles.

– Je suis venue rapporter ses livres à Reid.

– Reid ? répète-t-elle.

– M. Atlas ? essayé-je.

Elle arque alors un sourcil parfaitement dessiné, puis hausse le menton. Je sens que cette situation est sur le point de ressembler à deux louves prêtes à en découdre.

– J'aimerais que vous preniez conscience que vous n'êtes pas un point positif dans la vie de Reid, mademoiselle Tristen, commence-t-elle d'un ton cinglant. Je le connais suffisamment pour avoir remarqué que vous le contrariiez plus que vous ne l'aidiez.

C'est ce qui s'appelle aller droit au but. J'admire sa franchise. Pour ce qui est des mots choisis, c'est un autre problème.

– Vous en savez visiblement assez sur moi pour pouvoir juger l'intérêt de mon travail ? Puisque, je tiens à le mentionner, je ne suis ici que pour travailler.

– Je n'y crois pas un seul instant.

– Est-ce que je peux savoir ce que vous avez contre moi, Leonora ? fais-je en faisant exprès de l'appeler par son prénom. Vous semblez être motivée par quelque chose, mais je ne sais pas quoi.

Je ne précise pas que je parle de jalousie, mais nous le savons toutes les deux.

– Vous avez fait suffisamment de mal à Reid dans le passé, alors tenez-vous bien cette fois-ci.

Ma mâchoire se décroche soudain, pend d'un côté, puis se fracasse contre le sol. Je suis si incrédule que je n'arrive pas à prononcer le moindre mot pendant quelques secondes.

– Pardon ? lâché-je finalement avec un petit rire sarcastique.

J'ai fait du mal à Reid, moi ? C'est lui qui m'en a fait ! En m'abandonnant lâchement, en me laissant seule avec les conséquences terribles de notre nuit ! Je m'apprête à balancer la vérité, comme je balancerais de vieilles affaires par la fenêtre, pour m'en débarrasser, pour prétendre qu'elles ne m'importent plus. Alors que c'est faux.

Mais Reid apparaît soudain, surpris. Il tient un crayon de bois à la main, ce qui tranche avec son costume impeccable. Seigneur, je pourrais manger cet homme à la petite cuillère.

Il était visiblement en train de dessiner et notre échange quelque peu houleux l'a tiré de sa bulle créative. Et il ne s'attendait sans doute pas à trouver deux femmes en train de se tirer dans les pattes comme si elles étaient légitimes à le faire. Du moins, moi, je ne suis le pas. Je ne suis rien, si ce n'est que Reid et moi sommes liés par un contrat.

– Qu'est-ce qu'il se passe ici, bon sang ?

– Une revendication de territoire ? suggéré-je en haussant les sourcils à l'attention de Leonora. Un territoire sur lequel je n'ai pas l'intention de mettre les pieds. Mais quelqu'un se sent visiblement menacé.

Leonora lâche un petit rire sarcastique, croise les bras sur sa poitrine généreuse, puis me regarde la dépasser pour tendre les documents que j'ai apportés à Reid. Mon regard se plante au fond du sien quand il saisit la pochette, puis je vois ses yeux tomber sur mon cou, là où ma peau porte la marque de sa bouche. Il déglutit difficilement, étrangement troublé, puis me regarde de nouveau droit dans les yeux.

– Ceci est à toi, dis-je, assumant le double sens de ma déclaration.

Puis je tourne les talons en évitant de sentir les petits morceaux de mon cœur qui sont littéralement en train de se détacher et de se perdre au fond de mon ventre.

13

Reid

Depuis l'incident dans le couloir – comment l'appeler autrement ? – et celui avec Leonora, Lila et moi nous tenons à bonne distance l'un de l'autre. Nos échanges se limitent à des mails professionnels, froids, impersonnels. Le seul point positif, c'est que Lila avance bien, qu'elle bosse dur et qu'elle s'avère être une excellente conseillère en corrections éditoriales. J'ai enfin l'impression d'avancer sur un projet qui me tient à cœur, et ça me fait un bien fou. Je dois juste parfois oublier que c'est en partie grâce à ma voisine/collaboratrice/ennemie. Mais c'est comme d'essayer de ne pas fixer sa voisine d'en face s'envoyer en l'air derrière ses rideaux. Et peut-être que je ne dois pas penser à ma voisine en train de s'envoyer en l'air.

Je dois reconnaître que cette distance entre Lila et moi me perturbe, car nous vivons littéralement l'un sur l'autre. Son lit est au-dessus du mien. Et ce qu'elle peut y faire, ou ne pas y faire, accapare mes pensées déjà abonnées à Lila.com 26 h/24 h. Oui, en ce moment, mes journées sont si longues qu'elles devraient être illégales.

Nous ne nous sommes pas croisés, et j'admets que j'en aurais eu envie. Ça me fait mal de l'avouer, mais la toucher, l'embrasser, être près d'elle a réveillé des souvenirs. C'est comme si elle s'était distillée dans mon sang, elle est constamment dans ma tête. Je n'arrête pas de penser aux mots que nous avons échangés dans mon couloir, à sa volonté de parler de cette nuit-là, de ne pas nous laisser nous enterrer dans un présent aveugle au passé. J'ai failli craquer. Failli lui dire ce qu'elle a provoqué. Ce que j'ai vécu à cause d'elle. Mais alors, le Reid meurtri, celui qui déteste Lila, a pris le dessus et a reculé précipitamment. Hors de question que cette femme prenne plus de place dans ma vie, l'espace qu'elle s'est arrogé est déjà suffisant.

Lorsqu'elle est tombée sur Leonora quelques jours plus tôt, dans l'entrée de la galerie, j'ai entendu leurs échanges. J'ai vu la surprise de Lila quand Leo lui a balancé qu'elle m'avait fait du mal dans le passé. Une surprise qui était sincère, et qui me taraude depuis des jours. Est-ce qu'elle pense vraiment être innocente dans ce qu'il s'est passé ? Est-ce qu'elle s'imagine que ce qu'elle a fait n'a eu aucune conséquence ?

– C'est une comédienne égoïste, lâche Leonora en buvant une longue gorgée de bière.

Nous sommes assis à la terrasse d'un bar, bières à la main, tableau parfait d'un vendredi soir. Il ne manquerait plus qu'un coucher de soleil, mais les nuages sont de vrais nuisibles à Denver. Lorsqu'ils arrivent des Rocheuses et s'installent dans la vallée, c'est comme une chape de plomb au-dessus de nos têtes.

– Je ne sais pas ce que Lila est, réponds-je en écrasant ma cigarette – mauvaise habitude quand je suis stressé.

– Et c'est très bien comme ça. Tu n'as pas besoin d'elle plus que professionnellement.

– Je n'ai jamais laissé entendre qu'elle m'intéressait plus que ça.

Leo me lance un regard entendu.

– J'ai vu comment tu la regardes.

– Comme un mec sur le point de devenir fou ? raillé-je.

– Comme un homme qui n'a jamais vu une femme aussi sensuelle et séduisante.

– C'est précisément le cas.

Mon aveu surprend Leo, qui hausse un sourcil parfaitement dessiné. À vrai dire, moi aussi je suis surpris de l'avoir lâché aussi facilement. Mon palpitant se serre dans ma poitrine, et je ne sais pas s'il approuve ou désapprouve mes paroles.

– C'est donc plus grave que ce que je pensais.

– Je gère, Leo, réponds-je. Est-ce qu'on pourrait changer de sujet, maintenant ?

Elle soupire, boit de nouveau, avant d'acquiescer. Elle doit sûrement voir que j'ai été aussi troublé qu'elle par mon aveu, mais elle ne relève pas. Et je l'adore pour ça.

– Je dois aller en Écosse, dis-je même si elle le sait déjà. J'ai besoin de rencontrer cet artiste en personne, mais je n'ai pas envie de retourner là-bas.

– C'est la première fois que tu retournes à Édimbourg en deux ans ?

J'acquiesce en terminant ma pinte.

– Tu vas séjourner dans la maison de ta famille ?

Un goût de cendre envahit soudain ma bouche. Je bois la dernière goutte au fond de mon verre pour me donner une contenance. Dire que je n'ai pas envie d'y aller est un euphémisme, mais il le faut, je ne peux pas repousser ça éternellement. L'endroit doit être bien triste, malgré la femme de ménage que j'ai embauchée pour aérer et faire les poussières ces dernières années. Mais je ne me résous pas à vendre. Pas encore.

– C'est le plan, soutiens-je. Je vais essayer de rentrer le plus rapidement possible, histoire de ne pas m'absenter trop longtemps.

– Je sais garder la maison.

– Je ne préfère pas tenter le diable.

Leonora me lance un regard courroucé puis consulte sa montre.

– Je vais devoir t'abandonner, mon fiancé quémande de l'attention.

– Je perds toujours cette bataille, râlé-je pour la forme.

– Ce n'est pas toi que j'essaie de convaincre de choisir les faire-part gris à la place des bleus.

– Dieu merci… Pourquoi les gens s'infligent-ils ça ?

– Par amour, quoi d'autre ?

Je lâche un ricanement.

Leonora est fiancée à Tim depuis si longtemps que je n'ai pas assisté à leur rencontre. Mais ils ont enfin commencé à planifier leur mariage, ce qui est une belle avancée.

– On se retrouve demain matin ? Bonne soirée, Reid.

– Je t'invite, dis-je quand je la vois se diriger vers le comptoir. Bonne soirée à toi, ma belle. Passe le bonjour à Tim.

Elle me plante un baiser sonore sur la joue pour me remercier, puis disparaît à l'angle de la rue. Je promène mon regard aux alentours, comme si je sortais d'une bulle et que je me rendais finalement compte que je suis un mec seul à la terrasse d'un bar. Je reste planté là quelques minutes, hésitant entre commander une nouvelle bière et rentrer chez moi, quand je me décide finalement sur la seconde option.

Je vais payer au comptoir, quand une fille se glisse soudain à côté de moi, frôle mon bras avec sa poitrine, puis m'adresse un sourire en coin. Je la connais. C'est Daria, une brune adorable que j'ai connue pendant quelques mois. Étudiante en art, elle avait postulé à un poste de stagiaire à la galerie. Je ne l'avais pas prise, mais nous nous étions vus par la suite, jusqu'à ce qu'elle se trouve un mec qui voulait bien être en couple. Concept qui me donne autant envie que de demander Cersei Lannister en mariage.

Mais le mec en question a visiblement disparu.

– Tu me suis ? lancé-je en guise de salutations. Est-ce que je dois m'inquiéter ?

– Toujours sur la défensive, monsieur Atlas.

– Toujours aussi directe, mademoiselle Beaumont.

Elle balaye des yeux mon costume, puis son regard remonte

jusqu'au mien.

– J'allais rentrer, tu veux venir boire un verre ?

Elle arque un sourcil devant ma franchise, mais finit par esquisser un sourire en coin. Elle me connaît, elle sait que je parle peu mais que j'obtiens toujours ce que je veux. Et là tout de suite, elle est ce que je veux. Je n'ai pas vraiment envie de discuter avec une ancienne conquête, mais je dois admettre que Daria est de très bonne compagnie. Dans tous les sens du terme.

Et peut-être que ça me fera oublier qui se trouve dans l'appartement au-dessus du mien.

Nous marchons jusque chez moi, tout en prenant des nouvelles de nos vies respectives. Daria est charmante, et j'essaie de ne penser qu'à elle, qu'à ce moment. Mais chaque fois que son bras frôle le mien, c'est à quelqu'un d'autre que je pense. Et ça me rend dingue.

Nous entrons dans le hall de mon immeuble, j'appelle l'ascenseur, mais j'ai un mauvais pressentiment. J'aurais dû proposer à Daria de boire un verre au bar, puis d'aller chez elle. Et je ne sais pas pourquoi je raisonne comme un con qui ne veut pas tomber sur sa voisine.

Voisine qui se trouve dans l'ascenseur quand les portes s'ouvrent.

Mon instinct est un putain de médium.

Lila cille en me voyant, puis son regard se pose sur Daria. Elle hausse un sourcil, et je ne sais pas si son expression est narquoise ou surprise. Sûrement un mélange des deux. Mais je vois quelque chose au fond de ses yeux, quelque chose qui l'a fait tressaillir.

– Bonsoir, lance-t-elle en sortant.

Daria lui répond – étant donné qu'elle n'a pas les sous-titres de cette scène très peu agréable – puis nous entrons à notre tour. Je me sens mal à l'aise, comme si j'étais surpris en train de faire une bêtise. Alors que, bordel, je ne fais rien de mal !

– Heureusement que c'est mon appartement qui est au-dessus, ajoute Lila en nous lançant un regard par-dessus son épaule avant que les portes métalliques ne se referment. Je ne craindrai pas les raclements des pieds du lit.

Quoi ?

Le silence s'installe ensuite et l'ascenseur démarre.

– Tu la connais ? demande Daria en me lançant un regard en coin.

– C'est ma voisine.

Ma putain de drogue.

– Tu as quelque chose avec elle ?

– Des frais de copropriété.

Daria lâche un petit rire, puis soupire.

– Je ne parlais pas de ça.

– Il ne se passe rien avec ma voisine, Dar'.

Il se passe tout et n'importe quoi.

Pendant que l'ascenseur monte à mon étage, je me mets à cogiter méchamment sur la lueur hantée que j'ai aperçue dans le regard de Lila. J'ai eu envie de la voir toute la semaine, et quand je la croise finalement, c'est dans une situation embarrassante. Est-ce que ça lui a déplu de me voir avec Daria ?

Nous sortons de l'ascenseur, mais je sais que c'est fichu, que je ne vais penser qu'à Lila toute la soirée. Et ça me rend dingue. Parce que je ne devrais pas m'encombrer de la moindre considération pour elle. Elle devrait être un putain de détail dans ma vie, et non une racine qui s'étend sous mes pieds et qui menace de m'agripper les chevilles pour me faire tomber. Mais chaque fois que je regarde Daria, ce sont les yeux chauds de Lila qui me fixent, son expression insolente, sa bouche sensuelle. Les réponses de Daria sont fades en comparaison de tout ce qui sort de la bouche de Lila.

– En fait, je suis désolé, mais il faut que je parle à la voisine.

Je me fige dans le couloir, Daria se tourne vers moi, et je dois me faire violence pour croiser son regard. Il est amusé.

Dieu merci.

– À propos des frais de copropriété ?

– De l'entretien des caves, acquiescé-je.

Daria me lance un regard lourd de sens, puis éclate de rire.

– Dans ce cas, j'espère qu'elle sera contente que tu veuilles en parler, dit-elle en se mettant sur la pointe des pieds pour m'embrasser sur la joue.

Je suis obligé de me pencher quand même pour qu'elle m'atteigne, mais je lui suis reconnaissant de comprendre que je n'ai finalement pas la tête à… elle.

J'ai l'impression d'être un pauvre idiot qui a voulu tromper sa femme et qui s'est ravisé à la dernière minute.

Je l'observe faire demi-tour et reprendre l'ascenseur, puis disparaître derrière les portes après m'avoir lancé un clin d'œil. Je reste immobile en songeant au fait que je suis un bel enfoiré et que je n'ai pas la moindre foutue idée de ce que je suis en train de foutre. Mais, putain, depuis que j'ai vu Lila, j'ai envie de la rattraper sans la moindre idée de ce que je pourrais lui dire. L'envie de la voir me démange.

Je me sors de ma stupide torpeur, puis dévale les escaliers et quitte l'immeuble. Je fais plusieurs fois la rue à pied, dans l'espoir de la retrouver, quand j'aperçois un food truck installé sur la petite place qui jouxte l'immeuble. Lila est devant, en train de faire la queue. Mon cœur s'emballe. Si cet enfoiré n'était pas un organe vital, je lui mettrais une belle raclée.

Je fais le tour, puis me glisse derrière elle au moment où elle récupère sa commande. Je tends aussitôt ma carte bancaire au vendeur.

– La même chose, dis-je. Je paye le tout.

Lila sursaute et le vendeur me considère d'un œil méfiant. Il regarde ensuite Lila, comme pour vérifier que c'est une bonne idée.

– Je connais ce malade, confirme-t-elle. Vous pouvez le

laisser payer.

Je retiens un sourire et enfonce mes mains au fond des poches de mon jean. Je vois Lila m'observer du coin de l'œil, en piochant des morceaux de falafels.

– Déjà terminé ? raille-t-elle. Tu as changé.

– Je n'ai pas commencé.

– Alors qu'est-ce que tu fiches ici ?

– J'avais faim.

Je récupère mon repas et paye pour nous deux, avant de m'avancer en direction des nombreux bancs installés à quelques mètres, et qui font face aux montagnes, au loin. Le soleil descend lentement, tamisant la lumière, laissant la nuit s'approcher petit à petit. L'air est moins chaud, et je ne suis pas contre me rafraîchir les idées, car je ne sais toujours pas ce que je suis en train de faire.

– C'est fou que tu aies eu faim en même temps que moi, au même food truck que moi, et sans la nana qui t'accompagnait.

– Tu trouves toi aussi ? répliqué-je, narquois.

Nous nous asseyons sur un banc et commençons à manger en silence. Je suis terriblement conscient de sa présence à côté de moi, du moindre de ses gestes, de son parfum que je perçois et qui va me coller à la peau pendant des heures. De mon corps qui réclame le sien.

– Comment s'appelle-t-elle ? demande tout à coup Lila.

Ça fait de longues minutes que nous mangeons, dans un silence agréable, si bien que sa question semble résonner tout autour de nous.

– Qui ? fais-je alors que je sais pertinemment de qui elle parle.

– La fille que tu as abandonnée pour me courir après.

Je ravale un ricanement.

– Si tu penses que je l'ai laissée pour te courir après, pourquoi tu lui accordes de l'importance en voulant savoir son nom ?

– Je suis préoccupée par les personnes qui vont et viennent

dans mon immeuble.

Je lève les yeux au ciel, même si elle ne peut pas le voir.

– Je t'assure que Daria est une personne normale qui ne troublera pas ta sécurité.

– Merci pour la précision.

– Sur son prénom ou le fait que c'est une personne normale ?

– Sur le fait que ma sécurité est préservée.

– Tu comptes répondre à côté pendant tout le repas ?

– C'est toi qui as voulu me rejoindre, ce repas se déroulera donc selon mes conditions.

Nous échangeons un regard et je devine le sourire en coin qu'elle essaie de me cacher.

– Merci pour le repas, d'ailleurs, dit-elle.

Je lui adresse un clin d'œil et c'est à son tour de lever les yeux au ciel. Nous mangeons pendant un instant, et je meurs d'envie de me rapprocher et de la toucher.

Merde.

– Je vais m'absenter deux jours pour aller en Écosse, annoncé-je de but en blanc.

Je ne sais pas pourquoi j'ai sorti ça. Et je sais encore moins pourquoi je me sens obligé de préciser :

– À Édimbourg. Pour la galerie.

– Tiens donc, lâche finalement Lila.

Je perçois le ton narquois de sa réponse, qui s'est fait entendre malgré la décontraction qu'elle voulait laisser transparaître.

L'Écosse, c'est nous. Ça nous ramène brutalement à notre passé. Celui dont je ne veux pas parler.

Alors qu'est-ce qui me prend de lui dire tout ça, putain ?

– J'espère que ton voyage se passera bien, dit-elle alors.

– Je vais rencontrer un artiste qui rapporte beaucoup, j'espère le convaincre de nous accorder une exclusivité pour ses futures œuvres.

– C'est donc un voyage important pour la galerie…

– Si je n'arrive pas à le convaincre, je vais devoir démarcher d'autres artistes pour obtenir des exclusivités.

– C'est moi ou tu manques d'enthousiasme ?

Je prends une longue inspiration, le regard braqué sur les montagnes qui se recouvrent d'un voile sombre.

– Tu sais bien que je préfère les dessins.

– Ce qui me fait comprendre que tu ne voulais peut-être pas hériter de la galerie.

Je ressens la réponse de Lila comme un coup en plein estomac. Une main enserre brutalement mes entrailles et les écrase jusqu'à ce qu'il n'en reste plus rien. Une part de moi a envie de lui hurler qu'elle ne devrait pas oser me dire ça, mais l'autre part sait qu'elle n'est au courant de rien. Si je veux jouer les connards avec elle, elle va devoir apprendre la vérité. Or, ce n'est pas envisageable. Je ne veux pas que Lila Tristen détienne la moindre information sur mes failles.

– Pourquoi tu n'as pas ouvert ta librairie ? demandé-je en retour, autant pour changer de sujet que parce que cette question me taraude.

Les deux ans qui ont suivi notre rencontre m'obsèdent. Je me demande constamment ce qu'elle a fait, avec qui elle a été, quelle a été sa vie.

– Pourquoi tu pars du principe que je ne l'ai jamais ouverte ?

– J'ai vu ton C.V., lui rappelé-je.

Lila acquiesce tout en avalant une bouchée.

– Un point pour toi.

– Tu ne réponds pas à ma question, fais-je remarquer, et je me demande pourquoi.

– Je n'avais pas les fonds suffisants.

Mensonge. Peut-être que c'est une partie de la vérité, mais pas l'intégralité. Elle me ment, et je sens que sa librairie est un sujet délicat, qui la pousse à éviter le sujet. Lila n'est pas le genre de femmes à être mal à l'aise facilement, mais son histoire semble être un élément déclencheur. Intéressant.

– Mais tu as abandonné l'idée ou tu continues à économiser ?

– Je n'ai plus d'économies à mettre de côté.

– D'où l'argent dont tu as besoin avec notre contrat, fais-je.

– Entre autres.

Je repose l'emballage vide de mon repas et tourne la tête vers Lila. Les premières lueurs de la nuit se déposent sur elle, assombrissent ses cheveux lâchés, creusent des reliefs et des vallées sur son visage, font ressortir ses lèvres. Les lumières de la ville font briller ses yeux, qu'elle garde délibérément braqués devant elle.

– J'entends de l'amertume dans ta voix, dis-je en ayant conscience que je joue avec le feu en insistant.

– J'ai entendu la même chose dans la tienne quand tu as parlé de la galerie.

Elle tourne la tête vers moi et m'épingle de son regard.

– Tu crois que ton amertume disparaîtra ?

– Tu penses que la tienne va disparaître ? rétorque-t-elle.

– Je ne crois pas.

– Moi non plus.

– Comment tu vas faire pour vivre avec ?

– Je vais la laisser m'étrangler tous les jours, pour ne pas oublier d'où elle vient.

– Et d'où vient-elle ?

Lila marque une seconde avant de répondre.

– D'un traumatisme.

La surprise me fait ouvrir la bouche. Que lui est-il arrivé, bon sang ? Que s'est-il passé ces deux dernières années ?

– Et toi ? demande-t-elle alors.

Ma langue se dénoue avant que je puisse l'en empêcher.

– D'un traumatisme, réponds-je à mon tour.

Lila lâche un petit rire étrange, las, dépité.

– C'est si facile de laisser le noir gagner, hein ? Il est si confortable, alors même qu'il fait mal. C'est douloureux de garder les yeux ouverts dans le noir, en attendant une lumière qui ne viendra pas. Mais voir le monde tel qu'il est, voir sa vie telle qu'elle est, c'est pire. Le jour et la lumière sont des putains de miroirs.

Nous nous fixons. Mes lèvres débordent de tout ce que j'ai

envie de lui dire. Mes doigts me brûlent de l'attirer vers moi.

Mais je n'en fais rien. Parce que je suis un enfoiré beaucoup trop lâche. Un Docteur Jekyll et Mister Hyde qui la déteste et la veut.

Je me lève alors et lui tends la main pour l'inviter à me suivre. Elle m'ignore avec un regard joueur et se lève, tournant les talons sans attendre que je la suive, même si je le fais aussitôt.

Nous reprenons le chemin de notre immeuble, et la simplicité de ce moment me perturbe. Pourquoi est-ce si simple d'être avec une femme qui, pourtant, m'a fait autant de mal ? Pourquoi est-ce que j'ai constamment ce sentiment ambivalent quand il est question de Lila ? Je ressens cette électricité, elle me traverse chaque foutue seconde, mais elle me fait mal aussi, elle me fait éprouver une culpabilité dérangeante qui me donne envie de m'enfermer dans mon appartement et oublier qu'elle vit juste au-dessus.

Nous entrons dans le hall en silence, puis dans l'ascenseur. Les portes s'ouvrent d'abord sur mon étage et je sors dans le couloir, avant de me tourner vers Lila en coinçant les portes avec mon pied.

Une soudaine envie me saisit tout entier. Un cri de mon instinct.

– Viens avec moi à Édimbourg.

Putain, qu'est-ce que je viens de dire ?

Lila déglutit difficilement et elle ne tente pas de se cacher derrière son insolence, pour une fois. Ce que je vois là maintenant, ce sont ses émotions brutes, dépourvues du moindre artifice. De la confusion et de la peur.

– Pourquoi ? demande-t-elle, sur la défensive.

– On pourrait continuer à bosser, réponds-je sans réfléchir.

– C'est la pire excuse que je n'ai jamais entendue.

J'accuse le coup en hochant plusieurs fois la tête. J'ai une vision très claire du karma en train de me rire au nez, là tout de suite. Pourtant, je ne peux m'empêcher d'être déçu, et ça m’agace.

– Pas de souci. On se voit plus tard !

Je retire mon pied et les portes s’apprêtent à se refermer, quand la voix de Lila me parvient, une demi-seconde avant qu’elle ne s’envole vers son étage :

– C’est d’accord.

Eh merde !

14

Lila

Tandis que la secousse de l'atterrissage laisse place au coup de frein violent du pilote, mon cerveau se met à fonctionner à toute allure et à me torturer plus sévèrement que durant le vol. Mon cœur s'emballe. Je sens des sueurs froides glisser dans mon dos. Pourquoi est-ce que j'ai accepté de rouvrir mes plaies ? Je garde les yeux rivés sur le siège devant moi, pour ne pas tourner la tête à gauche vers Reid et à droite vers l'Écosse.

Nous n'avons pas échangé le moindre mot pendant tout le vol. J'ai accepté de l'accompagner deux jours plus tôt, sans savoir pourquoi il me l'a demandé et encore moins pourquoi j'ai dit oui. C'était une réponse instinctive, comme un cri sorti tout droit de mes entrailles. Je ne pouvais pas laisser se refermer la brèche qu'il a ouverte en me demandant de venir avec lui, pour une raison qu'il n'a pas semblé comprendre lui non plus. Nous avons échangé quelques mails pour les billets d'avion, puis nous nous sommes retrouvés dans le hall de notre immeuble, avons partagé un taxi, le tout dans un silence royal, mais étonnamment détendu. La discussion à cœur ouvert que nous avons eue le soir où il m'a préférée à son plan cul a été comme un élément déclencheur. Ou plutôt la résolution d'une énigme dont nous n'avions même pas conscience. Je ne sais toujours pas ce qui lui a fait faire demi-tour pour me retrouver, ce soir-là. Et j'ai dans l'idée que, de son côté, il n'a pas envie de mettre des mots dessus. Mais il est inenvisageable que je n'obtienne pas de réponse et je sais que ce voyage sera le moment parfait pour lui arracher une vérité qu'il ne semble pas vouloir regarder en face. Sans parler de ce qu'a insinué Leonora, à la galerie. J'aurais fait du mal à Reid, il y a deux ans, mais j'ai la sensation que ce n'était pas de moi dont elle parlait. C'est impossible.

Je range le livre que j'ai fait semblant de lire tout le vol, puis nous quittons l'avion. Tandis que le bus nous amène de la piste à l'aéroport, je me résous enfin à lever les yeux vers le monde autour de moi.

Et mon cœur sombre au fond de ma poitrine.

La dernière fois que je suis venue ici, j'avais le cœur en miettes, le parfum de Reid sur ma peau et son empreinte partout sur moi. Ma langue ne prononçait que son prénom, mes yeux pleuraient son abandon. Je m'étais promis de ne jamais remettre les pieds dans ce pays. Jamais je n'aurais cru y revenir parce que l'homme pour qui je suis partie me l'a proposé.

C'est la gorge nouée et l'estomac à l'envers que je suis Reid dans les méandres des couloirs, jusqu'à la sortie où se trouvent les taxis. Quand les portes coulissent à notre approche et que l'air frais me picote le visage, j'ai envie de faire demi-tour. Pour éviter d'être ce genre de cliché d'aéroport, je me tourne vers la raison de ma présence ici.

Une raison vêtue d'un jean qui tombe bas sur ses hanches, d'un tee-shirt sombre à manches langues et d'une veste en cuir qui me donne de vilaines idées depuis des heures. Un paquet de cigarettes dépasse de sa poche.

– Où se trouve l'hôtel où on va séjourner ? Je dois toujours te rembourser ma chambre.

– On ne va pas à l'hôtel, Lila.

Sa réponse, prononcé d'un ton bourru, semble éclipser tous les sons autour de nous. Je le fixe, la bouche ouverte, tandis qu'il attend notre tour dans la file des taxis.

– Pardon ? lâché-je.

Lorsqu'il m'a envoyé mes billets d'avion, il m'a assuré s'être occupé de notre logement. J'ai pensé naïvement qu'il parlait d'un hôtel.

– Nous allons séjourner dans la maison de ma famille, répond-il, en continuant d'éviter mon regard. Il y a suffisamment de places pour nous deux. On ne sera pas l'un sur l'autre.

Je le scrute, incrédule, mais il refuse toujours de tourner la tête vers moi. Je saisis sa manche et le tire vers moi. Il soupire et son regard croise enfin le mien. L'air chargé de la brume des Highlands fait ressortir le gris de ses yeux.

– Je ne serai pas là de la soirée, tu auras la maison pour toi, continue-t-il, faisant exprès de ne pas voir le problème.

– Reid, l'interpellé-je.

J'ai enfin la sensation d'avoir toute son attention. Je fais un pas vers lui, comme poussée par une main invisible, et réduis considérablement l'écart entre nous. Son parfum dans l'air m'étourdit une seconde.

– Tu aurais dû me le dire avant qu'on décolle, dis-je alors.

– Tu ne serais pas venue si tu l'avais su ? rétorque-t-il d'un ton narquois qui me fait lâcher sa manche.

– Peut-être pas.

– Tu serais venue, assure-t-il avec un sourire en coin insolent.

– Ça faisait longtemps que je n'avais pas vu autant d'émotions sur ton visage, raillé-je. Jusqu'à présent, tu ressemblais à un enfant grossièrement maquillé en zombie le soir d'Halloween.

Il me fusille du regard.

– Tu n'étais pas convaincant dans ton rôle, ajouté-je.

Nous nous observons un instant, et je sens que nous saisissons à présent l'étrangeté de ce moment. Nous sommes de retour dans le pays qui nous a vus naître, nous, ce chaos électrique. Nous sommes de retour, après qu'il m'a détruite et qu'il n'en a pas la moindre foutue idée.

J'ai soudain envie de le toucher, comme un besoin irrépressible. Une bulle de frissons éclate dans mon ventre. Un courant grisant me traverse. Reid doit éprouver la même chose, car sa main se lève soudain, comme pour me toucher, mais il la laisse finalement retomber et marmonne un juron en se détournant.

– Allons-y, décide-t-il en allant vers le premier taxi.

Le chemin jusqu'à la maison de sa famille se fait dans un nouveau silence que le chauffeur prend plaisir à briser en nous lançant question sur question. Reid répond en grognant, et je fais exprès d'être enjouée pour l'embêter.

Mais la vérité, c'est que tout est bon pour m'occuper et m'éviter d'avoir à observer le paysage autour de nous. Je ne veux pas voir Édimbourg. Je ne suis pas encore prête à baisser les yeux sur mes cicatrices et découvrir qu'elles sont encore rouges et sensibles.

Nous sortons de la ville et rejoignons un petit village aux maisons en pierre des Highlands recouvertes de mousse. Au loin, les montagnes s'élèvent vers le crépuscule grandissant. Un voile de brume flotte au-dessus du sol. Le taxi finit par s'arrêter devant une haute maison recouverte de lierres, autour de laquelle des tas de feuilles mortes sont dispersés. Les haies auraient besoin d'être taillées et le portail de l'entrée a connu des jours meilleurs. Toutefois, les volets sont ouverts et je vois un feu de cheminée brûler derrière la fenêtre de gauche, au rez-de-chaussée. À moins que les fantômes aient eu besoin de faire un feu, cet endroit n'est pas aussi sinistre qu'il en a l'air.

Je paye le taxi sous les sourcils froncés de Reid et je lui réponds en le fusillant du regard. Nous saluons ensuite le chauffeur, puis Reid me précède dans l'allée aux pavés glissants. Je lève les yeux vers les trois étages de la bâtisse, avec une sensation de familiarité étrange. J'ignore pourquoi l'Écosse a cet effet sur moi, comme si j'y étais chez moi, alors même qu'elle ravive aujourd'hui des souvenirs désagréables. Et je ne parle pas du fait de me retrouver seule ici avec Reid. Je ne préfère même pas réfléchir à ça.

Reid a les épaules voûtées et semble tendu. Il prend une brusque inspiration en insérant la clé dans la serrure et en ouvrant la porte, à tel point que je le retiens par la manche pour la deuxième fois en une heure.

– Qu'est-ce qu'il se passe, Reid ? demandé-je, les sourcils froncés.

Il tourne la tête vers moi et je découvre que sa mâchoire est crispée et que son regard est hanté. Je pose alors mon sac de voyage et le tourne complètement vers moi en posant mes mains sur ses bras. Il se laisse faire en soupirant. Mes doigts me picotent et je ne peux m'empêcher de saisir son menton pour baisser son visage vers le mien. L'électricité réapparaît et il se mord la lèvre inférieure en secouant la tête, comme si ce n'était pas le moment.

J'enfonce un doigt dans son estomac.

– Qu'est-ce que tu retiens, là ? fais-je.

Il me scrute un instant et je sens ses abdominaux se contracter. Doux Jésus. Je suis presque sur le point de lui demander de le refaire, quand il me répond enfin :

– C'est la première fois que je reviens.

– Depuis quand ?

Sa mâchoire et son ventre se contractent de nouveau.

– Deux ans.

Mon estomac se noue méchamment.

– Qu'est-ce qu'il s'est passé il y a deux ans ?

Il me scrute un instant, avant de secouer la tête et de faire un pas en arrière.

– Allez, on rentre. Il fait trop froid dehors.

Je n'ajoute rien, ne voulant pas creuser là où il n'a pas envie que je cherche. Je le suis donc à l'intérieur de la maison, où je découvre que tout est propre et prêt à nous recevoir. Je me demande qui vit ici.

– Je paye une femme de ménage pour qu'elle entretienne les lieux, explique Reid quand je referme la porte derrière nous.

Je comprends alors qu'il a hérité de cette maison en même temps que la galerie. Il y a deux ans. Décidément, il s'en est passé des choses cette année-là…

La maison sent le feu de cheminée et les tapis anciens, qui recouvrent d'ailleurs le vieux parquet et les escaliers qui montent au premier. La décoration est vieillotte, faite de cadres dorés, d'objets en bois sculpté et d'assiettes accrochées aux murs. La cuisine aux carreaux bruns est immense, et je ne parle pas du salon, de la salle à manger, du deuxième salon et des autres pièces que je distingue à peine.

– J'ai demandé à la femme de ménage de faire ta chambre au deuxième étage. La mienne est au premier.

– Tu as peur que je ronfle trop fort ?

– Je sais que tu ne ronfles pas.

– Merci de me rappeler sans délicatesse que nous avons déjà dormi ensemble.

– Tu n'as pas envie d'y penser ?

Je me mords la langue pour me retenir de l'insulter. À la place, je choisis l'insolence, comme d'habitude :

– Je suis heureuse de voir que tu as conservé l'ordre des choses, en tout cas. Moi au-dessus, toi en dessous.

Reid me lance alors un regard par-dessus son épaule et je vois un sourire en coin étirer ses lèvres. Ah, les hommes…

– Je t'écoute, raillé-je avec un sourire narquois. Tu souhaites partager ton opinion avec le reste de la classe ?

– C'est comme ça que je t'ai aimée. Toi au-dessus.

– On parle au passé ? rétorqué-je en ignorant la langue de feu qui s'enroule autour de mon ventre.

– *Nous* appartient au passé, Lila, répond-il laconiquement en haussant une épaule et en mimant des guillemets.

C'est à cet instant précis que je réalise que nous sommes seuls, dans cette maison. Et qu'il n'y aura que nous pendant deux jours. Ça ne risque pas d'être de tout repos, et je ne sais pas si ce sera positif ou négatif. Je vais devoir me tenir sur mes gardes. Parce que je ne crois absolument pas à ce que vient de dire Reid.

– Va dire ça au suçon qui vient à peine de disparaître de mon cou.

Les mâchoires de Reid se contractent et je sais très précisément que je viens de marquer un point. Préférant rester sur une égalité, je reprends mon sac et me dirige vers les escaliers, dans le but de m'installer et d'être un peu au calme. J'en ai grand besoin.

– Je reviendrai dans la nuit, me lance Reid tandis que j'atteins le haut des marches. Je vois des amis.

– Tu n'as pas à me tenir au courant de ton emploi du temps, répliqué-je.

– C'est vrai, répondit-il sèchement. Tu as raison.

Je l'entends grommeler quelque chose puis disparaître dans la maison. Sa frustration s'écoule de lui par vagues et se heurte à la mienne. Mais le premier à l'admettre aura perdu, et aucun de nous deux n'a envie de perdre. J'ai déjà trop perdu à cause de cet homme.

***

Je suis seule dans la véranda d'hiver en train de fixer le paysage écossais plongé dans les ténèbres. Les doubles portes vitrées du salon sont ouvertes et laissent passer les crépitements du feu de cheminée. Je suis enfoncée dans un fauteuil, une couverture sur les genoux et mon ordinateur portable pour seule lumière. Reid m'a envoyé son manuscrit avant de partir, si bien que je n'ai pas pu résister à l'envie de m'y plonger. Je viens de terminer de dîner, j'ai grignoté les restes de mon sandwich du midi, faute d'avoir la force d'aller faire des courses seule dans la nuit et le froid. J'échange quelques messages avec Annabelle quand j'entends soudain la porte d'entrer s'ouvrir et se refermer.

Mon cœur s'emballe. Mon bas-ventre se crispe. Mon corps crie *son* nom, et ça me rend folle.

Un éclat de voix féminine se fait tout à coup entendre, suivi d'un grognement de Reid, et je sens mon corps passer des flammes à la glace en une seconde.

Quand il a parlé de rendez-vous avec des amis, je l'ai cru. Pas une seule seconde je n'ai imaginé qu'il avait un rencard avec une Écossaise. Et encore moins qu'il la ramènerait à la maison. C'est la deuxième fois de la semaine que je le découvre avec une femme et je n'apprécie vraiment pas l'expérience. Ce serait mentir que de dire que ça ne me fait rien, je ressens une pression sourde au creux de mon ventre. Prête à exploser.

Je reste figée, incapable de faire le moindre geste. Je suis paralysée, mon visage est engourdi. Une sensation étrange monte en moi, entre la colère, la frustration et la peine. Et je n'ai pas la moindre foutue envie de savoir pourquoi. Mon cœur bat sourdement, résonne entre les murs vitrés de la véranda.

Ma respiration s'accélère quand je les entends monter les escaliers.

Une porte claque. Puis plus rien.

Je me décide enfin à bouger et à entrer dans le salon, en refermant les portes derrière moi. Je me laisse tomber dans le premier fauteuil en me rongeant l'ongle du pouce. Je lâche un petit rire quand je réalise que je me comporte comme une idiote.

Reid Atlas a le droit de faire ce qu'il veut.

Enfin, c'est ce que je pensais jusqu'à ce que je me mette à entendre des bruits. *Leurs* bruits. Je lève les yeux vers le plafond en ignorant mon cœur qui accélère encore un peu. Hors de question que je reste ici à les écouter faire trembler les lustres. Je textote à Annabelle :

[M. Atlas vient de ramener
son dessert à la maison.
Je l'entends manger avec avidité.
Le dessert se laisse dévorer.]

Sa réponse arrive presque aussitôt :

[Je suppose qu'il mange la bouche ouverte ?]

[Je déteste entendre les gens manger.]

[Coupe-lui l'appétit.]

[Comment ?]

[Approche un briquet du détecteur
de fumée ? Mets une enquête criminelle
à la télé et le son à fond ?
Fais cuire du poisson ?]

[Je n'ai pas de briquet.
À cette heure-là, il n'y a
sûrement que des reportages
sur l'herbe des Highlands à la télé.
Et je n'ai pas de poisson.]

[Dans ce cas, accepte que ton karma
soit un enfoiré aujourd'hui
et enfonce des écouteurs
dans tes boules Quies.]

[Peut-être que mes vomissements
de dégoût couvriront les bruits
de mastication au-dessus de ma tête.]

J'éteins les lumières du rez-de-chaussée et monte jusqu'à ma chambre. Je prends une longue inspiration en posant le pied sur le palier du premier étage quand un soupir féminin me parvient. Je m'élance alors aussi vite que possible au deuxième étage pour me réfugier dans ma chambre. Je referme la porte doucement, puis m'appuie au battant. Mais les murs sont tellement fins que j'entends encore tout ce qu'il se passe.

J'ai de plus en plus chaud, mais je sais que c'est la colère qui gagne en intensité. Parce que Reid m'impose une autre femme. Parce qu'il n'a aucune considération pour moi. Parce qu'il ne peut pas me demander de venir pour une raison dont nous n'avons même pas parlé et ensuite me mettre sa dernière conquête sous le nez.

Il y a peut-être des femmes qui se boucheraient les oreilles et attendraient que ça passe, parce qu'elles n'en auraient rien à faire. Mais je ne suis ni calme, ni patiente, ni compréhensive. J'ai une relation particulière avec le respect, tout simplement parce qu'on m'en a manqué trop souvent. Reid Atlas en particulier.

Quand les cris s'intensifient, je perds patience. Littéralement.

Je sors de ma chambre en trombe, puis dévale les escaliers au moment où les bruits qu'émet Reid me laissent penser qu'il est sur le point de jouir.

J'ouvre la porte de sa chambre à la volée.

– Ça suffit ! lâché-je sèchement.

Puis mes poumons se vident. Ma gorge s'assèche.

Reid est assis sur le bord du lit, une femme entre ses jambes. Il ne porte que son caleçon, qu'elle tire vers le bas pour pouvoir dégager l'objet du spectacle. S'il n'y avait pas une inconnue à moitié nue avec nous, j'aurais pu apprécier la vue. Mais, là tout de suite, j'ai envie de détruire chaque meuble de cette maison.

Mon interruption le coupe visiblement dans son élan et son regard se braque sur moi quand il laisse échapper un long râle de frustration.

– Lila, dégage, putain ! gronde-t-il entre ses dents en remettant son caleçon en place.

Tous ses muscles sont contractés et un voile de sueur recouvre sa peau bronzée. Les reliefs de ses cuisses et de son ventre me donnent envie de me confesser de toute urgence. Ses mains agrippent le rebord du lit et des veines saillent le long de ses bras. Ses boucles humides retombent sur son front, ses sourcils épais sont froncés et son regard est orageux. Sa bouche entrouverte semble faite pour prononcer de vilaines choses.

La fille me jette un regard par-dessus son épaule, avant de tirer la couverture vers elle. J'aurais aimé qu'elle ne soit pas jolie.

– Fais ça en silence ou je t'assure que je reviendrai ouvrir cette porte chaque fois que tu seras sur le point de jouir, rétorqué-je d'un ton sec.

Mes joues me brûlent. Mes doigts me démangent. Une douleur sourde pulse dans mon ventre. Mon cœur bat de colère. Je voudrais fermer les yeux et revenir en arrière, avant que je pousse cette porte et que j'aie la vision de Reid avec une autre femme. J'aurais voulu qu'une main me retienne avant que je ne cède à la colère et que je laisse parler mes émotions qui n'ont pas à s'en mêler.

– Je ne te le dirai pas une deuxième fois, Lila, prévient Reid en restant assis, le corps si tendu que j'ai l'impression que ses tendons vont se rompre.

– Moi non plus, répété-je en faisant un pas dans la pièce. Respecte le fait que je séjourne ici, parce que *tu* as décidé que ce serait le cas.

– OK, décrète soudain la fille en enfilant son chemisier et en le boutonnant rapidement. Je vous laisse vous hurler dessus. Désolée de t'avoir dérangée, ajoute-t-elle ensuite avec un petit ricanement désagréable.

Elle me contourne pour sortir et Reid la regarde d'un air sombre, comme s'il pensait sincèrement qu'elle allait rester et nous regarder nous entretuer. Pourquoi ne la retient-il pas ?

– Je suis désolé, Maya… soupire-t-il en se passant une main dans les cheveux, défaisant ses boucles.

– On remettra ça, répond-elle avec un sourire en coin avant de disparaître.

– Pas dans cette maison, si possible, interviens-je.

Reid se lève soudain et vient se planter si près de moi que je peux compter les gouttelettes de sueurs qui parsèment son torse. Son regard me fusille sur place, il expire longuement, presque douloureusement.

– Tu vas trop loin, Lila, crache-t-il entre ses dents serrées, plus menaçant qu'un orage prêt à éclater.

En bas, la porte d'entrée claque. Des frissons me dévalent le dos. Mon cœur va sortir de ma poitrine. Ma peau est moite.

– Tu crois que j'allais t'écouter t'envoyer en l'air avec une autre ? lancé-je en me nourrissant de ma colère pour oublier la scène à laquelle je viens d'assister.

L'air est saturé de chaleur et de tensions. Reid sent le parfum d'une autre et j'ai l'impression qu'une lame tranche allègrement mes entrailles.

– Alors que la dernière fois que j'ai entendu ces sons sortir de ta gorge, c'était moi qui avais les jambes enroulées autour de tes hanches ? renchéris-je en me dressant face à lui, me protégeant derrière ma rage.

– Tu n'as pas à te comporter comme une putain de petite amie jalouse !

– La jalousie n'a rien à voir là-dedans, réponds-je avec un petit rire sarcastique. Ça s'appelle du respect, Reid. Ne te comporte pas comme un connard et peut-être que je serai cordiale et que je te laisserai baiser à en faire trembler les murs.

Reid se rapproche encore. Ses jambes effleurent les miennes. Je ne porte rien d'autre qu'un petit short et un tee-shirt blanc, sans rien dessous. Ma peau se hérisse. J'ai autant envie de le repousser que de l'attirer encore plus près.

L'électricité que nous provoquons chaque fois se répand dans la pièce.

– Tu voulais être à la place de cette fille et ça te rend dingue, hein ? lance-t-il comme une attaque, un sourire mesquin sur le visage.

– J'ai déjà joué, répliqué-je. Et quand je goûte à un gâteau, je ne reviens jamais manger les miettes.

Je m'apprête à tourner les talons, ne supportant pas la lourdeur de l'air et l'épaisseur de ma colère, mais Reid saisit le battant de la porte et referme celle-ci dans mon dos. Il garde le bras tendu à côté de ma tête, se montrant ouvertement menaçant et hostile avec moi. Je ne sais plus où regarder, quoi ressentir. Je ne fais pas confiance à mon corps, qui se tend vers le sien comme si c'était le seul homme sur Terre. Mon instinct continue de hurler son nom, et c'est aussi délicieux que douloureux.

J'ai envie de lui. Je le veux de tout mon être. Mais je le déteste viscéralement à cet instant précis. Il me fait mal, et j'ai envie de lui faire ressentir ce que j'éprouve.

– Pourquoi n'as-tu pas dit à Maya de t'attendre le temps qu'on règle nos comptes ? demandé-je ensuite d'un ton sec. Et pourquoi bandes-tu encore plus fort qu'avant son départ ?

Je croise les bras sur ma poitrine et il baisse une seconde les yeux, avant de les raccrocher de nouveau aux miens. Il fulmine, se retient, mais je ne sais pas de quoi.

– Tu crois ? raille-t-il en voulant se plaquer contre moi.

Je plaque mes paumes sur son torse pour le repousser, mais autant essayer de bouger un rocher à mains nues.

– Hors de question que tu me touches alors que tu as l'odeur d'une autre sur toi !

À cet instant précis, je vois les dernières cordes qui retiennent Reid à la raison lâcher dans un fracas assourdissant.

– C'est ça le problème, Lila ? Tu ne supportes pas que je puisse être avec une autre ?

Il enroule soudain ses bras autour de ma taille et mes pieds décollent du sol. Je pousse un cri de surprise et d'indignation, mais il m'a déjà portée dans la salle de bains. Quand mes pieds nus touchent de nouveau le sol, nous sommes dans sa douche, dont il referme la porte en verre avant d'ouvrir l'eau sur nous.

Je pousse un cri de surprise.

Je suis trempée en une seconde. Mon tee-shirt devient aussitôt transparent, mais c'est la dernière de mes préoccupations quand je vois Reid enlever son caleçon, se saisir du savon, le faire mousser entre ses mains puissantes, puis commencer à frotter sa peau avec détermination. Je suis figée, subjuguée par le spectacle qu'il me donne. L'eau ruisselle sur son corps nu qui ne demande qu'à être touché. Le savon coule dans de longs filets qui viennent se perdre à ses pieds. Il nettoie chaque centimètre carré de peau, puis, quand il arrive entre ses jambes, il rive son regard au mien.

Je déglutis difficilement, le visage en feu et le corps si brûlant que j'ai la sensation que l'eau est glacée en comparaison. J'ai du mal à respirer, du mal à garder les yeux dans les siens et à ne pas me concentrer sur les gestes qu'il fait, ce va-et-vient qui m'étourdit l'esprit… Du mal à ne pas me dire que j'ai joué avec le feu et que je ne sens dorénavant plus la brûlure.

Je vendrais mon âme au diable pour que ce soient mes mains à la place des siennes, là maintenant. Je voudrais même être cette putain d'eau qui coule sur lui.

Les vitres se couvrent de buée. Il n'y a que nous. Enfermés alors que c'est la pire des idées. Parce que c'est comme enfermer deux prédateurs dans une cage et s'attendre à ce qu'ils restent assis chacun de leur côté. C'est impossible. Ils vont forcément se jeter l'un sur l'autre.

Quand la peau de Reid est devenue rouge, il se rince la bouche, puis fait disparaître l'écart entre nous. Je me presse au fond de la douche, mes cheveux et mes vêtements plaqués contre moi et de l'eau dans les yeux, mais il me suit.

Je sens une masse longue et épaisse appuyer contre mon ventre et je dois me mordre violemment la lèvre pour retenir un gémissement.

– On peut discuter, maintenant ? lâche-t-il d'un ton mesquin qui est loin de me plaire.

Ma poitrine mise à nu pointe vers lui chaque fois que j'inspire, un exercice devenu compliqué depuis que son caleçon s'est échoué au sol. La sensation de la pointe de mes seins caressant son torse nu est en train de me voler ma raison.

Je n'ai pas envie de lui. Je meurs de lui. Littéralement.

Son regard tombe sur ma bouche.

Mon cœur manque un battement.

J'ai déjà fondu comme neige au soleil. Je suis devenue liquide, et je me suis enroulée autour de lui. Dire non à la lueur que je vois sans ses yeux assombris de désir est une torture, mais il n'y a pas d'alternative. Le désir est un poison quand il vient de Reid Atlas.

Je rassemble le peu de force qu'il me reste et les miettes de mon courage éparpillées autour de moi, puis prends une longue inspiration tremblante.

– Merci pour tes efforts, dis-je d'une voix rauque qui trahit mon besoin terrible de lui. Mais ça ne peut pas être aussi simple que ça.

Un sourire narquois étire ses lèvres tandis que le bout de son sexe continue de se presser contre mon nombril. Mes poumons me font souffrir, mon ventre se tord continuellement, quelque chose pulse furieusement entre mes jambes. Je serre les cuisses, mais c'est encore pire.

– Je ne fais aucun effort, Lila, souffle-t-il contre ma bouche. Tu n'es pas un effort. Tu es la plus longue inspiration que j'aie jamais prise.

L'arrière de ma tête bascule contre la paroi de douche et je ferme les yeux. Ma tête tourne, mon corps réclame le sien.

Je sens ses mains se presser de chaque côté de ma tête et sa bouche effleurer la mienne. Il ne suffirait que d'une étincelle. L'électricité qui envahit la douche court sur ma peau et crépite là où elle est la plus brûlante.

Je rouvre les yeux et tombe au fond des siens. Il est si près que je peux suivre le chemin des gouttes sur son visage. J'ai envie de goûter sa peau, de récolter l'eau qui ruisselle sur lui du bout de ma langue. Instinctivement, comme un sursaut de désir et d'inconscience, ma langue pointe et Reid laisse échappe un râle. Nos langues s'effleurent une seconde et c'est pour moi l'élément déclencheur.

La raison éclaire soudain mon esprit et je prends une

brusque inspiration. Je me glisse sous le bras de Reid, ouvre la porte de la douche et me prends l'air frais de la chambre comme une gifle. Je n'arrive plus à avaler ma salive, je ne peux que prendre de petites inspirations. Mes poumons protestent. Mon corps est en manque de *lui*.

« Tu es la plus longue inspiration que j'aie jamais prise. »

Mon cœur se tord.

Totalement trempée, je sors de la chambre et cours m'enfermer dans la mienne. Je me laisse glisser contre le battant, les yeux rivés sur la nuit qui s'étend par la fenêtre. Je ne sais pas ce qui vient de se passer, mais j'ai dans l'idée que c'est le moment le plus intense de toute ma vie. Quant à savoir si c'est positif ou négatif, j'ai le cerveau trop étourdi pour trancher.

J'ignore combien de temps je reste assise là, mais je finis par entendre Reid s'activer dans la maison. Les murs et les planchers semblent aussi fins que du papier. Il change ses draps, puis je l'entends quitter sa chambre. Le silence se lève alors dans la maison, et je réussis à me relever pour aller me sécher et me changer, amorphe. Je vais ensuite m'allonger sur mon lit, mais les heures défilent sans que je parvienne à fermer les yeux.

Quand je perds patience, il est une heure du matin et je n'entends plus Reid. Je me lève dans le but de trouver quelque chose pour m'occuper et ne pas penser à ce qu'il s'est passé dans cette douche.

J'enfile un long gilet en maille, des chaussettes épaisses et descends au rez-de-chaussée avec mon ordinateur portable. Il ne me reste que quelques marches quand je réalise que Reid est en bas, assis à la table de la cuisine, uniquement vêtu de son caleçon, en train de dessiner. Des croquis sont étalés autour de lui. Une théière et une tasse fumante l'accompagnent.

Ma gorge se noue, mon ventre se réveille.

Après avoir fui aussi vite de la douche, j'aurais dû faire demi-tour face à cette scène, mais je ne peux pas m'empêcher de le rejoindre. Il m'a entendue descendre les escaliers, si bien qu'il ne lève les yeux vers moi que lorsque j'ai attrapé une tasse vide, que je me suis assise face à lui et que j'ai ouvert mon ordinateur.

Il me regarde par-dessous ses cils, le regard indéchiffrable. J'ai une furieuse envie de passer mes doigts dans ses boucles sombres et encore humides.

Je me sers du thé, puis commence à travailler pour me libérer de l'emprise de ses yeux.

Ses genoux enserrent soudain les miens sous la table et je sens alors quelque chose se contracter violemment dans ma poitrine. Quelque chose qui ne devrait rien avoir à faire dans cette histoire.

15

Reid

Le lendemain matin, j'ai l'impression qu'un camion m'est passé dessus. Puis que le chauffeur a fait marche arrière pour m'achever. Avant de me faire un doigt d'honneur dans le rétroviseur.

Le soleil gris écossais entre par la fenêtre de ma chambre, dont je n'ai même pas pensé à fermer les rideaux. Quand je me suis écroulé cette nuit, il était tard – ou tôt – et j'avais passé des heures à dessiner, Lila en face de moi. Nous avons travaillé dans un silence calme et serein, ce qui a totalement tranché avec la façon dont nous nous sommes confrontés l'un à l'autre quelques heures plus tôt. Nos genoux ne se sont détachés qu'au moment où je suis allé me coucher.

Je ne regarderai plus jamais cette douche de la même façon. Lila non plus, en fait.

« Tu es la plus longue inspiration que j'aie jamais prise. »

Putain, mais qu'est-ce qui m'a pris de lui avoir dit ça ?

Je parcours la chambre de mon enfance des yeux et je ne ressens plus la peine que j'ai éprouvée la veille en entrant de nouveau dans cette maison. J'ai installé Lila dans une des chambres d'amis, car je ne voulais pas qu'elle entre dans les autres, qu'elle y mette son empreinte. Mais je n'avais pas pensé qu'elle marquerait son territoire dans ma propre chambre.

Quand j'ai rejoint mes amis au bar, j'ai passé un bon moment, mais j'avais envie d'énerver Lila et de me la sortir de la tête. Je me suis isolé du groupe avec Maya pour boire un verre, j'ai adoré parler du passé avec elle. Nous avons passé nos étés ensemble, et j'avais besoin de cette escapade dans mes souvenirs pour me rattacher à du positif, retrouver quelque chose d'agréable en Écosse. De fil en aiguille, nous avons aussi retrouvé nos marques l'un avec l'autre, ce qui nous a conduits à la scène dans ma chambre. Et à l'arrivée subite de Lila.

Évidemment que j'ai pensé à elle, au fait qu'elle entendrait forcément quelque chose. Et j'ai éprouvé comme une sensation de vengeance après mon échec avec Daria, quelques jours plus tôt. Je voulais qu'elle m'entende, je voulais lui faire mal, parce que ça n'est qu'un digne retour des choses. Je lui ai fait payer ce qu'elle m'a fait deux ans plus tôt, le fait que j'aie eu envie qu'elle m'accompagne en Écosse et le chaos que j'éprouve à cause d'elle. Je serais un crétin si je continuais à dire que je ne sais pas pourquoi je l'ai invitée à venir avec moi, ici, dans cette maison si chère à mon cœur et si chargée de souvenirs. Le Reid d'il y a quelques mois m'aurait cassé la gueule s'il avait su ça. Mais ce Reid-là n'avait plus Lila dans sa vie. Contrairement à moi. Et j'ai la sensation qu'elle est bel et bien cette putain d'inspiration que je n'arrive à prendre que quand elle est là, et ça me rend fou.

Cette nuit, dans la douche, mes poumons ont failli éclater.

J'ai eu envie d'elle. Comme il y a deux ans. Comme chaque putain de seconde jusqu'à celle-ci.

Quand je l'ai vue entrer dans la chambre comme une furie alors que j'étais sur le point de jouir, j'ai cru que j'allais l'étrangler. Certes, je voulais que Lila nous entende et éprouve de la jalousie, mais je ne pensais pas qu'elle irait jusqu'à débarquer dans la chambre comme une femme bafouée. Ça m'a rendu fou qu'elle se comporte comme si je lui appartenais. Je me suis senti coupable pour Maya, même si elle se fiche suffisamment de moi pour ne pas m'en tenir rigueur. Mais Lila n'est pas une femme comme les autres, elle se comporte comme un homme *et* une femme en même temps. Et c'est totalement grisant.

Je me lève, reprends une douche, enfile un bas de jogging et un tee-shirt, puis descends à la cuisine. La maison est silencieuse, alors que je l'ai toujours connue bruyante et surpeuplée. Les tapis aux couleurs fanées portent des marques de nourriture, d'accidents, de tranches de vie. Les canapés du salon sont creusés, les fauteuils de la véranda sont blanchis par le soleil. Les murs portent l'empreinte de ma famille.

Une famille qui ne sera dorénavant plus réunie ici, et je vais devoir m'y faire. Parce que je n'ai plus le choix, maintenant. Si j'ai réussi à revenir ici, ça signifie que je suis peut-être prêt à aller de l'avant. Peut-être même que je pourrais entrer dans le bureau de mes parents, à la galerie.

Mon portable sonne et j'échange quelques messages avec Leo à propos du boulot, tout en préparant le petit déjeuner. Je suis en train de déposer des œufs dans deux assiettes dépareillées – je ne crois pas que nous en ayons deux pareilles ici – quand j'entends les marches des escaliers grincer.

C'est comme sentir ses lèvres entre mes omoplates. Un frisson me dévale le dos.

Je me retourne pour déposer les deux assiettes sur la table de la cuisine où nous avons passé le plus clair de notre nuit. Je ne lève les yeux vers elle qu'après avoir rempli nos tasses de thé.

Elle se tient dans l'embrasure de la porte et est en train de nouer ses cheveux en un chignon flou au-dessus de sa tête. Elle me regarde par-dessous ses cils et mon corps se rappelle brusquement ce qu'il se trouve sous le pantalon de yoga et le débardeur qu'elle porte.

– Tu sembles de bonne humeur pour quelqu'un qui a dormi sur un piquet, attaque-t-elle en s'asseyant et en buvant une gorgée de thé.

Je me retiens d'éclater de rire. Cette nana va avoir raison de ma santé mentale.

– J'ai réglé le problème, réponds-je en m'asseyant face à elle. Mais merci de te préoccuper de ma queue. Elle a été ravie de te revoir, d'ailleurs.

Lila manque s'étrangler avec son thé et me fusille du regard par-dessus sa tasse. Je lui lance un clin d'œil et je vois sa gorge rougir violemment.

– Tu feras attention, fais-je en désignant mon cou du doigt, tu as quelque chose là. Ça ressemble à de la frustration.

– Va plutôt dire ça à Maya et à Daria.

Quelle peste !

– J'ai vu ton service trois-pièces plus longtemps qu'elles, alors que tu ne m'as même pas embrassée, moi, renchérit-elle.

Le fait qu'elle mentionne ma queue aussi ouvertement me donne envie de la traîner de nouveau dans la douche. Mais je vais agir en homme moderne capable de contrôler ses pulsions.

– Jalouse ? répliqué-je.

Nos regards s'accrochent au-dessus de notre petit déjeuner entamé. Le silence se fait. Je vois une veine battre dans son cou. J'ai envie d'y passer ma langue.

– Énormément, avoue-t-elle franchement – sans déconner ? – en reportant son attention sur son assiette, comme si elle avait seulement parlé de la météo.

Sérieusement ?

À cet instant précis, je dois me faire violence pour ne pas bondir sur elle. Je fais comme si elle n'avait rien dit en repensant à la raison pour laquelle je ne l'ai pas vue pendant deux ans. Mon corps se calme, ma raison reprend le dessus. Mais je n'ai plus faim, maintenant. Je termine mes œufs quand même, quand Lila brise soudain le silence :

– J'aurais besoin que tu signes un document pour moi aujourd'hui, dit-elle. Je vais te l'envoyer par mail.

– Un document ?

– Notre contrat me permet d'avoir accès à une meilleure assurance santé. Mais j'ai besoin que tu signes le document en question, en plus de la copie de notre contrat qu'ils ont déjà.

– Pas de souci.

Je m'apprête à me lever, quand je ressens de nouveau cet élancement dans mon ventre, le même qui m'a poussé à inviter Lila en Écosse. Je sais que je vais peut-être le regretter, mais je ne peux empêcher la proposition qui sort de ma bouche :

– J'ai un rendez-vous aujourd'hui.

– Jamais deux sans trois. Comment s'appelle la gagnante du jour ?

J'esquisse un sourire narquois.

– Edward, et il est artiste. C'est pour lui que je suis venu ici. Tu peux venir avec moi si tu veux, il m'a donné rendez-vous en ville. Ça nous permettrait de partager un taxi, si jamais tu as des courses à faire.

Lila acquiesce.

– Avec plaisir, merci. Et merci pour le petit déjeuner, ajoute-t-elle avec un petit sourire qui me fait oublier mon nom de famille.

***

Édimbourg semble constamment recouvert d'une chape de plomb. Le château, perché sur le Castle Rock, donne l'impression d'empêcher le ciel de tomber sur la ville. Une odeur de pâte cuite flotte dans l'air, les brasseurs roulent des tonneaux le long de Royal Mile, la rue principale de la vieille ville. Les façades se succèdent tandis que nous remontons l'artère. Du coin de l'œil, je vois Lila me scruter quand elle pense que je ne la vois pas.

– Est-ce que tu veux me prendre en photo pour plus tard ? lancé-je en enfonçant mes mains au fond des poches de mon long manteau, par-dessus mon costume. Quand tu seras seule avec le pommeau de douche ?

Je joue la carte de la taquinerie, alors que je n'arrive pas à me sortir sa silhouette de la tête. Ses cheveux sont noués en un chignon lâche sur sa nuque et elle porte un rouge à lèvres foncé qui fait ressortir la chaleur de son regard ourlé de cils longs et noirs. Elle porte une robe et de hautes bottes, le tout en partie dissimulé sous un trench-coat. Elle est divine. Et j'aimerais être capable de penser à autre chose.

– Je te remercie, mais j'ai amené quelque chose de plus efficace que le pommeau de douche. Quelque chose avec des piles.

Je manque déraper sur les pavés glissants. Une vision de Lila en train de se masturber s'imprime brutalement sur ma rétine et j'ai la sensation qu'elle va remplacer la vision de ses lèvres sombres en train de…

Eh merde !

Nous passons devant le pub le World's End et sa façade bleue aux écritures dorées, qui vient juste d'ouvrir, et qui fait face à la boutique Barnets. Chaque enseigne, chaque boutique, chaque façade grise aux multiples fenêtres plus ou moins alignées est chargée de souvenirs. Des bus à deux étages, qui baladent des curieux armés de leur portable, descendent et montent la rue. Les magasins de souvenirs pour touristes jouxtent les pubs, les librairies et autres boutiques. Des jeunes prennent des photos à côté des cabines téléphoniques rouges venues tout droit du pays d'à côté. Des groupes scolaires avancent difficilement, montant vers le château.

Lila se plante alors au milieu du trottoir et lève le nez vers le château. Je l'imite, les yeux rivés sur l'esplanade grouillante de monde. Vus d'ici, les gens sont comme de petites fourmis qui s'agitent inutilement. Et qui tiennent des smartphones.

– Tu sais qu'on brûlait des sorcières sur cette esplanade, avant, fais-je.

– Tu essaies de me faire passer un message ?

– J'appellerais plutôt ça une menace.

– Je sais me tenir tranquille quand il faut.

– Tu es d'une tranquillité agitée.

– Oxymore, rétorque Lila.

Nos regards se croisent et nous remontons la rue, en faisant comme si nous ne venions pas d'avoir une brutale réminiscence de la soirée où nous nous sommes rencontrés.

Lila s'arrête ensuite devant une boutique de souvenirs, y entre une seconde et je l'attends en inspirant l'air givré d'Édimbourg. Hors de question qu'elle réussisse à me faire entrer dans ce genre de boutiques. Je préfère encore me cogner le petit orteil contre l'angle d'une table.

Quelque chose de petit me heurte soudain.

Je baisse les yeux sur ce que Lila vient de me jeter en sortant de la boutique. Je me penche pour le ramasser et ne peux m'empêcher d'arquer un sourcil interrogateur en la voyant approcher. J'essaie de ne pas rire.

Elle a acheté des *Scottish tablets*. Ces caramels qui fondent sur la langue, qui m'ont valu mon surnom.

Elle en jette un dans sa bouche sans me quitter des yeux, une lueur insolente dans le regard.

– Tu essaies de me faire passer un message ? lancé-je, arrogant.

Elle répond en haussant un sourcil et j'ajoute :

– Si tu avais besoin de sucer quelque chose, je…

Lila me lance cette fois-ci le paquet complet et j'éclate de rire en le rattrapant.

– Surveille ton langage, il y a trop d'enfants dans les parages, grogne-t-elle.

– Ils sont en Écosse, lui rappelé-je, ils ont sûrement déjà entendu pire.

Je goûte à un caramel, et le sucre mêlé à la pointe de whisky me rappelle subitement mon adolescence. La douceur de ce moment me fait tellement de bien que j'ai envie d'attraper Lila et de la serrer contre moi, mais je me retiens, pour mon bien. Et pour sauver l'honneur mondial de la gent masculine.

Nous longeons la façade violette du Whiski, où j'ai longtemps eu mes quartiers, puis continuons jusqu'au Starbucks où j'ai rendez-vous.

– La rue est pleine de pubs et de cafés typiques, et ton artiste te donne rendez-vous dans un Starbucks, constate Lila.

– Ce n'est pas n'importe quel Starbucks, il est juste à côté de Tron Kirk.

Nous tournons tous les deux la tête vers le haut clocher gris de l'église, qui sert aujourd'hui de marché où les artisans et artistes exposent leurs œuvres.

– Bien vu, fait Lila en se souvenant visiblement de ce qui se trouve dans l'église.

Elle inspire profondément, le regard tourné vers la flèche. J'ai la sensation que ce voyage à Édimbourg lui rappelle également beaucoup de souvenirs.

– Depuis combien de temps n'es-tu pas venu ici ? lui demandé-je.

Sa mâchoire se crispe.

– Deux ans.

Elle n'ajoute rien, et n'en a pas besoin. J'ai saisi.

– Allons-y, dis-je alors pour changer de sujet.

– Je viens avec toi ? répond soudain Lila, sincèrement étonnée.

Sa jolie bouche est légèrement ouverte, dans un O de surprise.

Sa question s'imprime brutalement dans mon esprit et je réalise que je l'ai invitée à venir, comme si c'était la chose la plus naturelle au monde. Mais Lila vient de me rappeler que, effectivement, elle n'a pas forcément sa place à mes côtés.

J'ai envie de me frapper. Parce que j'aurais dû réfléchir plus, et moins me laisser aller. Parce que j'ai quand même envie que Lila rencontre ce type pour qui nous avons fait tant de kilomètres. Parce que je devrais me réserver une place dans l'asile le plus proche avant la fin de la journée.

– Viens le rencontrer, ensuite tu pourras faire ce que tu as à faire, et on se retrouvera après.

Lila me scrute un instant, cherchant visiblement des réponses, mais je n'en ai aucune à lui donner. Nous nous faisons face dans cette rue grouillante, où le monde continue à tourner à toute allure autour de nous.

– Dans ce cas, c'est parti, dit-elle en désignant le Starbucks d'un signe de tête.

Je lui emboîte le pas et nous entrons dans cet endroit chaud et réconfortant. Une odeur de cannelle et de café flotte dans l'air. L'endroit est chargé de bruits de discussions et de tintements de vaisselle.

Je pose une main dans le creux des reins de Lila par instinct et je sens un picotement naître au creux de ma paume. Je repère Edward, l'artiste en question, et entraîne Lila vers lui. Son corps est presque collé au mien, trop naturellement.

Edward se lève en me voyant arriver. C'est un grand type aux vêtements sombres et à l'air enfantin. Il ressemble à M. Tout-le-Monde, alors qu'il fait naître des merveilles avec ses mains.

– Reid ! lance-t-il en me tendant la main. Ravi de te rencontrer.

– De même, réponds-je en lui rendant sa poignée de main. Je te présente Lila, qui est venue te saluer aussi. Je travaille avec elle pour mes livres.

– Enchantée, fait Lila en serrant la main d'Edward. C'est un plaisir de vous rencontrer, j'espère voir bientôt vos œuvres de l'autre côté de l'Atlantique.

Edward sourit et je vois aussitôt au visage de Lila qu'elle a compris à quel point le charme de l'artiste n'est pas qu'une légende. Et je vais faire comme si je n'en avais rien à faire.

– C'est un plaisir, Lila, répond Edward. Vous restez avec nous ?

Lila secoue la tête et une mèche de cheveux sombre se plaque contre sa bouche foncée. Edward et moi regardons la même chose – l'enfoiré –, même après que Lila a dégagé la mèche insolente.

– J'ai du travail, je vais aller me trouver un pub et travailler au chaud.

Elle se tourne vers moi et ajoute :

– Je t'envoie l'adresse par message.

– C'est noté, à tout à l'heure.

– À tout à l'heure.

Elle salue de nouveau Edward, puis m'adresse un sourire en coin avant de tourner les talons. Mais la seule chose à laquelle je suis capable de penser, là maintenant, c'est que sa main a effleuré mon ventre quand elle est partie. Et qu'elle l'a retirée vivement quand elle s'est aperçue de ce qu'elle avait fait.

16

Lila

Je suis accoudée au muret qui entoure le château d'Édimbourg, les falaises étant abruptes et dangereuses – ce qui était un avantage quelques siècles plus tôt. J'ai passé du temps à errer autour de cet endroit bourré de souvenirs. J'ai remonté l'allée pentue puis j'ai observé les touristes se presser sur l'esplanade pavée entre le château et la rue. J'ai inspiré aussi fort que possible pour que les cendres qui tapissent mon ventre depuis deux ans se dispersent enfin. Je n'aurais jamais cru que revenir ici me ferait aussi mal, mais ça me fait également énormément de bien. Je charge ma mémoire de nouveaux souvenirs de cette ville qui m'a vu tomber amoureuse, être déçue, blessée, puis rejetée.

Mes paupières sont lourdes à force d'avoir fixé mon écran d'ordinateur toute la journée, à peine éclairée par les quelques lumières tamisées du café dans lequel je suis restée. J'ai déjeuné sur le pouce, puis j'ai travaillé tout l'après-midi. À présent, le soleil amorce déjà sa descente dans le ciel et le nimbe d'une aura chaude qui me fait profondément du bien.

– Est-ce qu'on n'irait pas boire de l'alcool ? lance une voix reconnaissable entre mille derrière moi.

– Est-ce qu'il est encore utile de poser cette question ? fais-je sans me retourner.

Je sens Reid s'accouder juste à côté de moi, son épaule contre la mienne. Un picotement se répand dans ma poitrine et prend racine dans mon ventre. J'aimerais pouvoir profiter de sa présence sans ressentir cet élancement au creux de mon être, bien que plus tenu ces derniers temps. C'est comme un rayon de soleil toujours suivi d'un nuage noir, sans qu'il soit possible de savoir s'il va finir par le recouvrir ou non.

– Comment ça s'est passé avec Edward ?

– Il a accepté de nous accorder une exclusivité de six mois. Nous avons signé le contrat d'option.

Je lui lance un regard de biais.

– Pourquoi est-ce que tu n'as pas l'air plus ravi que ça ?

Reid hausse une épaule et je ne peux m'empêcher de scruter son profil. Le vent frais pousse son parfum vers moi et j'aimerais prétendre que je ne viens pas de prendre la plus longue inspiration de la journée. Sa mâchoire est ombrée d'une barbe plus fournie que la veille, son regard froid est braqué devant lui. Le vent joue dans ses boucles qui commencent à être de plus en plus épaisses.

Je tends la main et appuie mon index contre son ventre ferme – trop ferme pour la frustration qui me dévore depuis que cet homme est de nouveau dans ma vie.

– Qu'est-ce que tu retiens, là ? demandé-je, comme hier lorsque nous sommes arrivés devant la maison de sa famille.

Je le vois esquisser l'ombre d'un sourire.

– C'est dans des moments comme ceux-là que je me rends compte que je devrais commencer à envisager l'hypothèse de céder la gestion de la galerie Atlas à quelqu'un d'autre. Même des accords comme celui d'aujourd'hui ne me rendent pas heureux, parce que ce n'est tout simplement pas ce qui m'anime.

– Contrairement au dessin.

– Contrairement au dessin, acquiesce-t-il.

– J'ai fini la première version des corrections de ton manuscrit, dis-je.

Il tourne alors la tête et son regard se plante dans le mien.

– C'est la meilleure nouvelle de la journée.

Son regard se fait taquin et l'ombre d'un sourire, un vrai, flotte sur ses lèvres.

– Moi qui pensais que c'était le fait de te réveiller en sachant que j'étais dans la chambre au-dessus…

Reid lève les yeux au ciel.

– Allons boire une bière, réplique-t-il pour éviter de me répondre.

Nous nous engageons sur l'allée en pente qui rejoint Royal Mile, les mains enfoncées au fond des poches de nos manteaux pour nous protéger du vent froid. Nos bras se heurtent régulièrement, avec un naturel qui me fait tourner la tête. Pourquoi est-ce que je ne suis pas en train de lui hurler dessus et de lui reprocher tout ce qu'il ignore encore ?

Je sais pourquoi. Je le sais depuis le début.

Justement parce qu'il ne sait rien.

Dans la descente, je ne peux m'empêcher de m'arrêter devant Gladstone's Land, cette vieille maison écossaise ouverte au public. Le guichetier est en train de héler la foule pour attirer les derniers visiteurs de la journée. Il est vêtu d'un kilt qui va à merveille avec la pierre gris foncé de l'étroite bâtisse à cinq étages, dont deux arches marquent l'entrée.

Je glisse un regard à Reid qui croise les bras sur son torse.

– Tu veux me traîner dans cette vieille baraque qui sent le feu et la personne âgée ?

– Ça sent comme chez toi, lui signalé-je.

– Tu m'insultes.

– Allez, viens, fais-je en crochetant son bras avec le mien. Allons nous cultiver, un peu.

Nous payons notre billet d'entrée, puis nous glissons dans les méandres de cette maison construite en 1550. Nous sommes les derniers visiteurs, si bien que nous nous faufilons aisément dans les couloirs étroits recouverts de tentures et chargés d'histoire.

– Tu sembles avoir une passion pour les vieilles choses, me glisse Reid tandis que nous entrons dans une chambre verte aux poutres apparentes, avec un lit à baldaquin et des meubles en bois sombre.

– Dix ans de plus et je t'aurais déjà épousé.

Reid étouffe un rire, puis nous terminons la visite en nous frôlant si souvent que je m'habitue presque à l'électricité qui crépite chaque fois. Quand nous sortons, la nuit recouvre la ville et lui donne un air presque inquiétant.

Nous trouvons un pub assez calme et nous nous asseyons l'un en face de l'autre, les banquettes en cuir éliminé crissant au moindre de nos mouvements. L'endroit sent le sucre et l'alcool, et le poêle ancien qui trône au milieu de la pièce apporte une chaleur bienvenue. Nous commandons des irish coffees – compromis idéal entre le café nécessaire et l'alcool agréable – le tout en essayant de faire comme si nous ne repensions pas à la dernière fois où nous nous sommes trouvés dans un pub tous les deux. Je commence à connaître Reid, si bien que je remarque les infimes crispations de son visage qui trahissent ses pensées. Et là tout de suite, il repense lui aussi à notre première fois dans un pub.

Une fois nos boissons arrivées, nous trinquons au nouveau contrat de Reid, puis il me surprend en sortant son carnet de croquis et quelques crayons à papier.

– Alors, quel est ton verdict à propos de mon manuscrit ?

La brûlure du whisky se répand le long de ma gorge et, pendant une seconde, je vois le regard de Reid s'attarder sur mon cou.

J'ai envie de lui dire d'être sage, car j'arrive de moins en moins à l'être.

– J'ai besoin de ton avis, répond Reid, le plus sérieusement du monde. Surtout à propos des illustrations.

J'arque un sourcil.

– C'est la question la plus sérieuse que tu m'aies jamais posée.

Reid lève les yeux au ciel et une boucle retombe sur son front.

Doux Jésus !

Il se concentre ensuite sur moi, les avant-bras posés sur la table, sa tasse entre les mains. Ses épaules sont en avant, comme s'il se penchait inconsciemment vers moi.

– Tes illustrations sont toujours dans l'action. Tu décris beaucoup de scènes actives et pas forcément les sentiments de tes personnages. Je ne changerais rien aux scènes d'action, mais je rajouterais ou j'approfondirais les scènes d'émotions ou celles où les personnages ressentent des choses autres que l'adrénaline.

– Tu es en train de soulever mon manque d'empathie ?

Je lâche un petit rire, puis Reid se met alors à dessiner sur son carnet. En quelques secondes, il esquisse une représentation de nous deux assis à cette table. Il dessine ensuite des bulles au-dessus de nos têtes et glisse le carnet et le crayon dans ma direction.

Son regard est rivé sur moi et je me demande ce qu'il attend.

– Remplis ta bulle, dit-il alors.

Je prends le stylo en lui lançant un regard suspicieux, puis reporte mon attention sur le dessin.

– Mes seins ne sont pas aussi gros en vrai, lui fais-je remarquer.

– C'est comme ça que mes yeux les voient.

Avec un petit rire sarcastique, je commence à écrire dans la bulle. Je sens le regard de Reid me brûler, car il ne peut pas voir ce que j'écris d'ici. Quand j'ai fini, je lui rends le carnet.

– Tout ce que j'ai envie de te dire ne rentre pas dans cette bulle, lit-il à voix haute.

Il relève les yeux et m'interroge du regard.

– Tu pars du principe que des émotions peuvent entrer dans une case de cinq centimètres sur deux. C'est impossible.

– C'est le but des bulles, Lila.

– Dans ton roman, les parties narrées ne sont pas des bulles, mais des morceaux de textes insérés dans les illustrations. Mais quand je te demande de décrire des émotions, instinctivement tu dessines des bulles, comme si ça suffisait. Comme s'il n'y avait rien à dire de plus que trois lignes.

Reid me scrute, médite mes paroles, puis acquiesce.

– Tu as raison.

Nous passons l'heure suivante à organiser ses illustrations sur mon ordinateur portable pour faire entrer le plus de texte possible, tout en gardant une certaine proportionnalité. Il y a quelque chose de profondément naturel à travailler ainsi avec lui, quelque chose qui se niche dans mon ventre et le réchauffe. Reid me touche souvent, et je ne sais pas s'il en a conscience. Moi oui, mon corps crépite à chacun de ses contacts.

– Comment est-ce que je pourrais insérer des scènes d'amour ? demande-t-il alors que nous venons de terminer nos pintes de bière et nos *stovies* – spécialité à base de viande bouillie, d'oignon et de pommes de terre. Je ne peux rien dessiner, au risque de tomber dans le porno.

– Des ombres chinoises, proposé-je en haussant une épaule.

– Des silhouettes noires qui s'enlacent ?

J'acquiesce et Reid griffonne quelques mots dans son carnet. Quand il relève la tête, un sourire en coin étire ses lèvres. Sous la table, ses genoux viennent de nouveau enserrer les miens.

– Je vais arrêter de te poser des questions, j'ai peur que tu réclames des droits d'auteur à la fin.

– Tu lis en moi comme dans un livre, répliqué-je avec un clin d'œil.

Le regard de Reid se pose un instant derrière moi, par la fenêtre qui donne sur la rue.

– On rentre ? J'ai envie de travailler au calme et d'enlever ce fichu costume.

– Pas besoin de rentrer à la maison pour ça.

Reid ricane tandis que nous nous levons, partageons la note et sortons dans l'air piquant de la nuit. Je m'avance vers la station de taxis la plus proche.

– Nous savons d'expérience que nous pouvons facilement nous faire surprendre à nous déshabiller dans un pub, répond-il enfin.

Mon cœur heurte violemment ma poitrine.

Il évoque ouvertement cette nuit-là. Sans ressentiment. Sans employer un ton étrange qui me fait toujours penser que cette nuit lui rappelle quelque chose de négatif.

Je lui lance un coup d'œil par-dessus mon épaule en ouvrant la portière du taxi. Son regard est chaud, presque brûlant, je le sens s'égarer sur mon corps. Et le mien réagit instinctivement, comme un miroir du sien.

Ma gorge s'assèche. Est-ce qu'il est réellement en train de me montrer qu'il a envie de moi ? Ou est-ce simplement une réaction instinctive, comme chaque fois que nous avons dérapé ?

– La question ne se pose pas, là, rétorqué-je.

– Pourquoi ? demande-t-il en avançant jusqu'à moi, son dos presque collé contre le mien.

Son souffle balaye le haut de mon crâne et un frisson me dévale le dos.

– Parce que là où nous allons, personne ne peut nous surprendre.

L'allusion est tellement flagrante que je m'attends à ce qu'il prenne soudain ses distances, mais il n'en fait rien. Au contraire, il effleure mes cheveux avec ses lèvres et je sens mon ventre se liquéfier.

La tension s'épaissit lorsque nous montons dans le taxi qui nous ramène à la maison. Je sens mon cœur battre contre mes tempes, contre ma poitrine en feu, dans mes doigts qui me picotent. Entre mes jambes.

Il fait tellement de bruit qu'il envahit l'habitacle de la voiture.

Je laisse délibérément les pans de mon manteau ouverts et croise les jambes, si bien que ma robe remonte sur mes cuisses. Je sens le regard brûlant de Reid sur ma peau, comme si c'étaient ses lèvres qui repoussaient le tissu. Ses poings sont crispés, il inspire et expire longuement. Il scrute la fenêtre, et je sais qu'il calcule le temps qu'il nous reste avant d'arriver.

Lorsque le taxi se gare enfin devant le portail, je suis sur le point d'imploser. Reid paye et me devance dans l'allée. Il s'apprête à déverrouiller la porte tandis que le taxi repart derrière nous. Le silence de la nuit est épais, des oiseaux nocturnes se font entendre quelque part autour de nous. La lumière blafarde du quartier de lune nous inonde.

Je m'arrête juste derrière Reid, si près que je peux sentir l'odeur musquée de sa peau, trop loin pour percevoir sa chaleur.

Je comprends qu'il n'arrive pas à ouvrir la porte quand je l'entends lâcher un juron et faire tomber les clés. Le bruit métallique se répercute tout autour de nous, puis Reid fait tout à coup volte-face, prend mon visage entre ses mains et écrase sa bouche contre la mienne. Je lâche un hoquet de surprise et de plaisir trop longtemps contenu qu'il étouffe en forçant la barrière de mes lèvres avec sa langue. Il me caresse, me pousse dans mes retranchements, prend un contrôle que je ne suis pas prête à lui laisser. J'enroule mes doigts autour de ses poignets et ploie la nuque pour mordre sa lèvre inférieure, la sucer et lui arracher un gémissement guttural qui se répercute jusque dans mon bas-ventre.

Je tire sur la boucle de sa ceinture, griffe son ventre nu quand mes doigts parviennent à se frayer un chemin sous sa chemise. Il plaque totalement son corps au mien et me fait pivoter de façon à me plaquer contre la porte. Le bois me mâche le dos, mais la seule chose à laquelle je suis capable de penser, c'est aux mains de Reid qui descendent le long de mon dos, sous mon manteau, et agrippent mes fesses. Il me serre contre lui et je le sens, dur, contre mon ventre.

– Récupère ces foutues clés, ordonné-je d'un ton rauque, presque méconnaissable tant il est troublé par le désir.

– Je suis incapable de te lâcher, répond-il en suçant la peau fine sous mon oreille.

Je lâche un grognement de frustration et me baisse une seconde pour les prendre, sur le sol, alors que mes jambes tremblent à cause de ce qu'il vient de dire. Je me retourne ensuite pour déverrouiller la porte, mais Reid se plaque contre mon dos et je sens ses doigts se frayer un chemin sous ma robe. Ils suivent la courbe de mes fesses, tracent des chemins de frissons sur ma peau qui gagne en sensibilité chaque fois qu'il me touche. Je suis le terrain de jeu de cet homme, et il vient de lancer une nouvelle partie.

Ses doigts à la pulpe calleuse me frôlent, se glissent vers l'intérieur de mes cuisses, puis repartent, et mon clitoris se gonfle presque douloureusement alors même qu'il ne m'a pas touchée. J'hésite entre le supplier et prendre sa main pour lui montrer là où j'ai besoin qu'il soit, quand une meilleure idée me vient tout à coup.

Lorsque Reid s'aventure de nouveau entre mes fesses, puis plus bas, je glisse ma main derrière moi et saisis son membre gonflé par-dessus son pantalon.

Il lance un juron qui se perd dans la nuit, puis écarte enfin ma culotte. Je laisse alors échapper un gémissement quand son index se presse délicieusement sur moi, en réponse à la pression que je viens d'exercer sur lui.

– Tu ne devais pas ouvrir la porte ? susurre-t-il à mon oreille, me faisant frissonner.

Sans prévenir, il plonge un doigt en moi au moment où j'insère la clé dans la serrure.

Je lâche un gémissement et mon front vient heurter le bois de la porte. Je continue à le masturber par-dessus son pantalon, répondant à chacun de ses va-et-vient avec un empressement brûlant.

Mes fesses se pressent contre sa paume, et je suis incapable de réfléchir à ce que je suis en train de faire. Je me resserre autour de lui et je l'entends gémir, la bouche pressée contre l'arrière de ma tête.

– Putain, Lila…

– Ne t'arrête pas. Même si je te le demande.

– Ouvre cette porte, gronde-t-il en allant et venant lentement en moi.

Je prends une longue inspiration tremblante et tourne la clé au moment où il insère un deuxième doigt.

Je sais alors que même les voisins m'ont entendue gémir.

La porte s'ouvre enfin et tout se passe en une seconde.

Je sens mes pieds quitter le sol, puis le parfum chaud de la maison, plongée dans les ténèbres, m'enveloppe. Le peu de lumière provient de la lune, qui filtre par les baies vitrées du salon, et des braises qui brûlent encore dans la cheminée.

La porte claque.

Reid retire ses doigts et je grogne ma frustration. J'entends son rire grave alors que mon manteau vient s'échouer au sol, tout comme ma robe et mes chaussures. Il dégrafe mon soutien-gorge en un clignement de paupières, puis fait glisser ma culotte le long de mes jambes.

Je suis totalement nue quand il me plie en deux sur le meuble de l'entrée et que je l'entends sortir un préservatif de son portefeuille, qu'il jette ensuite au sol.

Mon cœur heurte soudain ma poitrine, si fort que c'en est douloureux.

– Prends un préservatif dans mon sac, lui demandé-je d'une voix rauque. Première poche sur le devant.

– J'en ai déjà un.

– S'il te plaît.

Le meuble est glacé contre ma poitrine et mon ventre. Les rebords mordent mes hanches. Et je le sens hésiter derrière moi. Cependant, il se penche, cherche une seconde dans mon sac, puis j'entends le bruit métallique de l'emballage entre ses doigts.

J'appuie mon front contre le meuble. De soulagement. D'un trop-plein d'émotions.

Reid enlève à son tour son manteau, défais sa braguette, et c'est le bruit le plus excitant que je n'ai jamais entendu. Alors qu'il est encore totalement habillé, je l'entends dérouler le préservatif sur lui.

Je lâche un juron de frustration.

– Dépêche-toi, soufflé-je en m'agrippant en meuble, l'air frais de la maison hérissant ma peau nue de frissons.

Il se rapproche enfin, plaque son torse contre mon dos, se frotte contre moi, longuement, lentement, insupportablement. Ses mains sont appuyées de chaque côté de ma tête, sa bouche est sur ma nuque. Je le sens, gros et prêt. Le tissu de ses vêtements titille ma peau sensible et je vois ses poings se contracter quand son membre se glisse entre mes fesses, créant une friction presque insupportable tant elle est délicieuse.

– La notion de folie prend tout son sens quand il s'agit de toi, murmure-t-il contre ma peau, d'un ton rauque, presque douloureux.

Je vais éclater. D'impatience. De désir. De douleur. De ce putain d'amour. À cause de lui.

Ses mots s'impriment dans ma chair, dans ma mémoire, sur ma peau. Et je sais que je ne les oublierai pas. Je n'en serais même pas capable.

Mes jambes tremblent quand il me fait soudain pivoter pour que je sois face à lui. Il passe un bras sous mes fesses et empoigne ma nuque de l'autre, avant de me soulever. J'entoure ses hanches avec mes genoux, tandis que je l'enserre à la base et le place là où j'ai besoin de lui depuis deux interminables années.

Je fais un mouvement de hanches qui le fait entrer un tout petit peu. Suffisamment pour que sa bouche s'entrouvre de surprise et de désir.

Il entre lentement en moi en plongeant son regard au fond du mien. La pointe de son nez effleure la mienne, nos bouches forment le même O quand il s'insère entièrement. Je ressens l'impact de son corps au plus profond du mien. Mon front se plisse, ma tête bascule en arrière, et Reid bouge en moi. Je le sens incapable de se retenir, incapable de canaliser ce qu'il éprouve et qui le fait inspirer difficilement. Son beau visage est crispé par l'effort. Je caresse sa bouche avec mes doigts et il les embrasse brièvement, avant que je ne plaque mes lèvres contre les siennes pour l'embrasser, savourer chaque seconde trop courte. Le temps ne s'écoule jamais assez lentement quand il s'agit de Reid Atlas.

L'ombre de nos deux corps sur le sol laisse penser que nous ne formons plus qu'un. Et c'est la sensation que j'ai tandis que je sens monter le grondement d'un orage en moi. Reid le sent, car il accélère, me serre si fort que je sais que j'aurais la marque de ses doigts sur mes fesses.

– Lila, putain, jouis, gronde-t-il contre ma bouche.

Et j'éclate.

Violemment. Intensément. À tel point que j'ai du mal à reprendre mon souffle. À tel point que je ne sais plus où se termine mon corps et où commence celui de Reid.

Quand il implose à son tour, je le sens chanceler sous l'impact, il ne me tient plus qu'à une main, l'autre se retient, *nous* retient, au mur. Le rebord du meuble érafle ma peau, mais je ne voudrais bouger pour rien au monde. J'appuie l'arrière de ma tête contre le mur, le regard rivé sur le visage de Reid. Il halète, les paupières lourdes, la bouche gonflée de mes baisers.

Un millier de mots viennent se perdre sur mes lèvres. Mais je n'en prononce aucun.

Une seule sensation m'habite. Mais un million de picotements courent sur ma peau.

Je sais très précisément ce que j'éprouve, là maintenant. Et c'est ce qui me fait rester silencieuse. Parce qu'il n'y a pas d'autre option.

Reid semble revenir à lui. Il se retire, me soulève de nouveau, dépose un rapide baiser sur mes lèvres, puis grimpe les marches de l'escalier en me portant comme si c'était la chose la plus naturelle au monde. C'est là que je réalise qu'il est toujours totalement habillé.

Il nous fait entrer dans sa chambre baignée par la lumière froide de la lune, puis me dépose sur son lit et disparaît une seconde dans la salle de bains pour se débarrasser du préservatif. Mon ventre se noue quand un souvenir vieux de deux ans me revient soudainement en mémoire, mais il disparaît presque aussitôt quand Reid revient.

Je me redresse sur mes coudes et l'observe se déshabiller complètement. Il le fait sans me quitter des yeux, et mon cœur cogne comme un fou dans ma poitrine. Quand il est enfin totalement nu, il grimpe sur le lit, sur moi, puis appuie son index contre mon ventre brûlant.

– Qu'est-ce que tu retiens, là ? murmure-t-il dans le silence de la chambre.

Je déglutis difficilement, et j'ai du mal à réfléchir quand il tire la couverture sur nous et revient se nicher au-dessus de moi, entre mes jambes, se retenant de m'écraser en appuyant les avant-bras de chaque côté de ma tête. J'aimerais que cet instant dure une éternité. Qu'il puisse se multiplier à l'infini.

– Trop de choses pour que j'arrive à prononcer quoi que ce soit, soufflé-je d'un ton rauque.

– Dis quelque chose qui rentrerait dans une bulle de cinq centimètres sur deux.

Je fais courir mes doigts sur ses côtes. Sa peau est brûlante.

– Tu m'as mis la tête à l'envers, Reid.

– C'est très précisément ce que j'ai pensé, il y a deux ans.

Nous nous fixons, si près, mais en même temps à des kilomètres l'un de l'autre. Nos lèvres empêchent la vérité de sortir, pour des raisons différentes qui me nouent le ventre. J'enroule alors mes bras autour du cou de Reid et l'embrasse.

– Il y a deux ans, j'ai eu l'impression de tomber quand je t'ai rencontré, comme si j'étais sortie de mon axe. Mais, là tout de suite, j'ai l'impression que tu es tombé avec moi.

Les mots sont sortis sans que j'aie pu les retenir.

Le visage de Reid reste impénétrable, mais son regard gagne en intensité.

– J'ai quitté mon axe pour un autre, moi aussi. Et peut-être que c'est le même que le tien.

Et il m'embrasse à son tour. Si longtemps que j'en perds la notion du temps. Si fort que je me sens crépiter.

17

Reid

J'ouvre les yeux sur le dos nu de Lila, tournée sur le côté, et sur la constellation de grains de beauté qui se dessinent sur sa peau. J'ai envie de les relier les uns aux autres du bout des doigts, mais je ne sais pas ce qu'elle ressent, là maintenant, ni même si elle est réveillée.

À vrai dire, je ne sais pas non plus ce que je ressens.

La nuit dernière me fait l'effet d'un coup en pleine poitrine. Tout mon corps frissonne quand je repense à ces moments. Tous mes organes se serrent quand le désir fou que j'éprouve pour Lila revient à la charge. Cette femme est ma dose d'héroïne. J'ai l'impression de devenir une version incontrôlable de moi-même quand elle est dans les parages.

Nous avons fait l'amour une nouvelle fois dans mon lit, cette nuit. Lila a grimpé sur moi, déroulé un préservatif sur toute ma longueur, puis est descendue si lentement que j'ai cru mourir. La voir comme ça m'a donné l'impression d'avoir gagné quelque chose et d'être le mec le plus heureux du monde. Je pourrais l'embrasser pendant des heures, enfouir mon nez dans ses cheveux et inspirer pendant si longtemps. Et c'est bien ça le problème. Je m'oublie avec cette nana. J'oublie tout.

Et maintenant je ne sais pas quoi faire.

J'entends soudain mon portable vibrer, m'informant d'un appel. Je le trouve sur le sol et me dépêche de le ramasser et de sortir de la chambre pour répondre et ne pas réveiller Lila. Je prends le premier caleçon que je trouve et l'enfile rapidement.

Le numéro est inconnu et, quand je décroche, la voix féminine qui me salue ne me dit rien du tout.

– Bonjour monsieur Atlas, navrée de vous déranger, je travaille pour l'assurance santé pour laquelle Mme Lila Tristen a fait une demande de souscription. Elle nous a transmis hier un document signé par vos soins et prouvant le contrat qui vous lie, mais le numéro de portable qu'elle a indiqué semble erroné, je n'arrive pas à la joindre. Pourriez-vous me renseigner ? J'aurais besoin de lui parler assez rapidement, son dossier est bien plus complexe que prévu et nécessite des informations urgentes de sa part.

– Bonjour, réponds-je. Je peux vous donner son numéro maintenant, si vous voulez.

Je ne sais pas pourquoi, mais mon estomac se tord en entendant les explications de cette femme.

Je lui dicte le numéro de Lila en le lisant sur mon portable, puis je demande :

– Est-ce que c'est grave ? Je pourrais être d'une aide quelconque à Lila, je travaille avec elle.

– C'est très aimable de votre part, monsieur, mais les dossiers de nos clients sont confidentiels. Je dois en discuter directement avec Mme Tristen.

L'inquiétude se manifeste soudainement. N'aurait-elle pas dû me rassurer et me dire que, non, ce n'est pas grave ? Si elle ne l'a pas fait, est-ce que ça signifie que j'ai raison de m'inquiéter ?

J'ai un aperçu du passé de Lila, un morceau de sa vie dont je n'ai pas connaissance, et je ressens une émotion étrange. Comme si elle m'avait caché quelque chose. Comme si elle me devait la vérité.

Mais Lila ne me doit rien. Sauf que j'ai la sensation que mon avis sur la question est en train de changer, et ce peu importe ce que j'ai pu ressentir à cause d'elle ces deux dernières années. C'est plus fort que moi.

Lors de notre rencontre il y a deux ans, je sais qu'elle m'aurait parlé d'un éventuel problème de santé. Nous nous sommes dit tellement de choses ce soir-là, nous avons été tellement honnêtes l'un avec l'autre, qu'elle n'aurait pas pu cacher ça. Enfin, je dis ça alors que je lui ai menti sur mon nom… L'hôpital se fout de la gueule de la charité, clairement.

Je tente alors le tout pour le tout. Il faut que je trouve un moyen d'obtenir des informations de cette femme, elle est une mine d'informations et je dois saisir l'occasion. Je dois être malin, car sinon elle ne me dira rien.

– C'est vrai que c'est terrible ce qui lui est arrivé…

J'entends mon interlocutrice tourner des pages.

– C'est certain, les longs séjours à l'hôpital ne sont jamais des moments faciles…

Mon cœur sombre brutalement au fond de ma poitrine.

Qu'est-ce qu'il s'est passé, bordel ?

J'ai envie de la bombarder de questions, de lui ordonner de me lire le dossier médical de Lila, mais je sais qu'elle ne le fera pas. Et je sais que Lila me tuerait si elle savait que j'ai réussi à obtenir une information sur sa santé.

– Ah, je vois, dis-je, en réfléchissant à toute vitesse. C'était un triste accident.

Je prêche le faux pour avoir le vrai, et j'ai l'impression d'être un bel enfoiré.

– Ce genre de grossesse laisse toujours des traces, même quasiment deux ans plus tard, répond la femme avec un ton compatissant. Je vous remercie en tout cas, monsieur Atlas, je vais contacter Mme Tristen. Très bonne journée.

Grossesse.

Je ne réponds pas. J'en suis incapable. Je raccroche sans réfléchir.

Grossesse.

Les dates correspondent.

Je retourne aussitôt dans la chambre et je trouve Lila dans la même position, mais ses yeux sont ouverts et fixent le paysage par la fenêtre.

Elle a été enceinte. Peu de temps après notre rencontre.

Lila tourne la tête vers moi et je vois la douleur dans ses yeux, comme si elle venait de vivre quelque chose de terrible. Est-ce qu'elle a entendu ma conversation ? C'est impossible, j'étais trop loin.

Elle a eu un bébé.

Je sens mon visage se vider de mon sang. Une sensation de froid m'envahit. Je ne sens plus le sol sous mes pieds. Je fixe Lila comme si j'étais sorti de mon propre corps.

Cependant, plus les secondes s'égrènent et plus je suis également perturbé par l'expression sur son visage. Je rentre dans la chambre et vais vers elle. Mon cœur bat si fort qu'il va faire un trou dans ma poitrine.

– Tu as cru que j'étais parti ? fais-je d'une voix que je ne reconnais pas.

Lila cache son corps nu derrière le drap, qu'elle plaque contre elle. Elle prend une longue inspiration, se mord la lèvre, comme si elle retenait quelque chose, puis acquiesce. Elle s'est démaquillée dans la nuit, et son visage est tel que je l'aime, sans artifice, juste elle.

Grossesse.

Le mot tourne en boucle dans mon esprit. Mais je ne veux pas lui dire ce que j'ai appris, je veux qu'elle me le dise. Je veux l'entendre de sa bouche. Même si ça va me demander une force que je ne suis pas certain d'avoir ce matin, surtout après la nuit que nous venons de partager.

– J'ai eu une impression de déjà-vu en me réveillant seule, lâche-t-elle d'un ton amer.

Putain !

« Comme ce matin-là. » Elle ne le dit pas, mais je l'entends distinctement.

– J'étais juste à côté.

Lila dégage une vulnérabilité qui me glace. Le fait qu'elle se soit réveillée seule a fait brutalement remonter des souvenirs qui sont visiblement très désagréables pour elle. Et j'ai dans l'idée que ça a un lien avec ce que je viens d'apprendre.

Il faut qu'elle me parle.

– J'étais au téléphone, renchéris-je. La personne à qui tu as transmis ta demande d'assurance santé m'a appelé, car le numéro que tu leur as donné ne marche pas.

Lila pâlit brusquement.

– Il s'est passé quelque chose il y a deux ans, terminé-je.

Elle me fixe, mais reste silencieuse. Elle se retient, garde la vérité pour elle, aussi fort qu'elle tient le drap contre sa poitrine.

– Qu'est-ce qu'il s'est passé il y a deux ans, Lila ?

– Tu sais ce qu'il s'est passé, rétorque-t-elle, soudain hargneuse. Tu m'as laissée seule dans cette foutue chambre. Seule avec les souvenirs de la nuit. Seule avec toutes les promesses que tu m'avais faites. Seule avec l'odeur de ta peau sur la mienne. Je sentais encore ton corps à l'intérieur du mien, l'empreinte de tes doigts dans ma chair. Tu m'as laissée seule avec le silence.

Je me mords la langue et sens le goût du sang envahir ma bouche. J'ai du mal à la regarder et à rester calme, alors qu'elle parle de cette nuit comme si c'était elle qui avait été brisée, simplement parce que je suis parti sans raison.

Mais j'avais une raison. Une raison qui m'a démoli. Une raison qui a pris des proportions terribles à cause de Lila. Et elle n'en a pas la moindre idée. Parfois, j'ai des éclats de lucidité qui me rappellent la réalité, et je me demande comment je peux regarder Lila, la toucher, sans avoir envie de vomir.

– Je ne parle pas de ça, réponds-je d'une voix atone.

Elle ne veut rien me dire. Elle reste fermée, et je sens que c'est seulement parce qu'elle ne veut pas me montrer ses faiblesses, me donner des armes dont je pourrais me servir contre elle. Mais je ne suis pas ce connard, putain.

Pourtant, je vais devoir jouer à l'enfoiré, la pousser à bout. Pour qu'elle crache la vérité. Je veux entendre ce mot dans sa bouche.

– Tu es fragile. J'ai compris que tu avais été hospitalisée. Tu aurais dû me le dire.

Le visage de Lila se crispe violemment.

– Parce que je suis un outil fragile ? réplique-t-elle d'un ton sec où pointe la douleur. Parce que tu as investi sur moi ? Tu as peur que je ne tienne pas la route et que tu aies dépensé de l'argent pour rien ?

– Je veux savoir ce qui t'est arrivé, Lila. Si tu ne me le dis pas, je vais rappeler cette personne et lui demander de me le dire.

– Va te faire foutre, Reid.

Lila se lève soudain, indifférente au fait qu'elle est complètement nue, et tente de me contourner, mais je saisis doucement son poignet pour la retenir. Elle essaie de se dégager, mais je ne lâche rien. La colère éclate sur ses traits.

– C'est quoi, ton problème, Reid ? crache-t-elle en essayant de me repousser avec sa main libre.

– Je veux la vérité, Lila.

– Tu as parlé avec cette personne, je suis sûre que tu as eu des détails sur mon dossier médical, feule-t-elle. Tu ne serais pas aussi confiant, sinon !

Je ne réponds pas et nous nous affrontons du regard. Elle respire fortement, son cou et sa poitrine sont marbrés de rouge. Elle se dresse face à moi, nue, tellement belle.

– Vas-y, si tu sais ce pour quoi j'ai eu autant besoin de soins, balance-le ! Prononce-le ! s'exclame-t-elle, la voix enrouée de colère. Ma vie privée n'a visiblement aucune importance pour toi.

Je ne réponds toujours pas. J'ai une boule dans la gorge. J'ai l'impression de faire quelque chose de mal, mais en même temps quelque chose de juste. Mais pour qui, c'est une autre question dont je n'ai pas la réponse.

– Ton interlocutrice ne te l'a pas dit, n'est-ce pas ? fait Lila en lâchant un rire sans joie. Tu ne le sais pas.

– Ça s'est passé peu de temps après notre rencontre. Mais tu allais bien cette nuit-là.

– Qu'est-ce que tu en sais ? Tu ne m'as connu que quelques

heures ! Je n'allais pas te dire la vérité sur moi, étant donné que toi tu ne l'as pas fait, *Nate* !

La honte me brûle soudain le visage.

Évidemment que je n'ai jamais oublié que je lui ai menti.

Au jeu malsain de qui a perdu plus cette fameuse nuit, je gagne haut la main. Mais je ne suis pas prêt à lui dire. Jamais. Et cette prise de conscience me fait réaliser que ce qui s'est passé cette nuit était une erreur. Nous n'avons aucun avenir tous les deux, ensemble, tout simplement parce que c'est ce que j'ai perdu la nuit de notre rencontre que je vois quand je la regarde.

18

Lila

J'ai le cœur en miettes. La peau en feu. L'estomac en bouillie. Ma tête va éclater.

Je suis folle de rage et blessée pour tant de raisons. J'en veux à la personne qui a appelé Reid de lui avoir donné des informations personnelles sur ma santé. J'en veux à Reid pour avoir décroché. Je suis en colère contre moi-même d'avoir écorché mon propre numéro de portable. J'ai envie de hurler parce que cette discussion fait remonter des souvenirs pénibles auxquels j'aimerais ne plus me confronter. J'ai envie de disparaître, de faire comme si rien ne s'était passé. J'en viens même à regretter d'avoir retrouvé Reid. Ma vie serait bien plus simple si j'étais resté sagement de mon côté de la ville. Si je suis ici, là maintenant, c'est à cause de moi.

Reid tient toujours mon poignet, mais quand je tire de nouveau il finit par me lâcher. Cependant, il lève les mains, comme s'il voulait faire rempart pour que je ne fuie pas. Il veut me confronter et entendre la vérité. Je ne sais pas pourquoi il insiste autant. Est-ce que c'est parce que cette nuit a signifié quelque chose pour lui et qu'il s'inquiète vraiment pour moi ? Est-ce qu'il est toujours cet enfoiré qui m'a laissée seule dans sa chambre ? Est-ce qu'il veut seulement avoir des armes contre moi et me blesser ? Est-ce de la curiosité mal placée, comme lorsqu'on demande à quelqu'un comment il a eu cette affreuse balafre ?

J'ai envie de crier. J'ai envie de pleurer.

– Je vais te donner deux informations que tu vas pouvoir aller googler, étant donné que faire des recherches sur moi semble être ta nouvelle putain de passion, lâché-je alors, rendant les armes aussi violemment que si je m'étais jetée du haut d'une tour.

Je comble l'écart entre nos deux corps, mais ne le touche pas, j'en suis incapable. Et ça n'a rien à voir avec le fait que je sois nue. À ce stade je n'en ai plus rien à faire.

– Demande-toi ce qu'il se passe quand le menteur que tu as rencontré dans un pub écossais a utilisé un préservatif de mauvaise qualité.

Mon cœur marque chaque seconde avec violence. Le silence est assourdissant autour de nous. J'ai envie de vomir.

– Et demande-toi ce que ça signifie quand, au bout de deux mois, ton monde s'effondre, lâché-je avec un petit rire sarcastique.

Reid reste figé, mais sa peau perd plusieurs teintes. Il est là, face à moi, mais il semble à des kilomètres. Évidemment que la vérité va l'atteindre, parce qu'il est lié à ce drame. Il en est même à l'origine.

Son silence me rend dingue. Je presse mes paumes contre son torse brûlant pour le pousser en arrière, mais il est cloué au sol. Je sens son cœur battre comme un fou sous mes mains.

– Alors, qu'est-ce que tu en déduis ? craché-je pour le faire réagir, car je ne peux pas supporter son silence.

C'est sa faute si nous avons cette discussion. C'est lui qui a voulu savoir.

Je tente de le secouer de nouveau, mais ses mains saisissent soudain mes épaules pour m'immobiliser. Mon cœur manque un battement.

– Tu as eu un enfant ? De moi ?

Une boule de la taille de mon poing se loge soudain dans ma gorge. L'entendre prononcer ces mots fait mal.

Je me dégage de son étreinte et saisis le premier vêtement que je trouve au sol et qui s'avère être l'un de ses tee-shirts. Je l'enfile sous son regard aussi inquiet qu'incrédule. Je ne veux pas de sa pitié. Je ne veux pas de ses questions. Je veux juste ne plus parler de ce qu'il s'est passé après aujourd'hui.

– J'ai fait une grossesse extra-utérine.

Mes mots ont l'effet d'une bombe dans la pièce. Reid écarquille les yeux, fait un pas en arrière. Il se passe la main dans les cheveux, tire dessus. Son regard reste rivé au mien, mais descend régulièrement vers mon ventre, comme s'il pouvait y voir ce qu'il s'est passé, les dégâts que ça a laissés.

– Le préservatif était de mauvaise qualité ? répète-t-il.

Sa question me heurte. Sa première réaction est de savoir où se trouve sa part de responsabilité dans tout ça ? Je m'attendais à tout sauf à ça, et je ne sais pas quoi en penser.

– Il n'y a pas d'autres explications, réponds-je en croisant les bras sur ma poitrine, comme pour me protéger. Je t'ai vu retirer le préservatif, cette nuit-là. Je sais que tu ne l'as pas enlevé sans me le dire.

– Je ne t'aurais jamais fait ça, répond-il aussitôt. Mais je me souviens que le préservatif venait de mon portefeuille, et ça faisait un moment qu'il était là... Il a dû être abîmé avec les frottements...

Ses sourcils sont froncés de contrariété, comme s'il était choqué de ne pas avoir été plus vigilant.

– J'ai pensé à un millier de possibilités sur ce qui s'est passé, Reid. Et même si je sais que tu n'as pas enlevé le préservatif pendant l'acte, j'ai douté pendant des moments de faiblesse et de douleurs. Tu m'avais menti sur ton identité, Reid. J'ai cru beaucoup de choses sur toi. J'ai pensé et me suis imaginé beaucoup de choses.

La culpabilité plisse son front, comme s'il avait reçu un coup dans l'estomac. J'ai envie de lui demander à quel point ça fait mal de se prendre la réalité en pleine face.

– Lila, je...

Les mots se perdent sur ses lèvres entrouvertes. Il pousse un profond soupir, regarde de nouveau mon ventre, puis tire encore une fois sur ses boucles. La lumière du matin joue sur les reliefs de son torse, donne des teintes plus chaudes à ses yeux. En d'autres circonstances, j'aurais savouré la vue.

Mais, là tout de suite, j'ai seulement envie de me cacher pour pleurer.

Il semble soudain revenir à lui, car il me prend à nouveau par les épaules et me fait asseoir sur le lit. Il est suffisamment près pour me prendre dans ses bras sans avoir à se pencher. Nos genoux se touchent.

– Je suis profondément désolé, lâche-t-il alors.

Un sanglot m'étrangle subitement et j'appuie mon poing contre ma bouche pour le retenir. Je laisse ma tête retomber pour me cacher, même si c'est un effort vain. Reid glisse une main sur mon cou, vient l'enrouler sur ma nuque. J'appuie mon front contre son épaule et laisse échapper mes larmes. Je sens ses lèvres sur ma tempe.

– Qu'est-ce qu'il s'est passé ? demande-t-il quand mes épaules ont cessé de trembler et que mes larmes se sont enfin taries.

Je me redresse, mais il garde sa main sur ma nuque. Son visage se crispe quand il voit le mien, humide et marqué par la peine. Mon regard est sans aucun doute hanté.

– J'ai commencé à vomir souvent, avec des douleurs constantes dans le bas du ventre. Ça s'étendait même dans mon dos. Un jour, j'ai fait un malaise en pleine rue tellement la douleur était devenue intense. J'ai été conduite à l'hôpital. Ils m'ont fait une échographie avec une sonde intra-utérine, mais n'ont rien trouvé. Avec une échographie abdominale, c'est là qu'ils ont vu l'embryon.

Je déglutis difficilement, la gorge toujours aussi nouée. Les images de cette journée se superposent à mes paroles.

– C'est aussi à ce moment-là que les résultats de ma prise de sang sont arrivés. J'étais bel et bien enceinte. L'embryon s'était logé dans un de mes ovaires et pour éviter de le faire éclater, j'ai dû subir une IVG.

Les doigts de Reid se crispent sur ma nuque et il retire sa main, comme s'il s'était soudain brûlé. De nombreuses émotions se succèdent sur ses traits. Il y a de la culpabilité, de l'inquiétude, et une autre émotion que je n'arrive pas à saisir. Mais, étonnamment, je ne vois pas de pitié, seule émotion à laquelle je m'étais attendue.

– J'ai été laissée seule pendant des heures sur ce lit d'hôpital. Je ne voulais pas appeler mes parents pour leur dire, alors que je vivais encore chez eux à cette époque-là. J'avais honte. Honte d'avoir fait confiance à un homme rencontré un soir, un homme qui ne m'a pas jugée suffisamment importante pour ne serait-ce que me donner son vrai prénom. Je t'ai détesté de tout mon être.

Une seconde passe, puis Reid secoue la tête.

– Putain, Lila, je suis tellement désolé… Tellement désolé d'avoir provoqué ça. Tellement désolé que tu aies vécu ça.

Il prend ensuite mon visage entre ses mains et me fait ployer la nuque pour me regarder droit dans les yeux.

– Je te présente mes excuses pour t'avoir menti sur mon nom. Je te demande pardon…

– Pourquoi as-tu fait ça ? soufflé-je.

J'ai tant de fois voulu lui poser cette question. Tant de fois retenu mes mots. Tant de fois caché à quel point j'étais encore meurtrie par cette nuit-là. Je ne voulais pas être vulnérable devant lui, lui montrer que je saignais encore.

– Parce que j'étais ce genre d'enfoiré, à l'époque. Je savais que je ne revoyais jamais les filles que je rencontrais en Écosse. J'avais l'habitude d'être égoïste et de ne pas leur dire mon nom pour qu'elles ne me retrouvent jamais. Je sais à quel point c'est dégueulasse, et ce n'est évidemment plus quelque chose que je ferais aujourd'hui. Par habitude, j'ai fait pareil avec toi. Mais tout s'est intensifié entre nous. Tout a dégénéré. Tout est devenu réel et fort.

Il déglutit difficilement. Il me tient si près de lui, mais semble pourtant si loin.

– Tu ne peux pas me dire que ce qui s'est passé cette nuit-là était vrai pour toi, dis-je. Tu es parti, Reid.

Des ombres dansent dans ses yeux, comme si un combat faisait rage juste derrière. Je sais évidemment qu'il me cache quelque chose, et ça me blesse terriblement qu'il ne soit pas totalement honnête avec moi après avoir appris le drame que j'ai vécu. Mais je ne peux pas lui arracher une vérité qu'il ne veut pas prononcer. Même si c'est très précisément ce qu'il vient de faire avec moi.

– Pourquoi ne pas avoir essayé de me recontacter après… après ce qui t'est arrivé ? demande-t-il, la gorge visiblement nouée.

Il ignore ma dernière remarque et mon cœur se serre.

– Je ne voulais plus rien avoir à faire avec toi. Tu m'avais fait assez de mal.

– Alors pourquoi es-tu revenue ?

– Tu aurais pu rester sans rien faire en sachant que j'habitais dans la même ville ? Dans le même immeuble ?

Reid réfléchit une seconde, mais la réalité s'impose rapidement à lui.

– Bien sûr que non.

Nous nous fixons, et un milliard de non-dits flottent encore entre nous. L'électricité crépite entre nos deux poitrines. J'ai envie de le serrer de toutes mes forces, mais j'ai besoin de courir loin de lui.

– Et aujourd'hui, comment tu vas ? demande-t-il en lâchant mon visage.

Mes joues me picotent là où il m'a touché.

– Physiquement, je vais bien, je n'ai aucune séquelle. Financièrement, c'est autre chose. J'ai fait une hémorragie après l'IVG, et je suis restée longtemps à l'hôpital. J'ai été suivie par un psychologue.

Je prends une longue inspiration tremblante, puis ajoute :

– J'ai beaucoup de dettes, d'où la nécessité d'une nouvelle assurance santé.

– Tu m'en veux ? Tu penses que c'est ma faute ?

Ma réponse semble vraiment lui importer. Ses épaules sont basses, son expression presque douloureuse.

– Nous étions deux, cette nuit-là. Je t'en ai beaucoup voulu, mais plus maintenant. Je ne comprends juste toujours pas pourquoi tu es parti, et tu ne veux visiblement pas me le dire. Je l'accepte, je ne peux pas te forcer. C'est juste dommage, après que tu as appris un événement si intime de mon passé. Mais si je t'en voulais, je n'aurais jamais accepté de faire l'amour avec toi la nuit dernière, ajouté-je.

Mon ventre se tord en souvenir de tout ce que j'ai éprouvé ces dernières heures. Tout a changé maintenant. L'étincelle est devenue un nuage de fumée qui s'estompe déjà.

– C'est ce qu'on a fait, hier soir ?

Je fronce les sourcils, ne comprenant pas la question de Reid.

– L'amour ?

Sa question sonne comme un coup de poing. Je pourrais jouer l'indifférente et dire que ce n'est qu'un abus de langage, une habitude. Mais ce serait contourner le sujet. Sauter par-dessus la flaque d'eau pour éviter les éclaboussures. Alors que cette flaque fait partie du chemin à emprunter.

Alors je saute.

– C'est comme il y a deux ans, Reid. On baise, on couche ensemble, on fait l'amour, on s'envoie l'air. On fait tout ça en même temps, et même plus. On dévore tout ce que l'autre nous tend, comme des affamés. Parce que c'est comme ça qu'on est tous les deux, et tu ne peux pas prétendre le contraire, ce serait un mensonge. On est affamés l'un de l'autre. Chaque seconde est une folie.

Son regard fouille le mien. Il lève la main et caresse mes lèvres avec son pouce. J'enroule mes doigts autour de son poignet, mais il baisse finalement la main et s'écarte.

– Tu as raison, admet-il, évidemment. Mais c'est ça, le problème, on se fait du mal. Je t'ai fait du mal il y a deux ans, tu as vécu un enfer à cause de moi. Le tableau est déjà trop noir, on ne voit presque plus les couleurs.

Et en un clignement de paupières, je comprends que Reid est en train de mettre fin à une relation qui n'a jamais eu lieu. Qui est morte avant même d'avoir commencé. Il efface nos bulles, m'empêche d'y écrire quoi que ce soit. Il a toujours eu le crayon entre les mains, et je ne m'en suis même pas aperçue.

19

Reid

Je suis perdu. Un peu choqué, aussi.

Je comprends beaucoup de choses, et à la fois rien du tout. Toute cette histoire est soudaine, brutale même. Nous avons visiblement perdu énormément tous les deux après cette fameuse nuit. J'ai du mal à me faire à l'idée que Lila soit tombée enceinte de moi, qu'un bout de moi se soit accroché à elle. En elle. Elle a terriblement souffert et a affronté ça seule, en pensant que j'étais un enfoiré qui lui avait menti et qui l'avait abandonnée le lendemain matin. Je lui ai effectivement menti, mais je comptais lui dire la vérité dès le matin, je n'avais juste pas imaginé ce qui allait me retenir.

Je sais pourquoi elle a décidé de garder mon passeport, ce matin-là : elle savait que ça m'empêcherait de quitter le pays. C'était une petite vengeance, pour me faire payer mon mensonge et ma désertion en pleine nuit. Mais je ne peux pas lui pardonner. Cette petite goutte de pluie a provoqué un tsunami qui s'est écrasé sur ma vie.

C'est dur de la regarder droit dans les yeux. Dur de rester face à elle sans la prendre dans mes bras. Je vois à son visage qu'elle sait ce que je m'apprête à dire. Elle l'a compris dès que je me suis écarté.

Pourquoi ma poitrine me fait aussi mal, putain ?

– On n'est pas bons l'un pour l'autre, Lila.

Je prends une longue inspiration, puis continue :

– On est peut-être bons pour travailler ensemble, mais ça s'arrête là.

Elle laisse échapper un petit rire sans joie. Le pire son que j'aie jamais entendu.

– On aurait dû s'en tenir aux bulles, hein ?

– Peut-être bien, oui.

Mon corps, qui réclame le sien chaque foutue seconde du jour et de la nuit, hurle le contraire.

– Qu'est-ce qui a fait que tu as craqué, hier soir ? demande-t-elle. C'est toi qui m'as embrassée. C'est toujours toi qui m'as embrassée.

Je réalise alors à quel point elle a raison, et je ne m'en étais même pas aperçu. Cette nana est toujours mon élément déclencheur, qui me fait vriller chaque fois qu'elle entre dans mon champ de vision. J'aimerais comprendre pourquoi, mais ce genre de choses n'a pas d'explication.

– J'étais un peu grisé par la journée, par les moments que nous avions passés ensemble. J'aurais dû être plus raisonnable.

Le visage de Lila se crispe pendant une fraction de seconde. Je l'ai visiblement blessée et je déteste ça.

– Nous aurions dû nous rencontrer différemment, dit-elle. Tout aurait été différent aujourd'hui.

– Notre histoire est un « et si », acquiescé-je. Elle repose sur une succession d'imprévus et de catastrophes qui nous poussent à regarder constamment vers le passé, parce qu'on sait tous les deux qu'on ne verra rien si on regarde dans la même direction.

– Rien qu'un trou noir, répond Lila en hochant la tête.

Je prends une longue inspiration, mais la douleur dans ma cage thoracique ne disparaît pas.

– Je vais nous réserver un vol de dernière minute. On va essayer de rentrer dans la nuit.

Elle acquiesce et se lève lentement, comme si son corps était soudain très lourd.

– Je vais faire ma valise.

Je ne sais pas à quoi je m'attendais. À ce qu'elle pleure ?

À ce qu'elle me demande de ne pas lui dire ça ? Mais elle n'a rien à quoi se raccrocher. Nous avons tout et en même temps rien.

Je tourne la tête pour la regarder sortir, à moitié nue avec mon tee-shirt pour seul vêtement. J'ai envie de l'attirer à moi, bordel. J'ai envie de tirer l'ourlet pour la faire revenir. J'ai envie de dessiner une bulle pour la faire parler.

Mais je n'en fais rien. À la place, je me penche pour ramasser mon ordinateur portable et trouver un moyen de nous faire rentrer à la maison rapidement. Et faire comme si je n'étais pas déjà en manque d'elle.

***

Ça fait une semaine que nous sommes rentrés d'Écosse. Une semaine que je ne réponds à aucun des mails de Lila, que je fais mon possible pour l'éviter dans l'ascenseur, les escaliers et le hall. Une semaine que je pense constamment à elle et à ce qu'elle a subi il y a deux ans. Je n'arrête pas de repenser à cette fameuse nuit, deux ans plus tôt, et au préservatif que j'ai utilisé et qui était défectueux. Je comprends alors pourquoi elle a insisté pour utiliser les siens, il y a une semaine. Les remords me grignotent l'estomac. Mais si Lila a pu avoir confiance en moi après ce qu'il s'est passé, ça signifie que je peux avoir confiance moi aussi. Non ?

Je suis totalement paumé.

Nous n'avons jamais rien eu tous les deux, mais en même temps nous avons eu tellement de choses. Il faudrait être fou pour ignorer l'électricité qu'il y a entre nous et que certaines personnes passent leur vie à chercher. Je suis évidemment conscient de tout ça, mais je suis d'autant plus conscient du traumatisme qui me guide depuis deux ans. Ce même traumatisme qui m'a fait mettre un terme à ce rapprochement – même si ce terme est un euphémisme.

Je rentre chez moi, pour cette sixième soirée seul à être

attentif aux moindres bruits venant de l'appartement au-dessus. Qu'est-ce qu'elle fait ? À quoi pense-t-elle ? Est-ce qu'elle est là, à regarder dans ma direction ?

Ça me rend dingue, car depuis une semaine, chaque chose positive qui m'arrive est teintée de noir. J'aimerais juste pouvoir m'endormir sans penser à ma voisine.

Je me prépare à manger, réponds à quelques mails et constate que Lila a arrêté de m'envoyer ses corrections. Peut-être qu'elle croit que je ne veux plus travailler avec elle ? À vrai dire, je n'en ai pas la moindre foutue idée. Je ne sais plus rien.

Je me sens seul et idiot, tandis que je me couche et que je fixe le plafond entre nos deux appartements.

Puis un cri se fait tout à coup entendre.

Un cri féminin suivi d'un long gémissement masculin venu de l'appartement du dessus.

Je lâche un juron, me redresse brusquement, et une sensation de brûlure se répand sur mon visage.

Un grincement retentit soudain, de plus en plus régulier, de plus en plus appuyé. Un raclement s'ajoute ensuite, comme des pieds en bois frottant contre un parquet.

Lila est réellement en train de s'envoyer en l'air ?

Putain de bordel de merde !

Je vais péter un câble. Littéralement.

Mais je n'ai rien à dire, non ? Je l'ai repoussée, après lui avoir fait l'amour comme si j'allais la demander en mariage. Elle a tous les droits, toutes les raisons de se trouver quelqu'un d'autre. Mais la théorie n'a rien à voir avec la pratique.

Je tente de faire abstraction du bruit, de mettre des écouteurs, mais je suis incapable de ne pas écouter. Incapable de faire comme si je n'en avais rien à foutre. Parce que c'est totalement faux, bordel. Rien que le fait d'imaginer Lila nue avec un autre homme me rend complètement fou, alors l'imaginer en train de…

Je me lève brusquement au moment où le gémissement féminin se fait de plus en plus intense. Mon estomac se tord, mon cœur bat à tout rompre. J'ai du mal à reprendre mon souffle.

J'enfile un pantalon de jogging et des chaussures, puis sors de chez moi et grimpe les escaliers quatre à quatre jusqu'à son appartement. Je tambourine à la porte, mais personne ne me répond. Les bruits disparaissent alors et je recommence à frapper.

J'entends soudain des pas derrière la porte, avant que le battant s'ouvre subitement et qu'une femme apparaisse.

Une femme qui n'est pas Lila.

C'est quoi ce bordel ?

– Où est Lila ? demandé-je d'un ton bourru, les nerfs à vif.

– Qui es-tu, toi ? rétorque la petite brune vêtue d'un peignoir blanc.

– Reid Atlas.

Elle sourcille et me considère de haut en bas.

– Tu es le connard qui l'a mise en cloque, qui s'est tiré et qui lui a menti sur son nom ?

J'ai l'impression de recevoir un uppercut. Mon sang déserte mon visage. Je me sens comme un crétin qu'on aurait poussé dans l'eau.

– Je ne savais pas qu'elle était enceinte, me défends-je pitoyablement.

– Mais tu savais que tu étais en train de lui mentir.

Je me sens acculé, parce que cette nana, peu importe qui elle est et ce qu'elle fait dans l'appartement de Lila, a totalement raison.

– Rends-lui service et fais annuler le putain de mariage entre vous. Et ensuite, fous-lui la paix.

La porte se referme d'un seul coup, un courant d'air me gifle. Je fais un pas en arrière, comme si elle m'avait frappé.

– Quoi ? lâché-je en fixant la porte close, médusé par ce que je viens d'entendre.

Un mariage ? Qu'est-ce que c'est encore que cette connerie ?

20

Lila

– Je pense que c'était le dernier, me lance Annabelle depuis le comptoir de la librairie, après avoir souhaité un bon samedi soir au client qui a acheté la dernière nouveauté que nous avons reçue ce matin. Un samedi soir, personne n'achète de livres.

Je l'entends fermer la caisse enregistreuse depuis le salon de l'arrière-boutique, devenu mon appartement depuis une semaine.

– Sauf les plus de cinquante ans, réponds-je.

– Non, même eux sortent encore boire des verres.

Je donne un coup de main à Annabelle ces derniers jours, car je dois m'occuper l'esprit et éviter de tourner en rond, seule dans mon appartement. Un appartement qui est trop proche de celui à cause de qui je dois m'occuper l'esprit. Et étant donné que la petite sœur d'Annabelle, Jessie, a besoin d'un logement pour quelques jours, c'est parfait.

J'ôte mon pantalon poussiéreux et mes chaussettes pour me changer. J'ai fait un tri et un ménage intensifs dans les bibliothèques, si bien que je suis recouverte d'une fine pellicule blanche. Et la poussière et ma peau sensible ne sont pas vraiment amies.

– On devrait peut-être les imiter ? suggéré-je. Je n'ai pas de boulot puisque celui qui est censé m'en donner n'a pas répondu à un seul de mes mails professionnels cette semaine.

– Laisse-lui du temps, Lila.

– Le temps de digérer une grossesse extra-utérine qu'il n'a pas vécu ?

– Si j'en crois sa réaction, et ce que tu m'en as dit, ça l'a chamboulé.

– Ce n'est pas lui qui a subi une IVG.

– Sois patiente.

– Ce n'est pas une question de patience. Nous sommes liés par un contrat professionnel et j'ai besoin de l'argent de la deuxième partie de notre collaboration. S'il ne répond pas, je ne sais pas si je peux compter sur lui.

Je joue les indifférentes, prétends ne penser qu'à mon argent, alors que ce n'est finalement pas le cas. J'ai mal de savoir que Reid a été bouleversé par mon histoire, mais je me persuade du contraire.

– C'est donc de la patience, répète Annabelle. Attends qu'il te recontacte, car il ne donne pas l'impression d'être ce genre de type qui disparaît du jour au lendemain. D'autant que tu habites au-dessus de lui, il ne peut pas vraiment se cacher.

Je soupire en enlevant mon sweat.

– Il a été le genre de type qui disparaît du jour au lendemain, lui fais-je remarquer en haussant les sourcils. Et ça fait presque une semaine que je ne suis plus dans mon appartement, donc l'évitement est bel et bien possible.

– Peut-être qu'il a essayé de frapper à ta porte pour te parler ?

– Jessie me l'aurait dit.

Alors que je m'apprête à ôter mon tee-shirt, j'entends Annabelle retenir son souffle et la clochette de la porte d'entrée teinter, annonçant un client. Je me recule dans l'ombre de la porte et penche légèrement la tête pour voir qui la perturbe.

Une haute silhouette, que je reconnaîtrais entre mille, entre dans la librairie et se dirige droit sur Annabelle. Mon regard tombe sur un jean foncé, un tee-shirt blanc et une veste en cuir qui donnerait de vilaines idées même à une bonne sœur. Avant de rencontrer cet homme, je n'aurais jamais pensé que mes hormones étaient aussi sensibles aux costumes et aux vestes en cuir.

Je n'ai pas besoin d'en voir plus pour savoir à qui j'ai affaire. *Son* parfum sature déjà l'air jusqu'à moi.

Mon cœur s'emballe. Je me cache dans l'ombre pour qu'il ne me voie pas.

Le regard clair de Reid tombe sur mon amie. Il est rasé, mais ses joues sont tout de même ombrées. Ses boucles brunes sont un désordre sans nom, dans lequel il passe une main agacée. Ses mâchoires se contractent quasiment toutes les secondes, comme agitées d'un tic nerveux.

J'entends Annabelle retenir de nouveau son souffle.

Je sais, il m'a aussi fait cet effet-là la première fois que je l'ai vu…

Décidément, cet homme ferait même changer ma meilleure amie de bord.

– J'ai besoin de parler à Lila, lance-t-il comme une attaque.

Je grimace. Il ne sait pas à qui il s'adresse. Je n'aimerais pas être à sa place.

– Et moi j'ai besoin de savoir votre nom, rétorque Annabelle, le menton levé, prête à en découdre.

– Reid Atlas.

– Ah.

– Comme vous dites.

Annabelle et moi, nous n'avons jamais imaginé la possibilité qu'il puisse se pointer ici, si bien que je la vois hésiter. Et ça ne sent pas bon. Annabelle sait aussi bien mentir qu'un enfant avec du chocolat autour de la bouche.

Et je la vois soudain faire un mouvement qui me trahit en une seconde.

Elle lance un rapide regard vers la porte derrière laquelle je me trouve. Je fais un pas brusque en arrière, mais c'est trop tard.

J'entends les pas agacés de Reid venir droit vers moi.

La seconde suivante, son imposante silhouette envahit la pièce où je me trouve et sa main pousse la porte, qu'il verrouille d'un geste sec.

Alors que mon cœur est sur le point de bondir hors de ma poitrine et que je suis uniquement vêtue d'un tee-shirt qui couvre à peine mes fesses, je croise nonchalamment les bras sur ma poitrine. Et je prie pour que ma peau ne soit pas rouge vif.

Son regard balaye mon corps et je le vois prendre une longue inspiration quand il vient enfin s'accrocher au mien.

– Je peux t'aider ? fais-je en arquant un sourcil sans souligner le fait que je n'ai pas la moindre idée de la façon dont il m'a trouvée.

– Qu'est-ce que c'est que ce putain de mariage ?

Sa question abrupte, crachée d'un ton bourru, a le mérite d'éviter que je ne m'attarde sur ce que je ressens, après une semaine sans le voir. Mon cœur, cet idiot, s'emballe. Mon ventre se tord d'un désir qui ne semble jamais s'essouffler. J'ai envie de courir vers lui et de m'enrouler autour de son corps.

Il me manque tellement que ça fait mal.

Mais c'est un crétin sans cœur. Donc soyons raisonnable.

– Le mariage ? répété-je.

Mais je regrette aussitôt ma question. Ça ne sert à rien de jouer la carte de l'ignorance, plus maintenant. Je n'ai plus besoin de gagner du temps pour trouver un moyen de l'amadouer, j'ai perdu cet homme avant même de l'avoir gagné.

La voix d'Annabelle retentit soudain de l'autre côté de la porte.

– La bombe au poivre est dans le tiroir de la table basse.

Reid se renfrogne aussitôt et je me mords la langue pour ne pas rire.

– Je suis certaine que M. Atlas va se tenir tranquille maintenant qu'il sait ça, réponds-je.

Nous l'entendons s'éloigner, mais l'atmosphère ne se détend pas pour autant. Au contraire, l'électricité crépite dans la pièce, chargée d'une semaine de frustration.

– Je dois me changer, Reid, sors une seconde.

– Nous devons parler, tu te changeras ensuite.

– Et on devrait faire ce que toi tu veux, parce que… ?

– Parce que ma patience est tellement inexistante que je me demande encore pourquoi je ne suis pas déjà en train de m'arracher les cheveux.

– Des problèmes de gestion du stress ? raillé-je.

– Des problèmes pour voir la vérité en face ?

– Ce que je vois, là tout de suite, c'est que je suis à moitié nue et que tu prétends quand même vouloir une conversation sensée.

Reid lâche alors un petit rire sarcastique.

– Mais c'est précisément le cas, ma grande.

– Très bien, comme tu voudras, déclaré-je alors.

En le défiant du regard, je passe mes pouces sur les côtés de ma culotte et la fais glisser le long de mes cuisses. Je la lance à Reid qui, par réflexe, la rattrape avant de lâcher un juron et d'expirer brusquement. Il la serre dans son poing tandis que j'enfile une culotte propre, en dentelle rouge. Ses yeux ne me lâchent pas, scrutent le moindre de mes mouvements.

– Arrête tes conneries, Lila, grogne-t-il.

– Venant de l'homme qui ne peut pas lâcher ma culotte, c'est gonflé.

Reid lâche soudain l'arme du crime comme s'il s'était brûlé.

Je me retourne alors, enlève mon tee-shirt et attrape un soutien-gorge assorti que je mets délibérément une éternité à enfiler. Et ça n'a rien à voir avec le fait que je sens le regard de Reid me brûler la nuque, le dos, le creux des reins, puis plus bas. Et rien à voir non plus avec mes seins devenus trop sensibles pour supporter la dentelle.

La chaleur grimpe en flèche dans la pièce. L'électricité ricoche sur nous, agresse ma peau sensible. La sensualité de ce moment me coupe le souffle.

Reid respire profondément et difficilement derrière moi. Ma peau se hérisse de frissons.

Je me penche en avant, provocante, et m'empare d'une robe. J'étire mes bras, passe ma tête et laisse le tissu glisser lentement sur mon corps. Quand je me retourne enfin, je surprends Reid en train de se rajuster.

– Parfait, tu es en condition pour avoir une conversation sensée, lancé-je avec insolence.

– Je ne pourrais pas être plus concentré, grommelle-t-il.

– Sur la couleur de ma lingerie ?

– Sur l'existence d'un mariage entre nous deux, rétorque-t-il d'un ton sec. Un mariage dont je n'ai pas la moindre foutue idée, Lila !

Je me demande comment Reid a pu apprendre pour le mariage. Cependant, il a très bien pu faire une démarche administrative et découvrir que la case « marié » est cochée. C'est comme ça que je l'ai découvert, après tout.

Je choisis alors de jouer la carte de l'honnêteté brutale, parce que c'est le thème de la semaine.

Je me penche sous le canapé et en tire la boîte en cuivre taché qui renferme de nombreuses babioles dont je suis incapable de me séparer. Le vieux document est à sa place habituelle, tout au fond. Je savais que ce moment arriverait un jour, que je devrais affronter cette réalité qui m'a rendue dingue quand je l'ai apprise, mais que j'ai volontairement oubliée parce que j'avais autre chose en tête. Et quand j'aurais pu enfin m'en occuper, je n'avais pas la moindre envie de reprendre contact avec Reid pour les formalités, si bien que j'ai fait l'autruche pendant bien longtemps.

Je tends alors le document à Reid, qu'il saisit et consulte. Je le vois pâlir.

– Tu te souviens de cette nuit-là ? demandé-je. On s'est bel et bien mariés. On pensait que c'était une farce, qu'on ne pouvait pas nous marier aussi facilement. On s'est trompés.

Reid relève les yeux vers moi et je lis l'incompréhension sur ses traits.

– Mais c'est impossible !

– C'est possible, le contredis-je. Tu as signé de ton vrai nom, et je ne l'avais même pas vu. Tu m'avais donné une preuve de ton mensonge et comme j'avais signé la première je ne l'ai pas vue…

– Ce n'est pas le problème, Lila, rétorque-t-il d'un ton sec. Comment ce document peut-il avoir une quelconque valeur ?

– J'ai découvert que c'était tout à fait légal le jour où l'un de mes amis, avocat en droit international privé, m'a signalé que, certes, ce mariage n'est valable qu'en Écosse puisqu'il n'a pas été retranscrit aux États-Unis, mais il est tout à fait légal selon les lois écossaises, car le propriétaire du pub – et prêtre à ses heures perdues – qui nous a mariés a transmis la copie de ce document aux instances de la ville. Ce n'était visiblement pas la première fois qu'il faisait ça, c'est même une attraction dans la région. Un peu comme les mariages à Las Vegas.

Reid semble totalement ahuri. Quant à moi, je me suis toujours dit qu'il serait facile de faire annuler ce mariage, puisque de nombreuses obligations maritales n'ont jamais été remplies, à commencer par celle de vivre sous le même toit.

– Mais c'est impossible ! s'exclame alors Reid. Il faut deux témoins !

– Regarde en bas, le propriétaire du pub et sa femme ont signé.

– C'est un grand malade… soupire Reid en se passant de nouveau la main dans les cheveux.

– Les relations hors mariage sont vraiment un problème pour eux.

Reid lâche un petit rire sans joie puis secoue la tête.

– Tu n'as jamais voulu le faire annuler ?

– Je voulais oublier cette nuit-là, Reid. Je ne voulais pas te recontacter.

Nous nous affrontons alors du regard pendant ce qui me semble être une éternité. Reid semble choqué par la situation, tandis que je suis juste épuisée d'être constamment confrontée aux conséquences de cette fameuse nuit. Et je pense qu'il est temps d'y mettre un terme.

– Ce mariage sera facilement annulable, déclaré-je. Un simple rendez-vous à l'ambassade d'Écosse pourra y mettre fin. Il va falloir réunir les papiers nécessaires, prouver que nous n'avons jamais eu de communauté de vie, et ce sera réglé.

– Tu veux dire qu'on va divorcer ?

Reid laisse tomber sa tête en arrière et part dans un grand éclat de rire grave. En d'autres circonstances, j'aurais pu l'apprécier.

– Tu m'auras tout fait, Lila…

– Le bébé et le mariage ? rétorqué-je d'un ton sec.

Reid redevient aussitôt sérieux et fait un pas vers moi.

– Ce n'était pas ce que je voulais dire, tu sais bien que…

Ma gorge se noue douloureusement. Je suis blessée, et il vient de le réaliser.

– On se donne rendez-vous lundi matin à la première heure devant l'ambassade ? Je rentre chez moi demain soir, je vais pouvoir récupérer les papiers.

Il tente de me sonder, de deviner ce à quoi je pense là maintenant, mais il vaut mieux qu'il l'ignore. Je pense à mille et une choses, la moitié me rend folle, l'autre me donne envie de me rouler en boule dans un coin en attendant que mes problèmes disparaissent par la seule force des choses.

– C'est d'accord, répond Reid.

Il tourne lentement les talons, comme s'il avait encore quelque chose à dire ou voulait que je le retienne. Et même si j'ai énormément de questions à lui poser, aucune ne franchit mes lèvres.

Enfin, presque.

– Et, Reid ?

Il se retourne avec un regard interrogateur.

– Comment tu l'as appris ?

– La nouvelle locataire de ton appartement a la langue bien pendue.

Je fronce aussitôt les sourcils.

– Comment as-tu découvert que quelqu'un d'autre vivait chez moi ?

– J'ai été obligé d'aller frapper. Trop bruyante.

J'arque un sourcil narquois.

– Ce *genre* de bruits ? fais-je.

– Ce *genre* de bruits, acquiesce-t-il.

– Tu as sans nul doute pensé qu'il s'agissait de moi.

– Évidemment, répond-il entre ses dents serrées.

– L'expérience t'a plu ?

Reid lève les yeux au ciel, puis pousse la porte.

– À lundi, Lila.

21

Reid

On est dimanche soir et je n'arrive toujours pas à trouver le sommeil, alors que la nuit est déjà bien avancée.

Je ne dors pas parce que je vois Lila demain matin.

Je ne dors pas parce que j'ai l'image de sa culotte rouge imprimée sur ma rétine.

Je ne dors pas parce que je ne cesse de lever les yeux vers son appartement, maintenant que je sais qu'elle y habite de nouveau depuis hier soir.

Je ne dors pas parce que je suis marié à cette femme depuis tout ce temps. Putain. Et le fait de savoir que c'est un mariage bidon n'y change rien.

J'ai essayé de m'occuper tout le week-end, d'avancer dans mon roman graphique, mais sans l'aide de Lila je suis au point mort. J'ai besoin de lui poser des questions, mais je dois m'en empêcher. Évidemment que je vais travailler avec elle jusqu'à la fin de notre contrat, ce qui n'empêche pas que je doive m'habituer au fait de la garder loin de ma vie. Comme ces deux dernières années.

J'aimerais tellement comprendre pourquoi cette nana me rend aussi dingue.

Un bruit strident, comme une sirène, retentit soudain quelque part autour de moi.

Je me redresse brusquement, en caleçon sur mon lit, et il me faut quelques secondes pour comprendre qu'il s'agit d'une alarme incendie.

Mon cerveau se met alors à réfléchir à toute allure.

Je me lève subitement, enfile un jean et un tee-shirt, puis saisis mon portable et mes clés avant d'ouvrir ma fenêtre pour essayer de voir ce qu'il se passe. L'écho de la sirène se répercute dans la rue, mais les alentours sont calmes. Je referme la fenêtre et prends le risque d'ouvrir ma porte. La sirène vient d'en haut, mais impossible de savoir d'où exactement. Est-ce que c'est un dysfonctionnement ? Je ne vois aucune fumée ni la moindre agitation. J'appelle alors les pompiers, qui m'informent que quelqu'un les a déjà appelés. Il y aurait un départ de feu dans un appartement du dernier étage. Ils me donnent la consigne de sortir rapidement du bâtiment au moment où les portes commencent à s'ouvrir à mon étage. Les gens sortent des têtes ensommeillées, puis petit à petit les habitants de l'immeuble quittent leur appartement pour se réunir de l'autre côté de la rue en attendant les pompiers. Je récupère mon portefeuille et ma veste chez moi, avant de claquer la porte et de sortir à mon tour.

Depuis la rue, on peut voir la fumée s'échapper d'une fenêtre du dernier étage, juste à côté de l'appartement de Lila.

Je ne la vois toujours pas sortir, mais je sais qu'elle est chez elle. Je l'ai entendue faire tomber quelque chose, plus tôt dans la soirée. J'ai envie d'aller la chercher et de la traîner dehors. Qu'est-ce qu'elle fout, putain ?

Je serre et desserre les poings pour me calmer, car il est hors de question que je remonte la chercher. Elle est adulte et peut très bien s'occuper d'elle-même. Je dois me la sortir de la tête.

Mais plus les minutes passent et plus je m'inquiète. Elle n'est toujours pas là.

Je sors mon portable et l'appelle, mais elle ne répond pas.

C'est à ce moment précis que je craque.

Je lâche un juron qui attire l'attention autour de moi, puis retourne vers l'entrée de l'immeuble d'un pas vif. J'entends des protestations, mais je m'en moque. Je m'élance dans les escaliers et commence alors à sentir la fumée. L'air est plus chaud, plus épais. Désagréable.

La panique me saisit tout entier. Quelque chose enserre ma poitrine et mon cœur se met à battre à toute allure.

Puis je me heurte brusquement à quelqu'un à l'angle du couloir.

Mes bras se referment sur un corps chaud que je reconnais aussitôt. Et le soulagement m'étreint brusquement.

– Qu'est-ce que tu fichais ? grommelé-je.

Je la prends par les épaules et scrute son visage pour voir si tout va bien. Elle a l'air paniquée, mais je ne sais pas si c'est à cause de l'incendie ou de moi. Ses mains sont agrippées au revers de ma veste, qu'elle a saisie par réflexe. Ses cheveux sont détachés et frôlent ses épaules, ses lèvres portent encore la trace de son rouge à lèvres. Ses grands yeux chauds sont brillants. Elle porte un pantalon et un pull échancré qui laisse voir le pendentif entre ses seins. Je me fais l'effet d'un con à m'attarder sur ce genre de détails, là maintenant.

– Je travaillais avec mes écouteurs, je n'ai rien entendu.

Je prends une longue inspiration et me retiens de lui faire la morale. Elle arque un sourcil, comme pour me mettre en garde, avant de me lâcher et de remettre la lanière de son sac en place sur son épaule. On dirait qu'elle a pris quelques affaires, au cas où.

– Tu vas bien ? demande-t-elle, sincèrement inquiète. On dirait que tu as eu peur.

C'est peu de le dire. Je sens soudain son index s'enfoncer dans mon ventre et je m'attends à ce qu'elle me pose *la* question, celle qui est une habitude entre nous, quand la voix d'un pompier retentit tout à coup derrière nous.

– Sortez ! hurle-t-il.

Nous nous ressaisissons et descendons rapidement les escaliers en direction de la sortie. Je ne peux m'empêcher de prendre la main de Lila quand je trouve qu'elle ne va pas assez vite. Je l'entends grommeler quelque chose que je ne comprends pas. Mais peut-être que ça vaut mieux.

Nous sortons dans la rue anormalement animée à cette

heure-ci. Les lampadaires et les lumières rouges des pompiers jettent des ombres sur nos visages fatigués. Nous échangeons quelques mots avec les voisins et attendons ce qui me semble être une éternité avant qu'un pompier vienne à notre rencontre.

– Il va nous falloir une bonne heure avant de pouvoir sécuriser les lieux. Navré de vous faire attendre en pleine nuit.

Les gens le remercient, puis forment de nouveau des petits groupes, les yeux rivés sur la façade d'où la fumée s'échappe encore, mais plus faiblement.

– Viens, déclare alors Lila.

Je m'aperçois soudain que je tiens toujours sa main dans la mienne quand elle me tire sur le trottoir, en direction du coin de la rue. Je me suis habitué au picotement dans ma paume, au contact de la sienne. Mais je ne pourrais malheureusement jamais m'habituer à la chaleur qui inonde mon ventre chaque fois que son parfum flotte autour de moi.

Je la suis jusqu'à la librairie où je l'ai trouvée la veille et je ne suis pas étonné de la voir sortir un trousseau de clés et déverrouiller la porte. Elle lâche ma main pour désactiver l'alarme, puis allume quelques lampes qui réchauffent aussitôt l'atmosphère. Je n'avais pas réalisé que j'avais froid avant de sentir la chaleur du chauffage. Du coin de l'œil, je vois Lila se diriger vers un renfoncement dans le mur, près du petit salon aménagé, pour lancer la bouilloire et préparer deux tasses.

Le silence est chargé d'électricité. J'ai terriblement envie de m'approcher de son dos, de faire courir la pointe de mon nez sur sa nuque pour inspirer son odeur.

Mais je peux aussi m'asseoir sagement dans un fauteuil comme un putain de gentleman.

Lila me tend un mug de thé, puis s'assoit en face de moi. Pendant un moment, nous nous réchauffons au silence en regardant le travail des pompiers, quelques mètres plus loin. Jusqu'à ce que je ne supporte plus de ne pas entendre le son de sa voix.

– On est mariés, Lila.

Elle me jette un regard par-dessus sa tasse. Les ombres de la librairie creusent ses joues et rendent ses pommettes plus saillantes. Son regard est presque noir, ses cils se déploient et rejoignent ses sourcils. Pendant un instant, je revois son regard braqué sur moi pendant que je me plante profondément en elle.

Et heureusement que la pénombre dissimile la preuve de mon désir fou pour elle.

– Oh, merci, je le sais très bien, rétorque-t-elle.

Je ne réponds pas tout de suite, ce qui la pousse à demander :

– Tu m'en veux de ne pas t'en avoir parlé ?

Je secoue instinctivement la tête.

– Je n'arrive même pas à t'en vouloir pour ça, réponds-je honnêtement. Même si c'est le truc le plus fou qui me soit jamais arrivé.

– Ça fait des choses à raconter aux soirées entre potes. Ça fait toujours son petit effet.

Elle soupire ensuite et jette un œil dehors.

– J'espère que ce n'est rien de grave, dit-elle à propos de l'incendie.

– Les pompiers n'ont pas l'air alarmés.

– Ils font ça tous les jours, fait remarquer Lila.

– Crois-moi, ils passent plus de temps à aller relever des mamies ou à transporter des gens à l'hôpital que d'éteindre des feux. Si ça avait été grave, ils auraient couru.

Lila fait la moue et j'ai une soudaine envie de dévorer sa bouche.

– On ne sait toujours pas d'où le feu est parti…

– Tout va bien se passer, Lila, insisté-je.

– Tout ne se passe jamais bien, contre-t-elle. Il y a toujours un paramètre qui plante.

– D'où vient cette négativité ? Tu as mangé de la cendre ou quoi ?

– C'est approprié, fait remarquer Lila avec un air narquois. Très fin.

– Ne sois pas étonnée.

– Tu ne fais que ça, m'étonner, rétorque-t-elle. Un peu comme si j'avais une bombe sous mon parquet et que je serais chaque jour surprise qu'elle n'ait pas encore explosé.

– Tu as une vision de moi tout à fait saine.

– Je n'ai jamais prétendu avoir une santé mentale très équilibrée, ces temps-ci.

– Nous voilà un point commun.

– Tu penses qu'on peut partager nos cachets pour s'amuser un peu ?

Je lâche un rire et secoue la tête. Lila arrive toujours à souffler sur les nuages noirs qui s'amoncellent constamment au-dessus de nos têtes, à cause de ce qu'il s'est passé il y a deux ans.

Je la fixe en buvant une gorgée de thé, avant de reposer ma tasse sur la table entre nous. J'en profite pour saisir le livre qui est posé dessus pour me donner une contenance et éviter de m'imaginer en train de lui enlever son pull.

Lila repose à son tour sa tasse au moment où je comprends de quel genre de livre il s'agit.

– Elle se penche sur lui, commencé-je à lire, ses longs cheveux effleurant son torse aux reliefs cuivrés, avant que sa bouche ne se referme sur lui, sa langue glissant sur toute sa longueur…

Je lève les yeux vers Lila et le regard qu'elle pose sur moi me fait le même effet que si j'étais ce type dans le livre.

Bordel de merde.

– Je suppose qu'elle remonte ensuite doucement et qu'elle suce le bout ?

Je serre les dents pour qu'elle ne voie pas à quel point elle a tout à fait raison. Je baisse de nouveau les yeux sur le livre et me cale plus confortablement dans le fauteuil. J'ai l'air nonchalant, mais je suis aussi tendu qu'il est possible de l'être.

– À son tour, il vient nicher son visage entre les cuisses de sa belle, lui arrachant un petit hoquet de surprise…

– Ah, ce premier coup de langue… raille Lila.

Je choisis de ne pas la regarder, histoire de ne pas exploser dans mon caleçon comme un ado.

– Il l'honore comme il rêve de le faire depuis si longtemps, goûtant son nectar avec délectation, lis-je en laissant échapper un rire rauque.

– Pour parler comme ça, il doit attendre madame depuis un moment…

– Peut-être qu'il n'en pouvait plus de l'attendre, tellement madame est désirable ?

Je regarde Lila par-dessous mes cils et la vois esquisser un sourire en coin.

– Tu pourrais avoir écrit ce bouquin, visiblement.

– J'ai matière pour.

Son regard se fait intéressé.

– Explicite, s'il te plaît.

Je referme le livre et cale un coude sur l'accoudoir, me frottant la lèvre inférieure du pouce, ce qui attire le regard de Lila. Je la vois déglutir, tandis que mon corps gagne en température et que je sais que ça va commencer à sérieusement se voir. Mais à ce stade, je n'en ai plus rien à faire.

Lila m'a de nouveau volé ma raison, aspiré ma conscience et écrasé ma retenue.

– Tu es un sujet sur lequel il y a beaucoup à dire, réponds-je.

– Je serais donc le sujet de ton roman érotique ? L'héroïne ou la méchante ?

– Les deux.

Elle a de nouveau un sourire en coin, et je commence à comprendre que mes neurones se dessoudent chaque fois qu'elle fait ça.

– Quel genre de scène tu aimerais ? demande-t-elle, l'air innocent.

J'esquisse à mon tour un sourire qui la déstabilise un instant.

– Improvise.

Elle se lève soudain et mon cœur plante. Je suis incapable de regarder ailleurs tandis qu'elle fait un pas dans ma direction. Le silence est à peine troublé par les sirènes des pompiers, au-dehors.

J'ai l'impression d'avoir réveillé la Lila que je connais et qui me rend totalement fou.

J'ai enclenché quelque chose. Et j'ai peur de savoir quoi.

– Tu sais, si nous étions dans le noir complet, les gens ne verraient que des ombres mouvantes derrière les vitres… souffle-t-elle en éteignant la première lampe.

Elle me contourne et je sens ma peau me picoter. Elle éteint la deuxième lampe, puis revient dans mon champ de vision. Je vais devenir fou. Rester immobile est une torture. Je la suis des yeux tandis qu'elle se dirige vers la dernière lampe et que nous nous retrouvons soudain dans le noir. La seule source de lumière provient de la rue et n'est pas suffisante pour que je puisse la distinguer clairement. Elle est une silhouette sombre, aux courbes ondulantes et au parfum enivrant.

– Si je me déshabillais, là maintenant, personne ne le verrait, souffle-t-elle ensuite et je manque m'étrangler avec ma propre salive.

Tel un drogué en manque, je l'observe ôter sa veste et son pull avec une lenteur qui n'est pas assez lente. Elle ne porte pas de soutien-gorge, seulement son pendentif, et je dois faire appel à tout mon courage pour rester assis tandis que la nuit joue sur son corps et me laisse deviner des formes que je connais, mais dont je rêve chaque fois que j'ai le malheur de fermer les yeux. Quand ses pouces accrochent les côtés de son pantalon et le descendent sur ses longues jambes, je suis certain que le gémissement que je pousse n'est pas que dans ma tête.

Malgré la pénombre, je vois le regard chaud de Lila sur moi. Nos yeux sont accrochés, hurlent tout ce que nos bouches ne prononcent pas.

Je te veux. J'ai envie de toi. J'ai besoin de toi. Tu me rends fou. Je suis incapable de te résister. Ton nom est gravé dans ma chair.

– Les gens ne voient que mon ombre, murmure-t-elle dans la nuit. Sur le point d'enlever ma culotte.

Ce qu'elle fait.

– Putain, Lila… fais-je en enfonçant mes ongles dans le cuir de l'accoudoir.

Elle retire ses chaussettes et abandonne le tout au sol, sans me lâcher des yeux. Puis elle se perche sur une petite bibliothèque et s'adosse au mur, totalement nue.

Et je comprends ce qu'elle est sur le point de faire à l'instant où mon cerveau disjoncte.

Quand ses doigts se fraient un chemin entre ses cuisses, j'ai envie de bondir sur elle. J'ai envie de lui dire d'arrêter et en même temps de continuer. Il suffirait d'un regard dans notre direction pour que tous nos voisins voient son ombre en train de se caresser en me regardant.

– Tu n'oses pas jouer ? demande-t-elle d'une voix rauque en inclinant la tête sur le côté.

Putain de bordel de merde !

– Je gagne chaque fois que tu veux jouer, ma grande.

Son surnom m'échappe subitement et je sais qu'elle l'a parfaitement entendu quand ses doigts se crispent et qu'un soupir franchit la barrière de ses lèvres qu'elle mord sans arrêt.

– Alors regarde-moi perdre, rétorque-t-elle.

Je baisse ma braguette et me libère.

Lila laisse échapper un juron quand je me prends en main et que je me mets à imiter ses gestes, jusqu'à ce qu'on inverse les rôles et que ce soit moi qui donne le rythme. Je la connais suffisamment pour savoir ce qu'il faut faire, ce dont elle a besoin. J'accélère pour la faire haleter, je ralentis pour lui arracher un soupir de frustration, je joue pour la faire perdre.

Mais je ne vais pas tenir. Pas alors qu'elle plante ses talons sur le meuble et qu'elle s'ouvre devant moi. Elle veut me faire craquer, me forcer à la rejoindre, et résister devient de plus en plus compliqué. Sa poitrine pointe vers moi, se soulevant et s'abaissant rapidement, je vois les ombres de son corps ondulant sous ses doigts.

C'est le moment le plus érotique que j'aie jamais vécu.

J'accélère alors, soudainement, et c'est le déclic dont elle avait besoin.

Elle jouit en soupirant mon nom et je réalise que je suis sur le point d'en faire de même quand tout mon corps se crispe subitement. Je laisse échapper un râle en gardant les yeux rivés aux siens, jusqu'à ce que la pression retombe, me laissant à bout de forces.

Une seconde passe.

Puis une autre.

Je ne sais pas quoi dire. J'ai envie de dire mille choses. J'ai envie de courir jusqu'à elle. Je ne peux pas bouger.

Une autre seconde s'écoule.

Je me penche en avant pour tirer un mouchoir dans la boîte qui repose sur la table basse, à côté de nos tasses de thé froid. Je me réajuste, remonte ma braguette, puis marche jusqu'à elle. Elle scrute le moindre de mes gestes, jusqu'à ce que mes hanches appuient contre ses genoux. Sa peau se couvre de chair de poule.

Je glisse une main derrière sa nuque, l'attire vers moi et capture ses lèvres.

Sa bouche est brûlante contre la mienne, sa langue avide.

Mais quelque chose attire soudain son attention derrière mon épaule et elle me repousse brusquement.

– Le pompier revient.

Je jette un œil derrière moi pour voir l'homme en noir et jaune sortir de notre immeuble et venir à la rencontre de tous les voisins. Lila se rhabille à une vitesse fulgurante, réactive l'alarme, puis me pousse littéralement dehors, m'arrachant un petit rire rauque.

J'ai l'esprit engourdi par ce que nous venons de faire.

L'esprit engourdi par elle.

Nous sortons de la librairie en nous dépêchant pour ne pas manquer ce que le pompier est en train de dire. Nous arrivons au moment où il explique qu'il n'y aura plus de départ de feu, mais qu'il va falloir aérer pour le reste de la nuit les appartements du dernier étage à cause des résidus de fumée toxique.

Les gens commencent alors à s'organiser, décidant qui va héberger qui jusqu'au matin. Un petit brouhaha soulagé s'élève dans la rue enténébrée, mais Lila et moi restons silencieux.

Un picotement se fait ressentir dans mon ventre. Mon regard tombe sur Lila, juste devant moi.

Elle ne peut pas rentrer chez elle cette nuit.

Elle va sûrement décider d'aller dormir à la librairie.

Et je ne veux pas qu'elle passe la nuit là-bas.

– Viens dormir chez moi, dis-je de but en blanc.

Elle se retourne

Je ne sais pas pourquoi je n'arrive pas à avoir un comportement normal quand il s'agit d'elle. Je détiens la deuxième partie de la vérité, celle qui me concerne, sur ce qu'il s'est passé il y a deux ans, et ça conditionne le moindre de nos rapports. Je devrais rester loin d'elle, je le sais aussi bien que si c'était inscrit dans ma chair, mais je n'arrive pas à le faire.

– Je n'entends pas de question, réplique-t-elle.

– C'était loin d'en être une, fais-je en saisissant sa main et en l'entraînant vers l'entrée de notre immeuble.

22

Lila

Pardon, Annabelle, d'avoir fait ça dans ta librairie.

C'est ce que je me répète tandis que Reid m'entraîne vers son appartement, dans la cacophonie des voisins qui semblent anormalement excités à l'idée de dormir les uns chez les autres en attendant que les fumées toxiques se soient évaporées. Je partage leur soulagement quant au fait que ça ne soit pas plus grave que ça et qu'aucun dommage sérieux ne soit à déplorer.

Mais tout le reste me noue le ventre.

Le reste, c'est l'homme qui marche à côté de moi. C'est aussi ce moment terriblement excitant que nous venons de vivre.

Comment les choses ont-elles pu dégénérer aussi vite ? Comment est-ce que ça a pu se reproduire ?

J'ai les réponses à toutes ces questions. Enfin, ça peut se résumer à une seule sensation et c'est celle que je ressens quand il est question de Reid Atlas. L'impression de fondre comme neige au soleil et de couler à ses pieds.

Reid m'ouvre la porte de chez lui et j'entre. Je l'entends fermer derrière nous et me dire de faire comme chez moi. L'appartement est plongé dans la pénombre et je crois entendre l'écho des battements fous de mon cœur tout autour de nous. Je ne sais pas à quoi m'attendre. Reid est silencieux depuis la librairie et je l'ai fait craquer si vite que je ne sais pas si tout ce que nous nous sommes dit à Édimbourg tient toujours.

Je ne dis rien tandis qu'il allume une lumière chaude près du canapé et qu'il sort des draps propres d'un coffre sous les fenêtres identiques aux miennes.

– On va faire comme si rien ne s'était passé ?

Reid me jette un œil, alors que je suis toujours plantée devant la porte d'entrée.

– J'en suis incapable. Pas alors que je sens encore ta bouche sur la mienne.

Sa réponse claque dans le silence de la pièce.

– Mais tu me prépares quand même le canapé ?

Je regrette ma question avant même qu'elle ne soit sortie. Pourquoi donné-je l'impression d'être aussi peu sûre de moi ? Suis-je peu sûre de moi ? Non. Du moins, je ne veux pas l'être. J'aimerais juste comprendre ce qu'il se passe entre nous.

– Je dors sur le canapé, rectifie Reid. Tu prends mon lit.

Son attention me réchauffe le ventre et anesthésie ma raison.

– Qu'est-ce qu'il se passe entre nous, Reid ? osé-je enfin demander en avançant jusqu'à lui.

– Un beau bordel.

Il n'ajoute rien, prépare le canapé puis va dans la chambre pour changer les draps de son lit. Je reste adossée au chambranle, les bras croisés sur ma poitrine, à le regarder.

– Merci, dis-je tandis qu'il passe à côté de moi et que son bras frôle mon épaule.

Je sens ma peau se hérisser. Il se fige alors, dans l'embrasure de la porte. Son regard croise enfin le mien. Ses yeux brillent de fatigue et je vois des ombres y danser.

– Je suis paumé, Lila. Je ne sais pas comment les choses peuvent se passer comme elles se passent entre nous.

– Et comment elles se passent ?

– Elles ne se passent pas, elles nous explosent dans les mains.

J'esquisse un sourire qui attire son attention.

– Tant qu'elles ne nous blessent pas…

Reid me scrute un instant, avant d'acquiescer. Ses traits se détendent alors et son épaule frôle de nouveau la mienne, mais cette fois-ci il maintient le contact.

– Tu as faim ? Soif ?

Je secoue la tête.

– On a seulement besoin de dormir, n'est-ce pas ?

– Je crois, oui, répond Reid.

Nos yeux ont du mal à se lâcher. Nos corps se réclament mutuellement. Et il y a mon cœur, qui crie son nom.

Je tente alors quelque chose, parce que j'en ai besoin. Et peut-être que lui aussi. Je sors mon portable et programme un minuteur pour cinq minutes. Reid me regarde faire, des questions dans les yeux.

– Cinq minutes, dis-je en lui montrant mon téléphone. On lâche prise cinq minutes, on oublie tout ce qu'il s'est passé, tout ce qu'il ne s'est pas passé. Juste cinq minutes. Et quand l'alarme sonne, on va se coucher chacun de son côté.

Reid m'étudie, le front plissé. Je vois sa raison batailler pour qu'il dise non.

Puis il appuie lui-même sur le bouton pour lancer le décompte.

L'instant suivant, ses bras se referment sur moi et mon cœur implose.

J'enfouis mon visage dans son cou, enroule mes bras et mes jambes autour de lui, tandis qu'il s'assoit sur le bord du lit, la bouche dans mes cheveux. Il me serre si fort que j'en ai presque mal. Son cœur bat contre ma poitrine. Le mien cogne contre son torse. Mes doigts s'agrippent à ses boucles, j'inspire son parfum. Je sens ses muscles se détendre doucement, son corps relâcher la pression.

Puis l'alarme sonne et brise le silence de la chambre.

– Comment cinq minutes peuvent-elles s'écouler aussi vite ? grogné-je, toujours accrochée à lui.

– Laisse-moi relancer cinq autres minutes en faisant semblant de vouloir la désactiver.

J'éclate de rire et je vois le cou de Reid se couvrir de chair de poule. Je prends une longue inspiration et me détache de lui, parce que c'était le deal. Juste cinq minutes. Je m'assois sur le lit et Reid se lève.

– Bonne nuit, ma grande.

– Bonne nuit, monsieur Atlas.

Il se penche une dernière fois, dépose un bref baiser sur mon front puis disparaît dans le salon après avoir refermé la porte de sa chambre. Je me retrouve seule dans cette pièce qui porte son odeur, avec son goût sur mes lèvres et les pensées en vrac.

***

J'ignore depuis combien de temps je suis couchée, mais je n'arrive pas à trouver le sommeil. Les draps sentent le parfum de Reid et je ne cesse de me tourner et de me retourner. J'ai mal à la tête à force de réfléchir à ce qu'il se passe ou à ce qu'il ne se passe pas entre Reid et moi. Et le fait qu'il soit dans la pièce d'à côté n'arrange pas les choses.

Au bout d'un moment, je perds patience et me redresse, en culotte et tee-shirt, et allume la petite lampe de chevet. J'attrape mon sac et en sors la petite boîte que je garde toujours avec moi, et que j'ai évidemment prise par automatisme quand j'ai entendu l'alarme incendie. Cette pochette contient des babioles, des objets auxquels je tiens, certains très vieux, d'autres plus récents, mais qui sont un peu des talismans dont je ne peux me passer. Et parmi eux se trouve un objet que j'ai conservé depuis deux ans.

Le passeport de Reid. Celui qu'il avait oublié sous le lit et que j'avais trouvé, le matin où il m'a quittée.

Je tourne et retourne le petit livret entre mes mains, jusqu'à ce que je sente mon cœur s'accélérer dans ma poitrine. Un frisson me dévale le dos et je bondis soudain hors du lit.

J'ouvre la porte de la chambre et ne suis pas surprise de

trouver Reid sur le canapé, une couverture sur les genoux, torse nu, en train de dessiner. Une unique lampe éclaire la pièce d'une lueur chaude.

Son regard surpris se pose sur moi puis sur ce que je tiens dans ma main.

Il blêmit.

Pendant ce qui me paraît être une éternité, je suis incapable de prononcer le moindre mot. Je me contente de le fixer, le cœur battant à tout rompre, tandis que des frissons courent sur mon corps. Je serre le passeport si fort que je sens les bords me mordre la peau.

J'ai rêvé de ce moment un nombre incalculable de fois. Il serait d'ailleurs plus juste de dire que j'en ai fait des cauchemars. Ça fait deux ans que je me pose des questions sur la façon dont Reid a pu réagir lorsqu'il s'est aperçu qu'il avait perdu son passeport et comment il a pu prendre l'avion pour rentrer chez lui. Deux ans que je traîne cet objet comme une malédiction.

Je vois un nerf jouer sous sa mâchoire et c'est ce petit détail qui me fait reprendre conscience de la réalité.

Je m'avance vers lui et lui tends le passeport. Il se contente d'abord de le fixer, avant de lâcher son crayon à papier pour le prendre. Il le tient du bout des doigts, comme s'il était toxique.

– Ne dis rien, dis-je alors. Laisse-moi parler.

Mais je sens de toute façon qu'il est incapable de prononcer le moindre mot. Il est comme sous le choc et je ne sais pas pourquoi.

– Ce matin-là, commencé-je en faisant un pas en arrière, j'ai trouvé ça sous le lit. Il avait dû tomber en même temps que tes vêtements. C'est grâce à lui que j'ai découvert ton vrai nom, et par la même occasion que tu m'avais menti.

Je prends une longue inspiration tremblante, bousculée par les souvenirs de ce jour-là et de toutes les émotions que j'ai ressenties.

– Je l'ai pris en sachant que ça t'empêcherait de rentrer chez toi. Je voulais me venger de ton mensonge, me venger après que tu m'as menti sur ton identité, pour ces moments auxquels j'ai cru et qui étaient finalement faux. J'étais bouleversée, et j'ai pris ce passeport pour un petit signe du destin, qui essayait de me ramener à la raison après avoir été incapable de voir clair dans ton jeu.

J'ai la gorge nouée. J'ignore pourquoi j'ai envie de pleurer. Est-ce que c'est à cause des émotions qui ressurgissent ? De l'expression médusée de Reid ? Du fait que je trouve perturbant qu'il ne prononce pas le moindre mot et qu'il se contente de me regarder comme si j'avais donné un coup de pied dans un chiot ?

– Et quand j'ai appris que j'étais tombée enceinte, alors même que nous avions mis un préservatif, je me suis dit que l'univers voulait vraiment me punir pour ma naïveté. Je me raccrochais à l'idée que tu avais sans doute eu du mal à rentrer chez toi, alors que je pleurais sur mon putain de lit d'hôpital en attendant que le cachet abortif fasse effet. Je m'imaginais que tu avais eu des regrets, que ça t'avait mis dans une situation qui t'avait fait regretter ce que tu m'avais fait. Parce que moi, je t'avais fait confiance alors que je n'aurais pas dû.

J'essaie de déglutir, mais j'en suis incapable. Ma gorge me fait mal. Mon visage commence à être douloureux à force d'être crispé. Mes doigts tremblent. Je me tiens courbée, incapable de rester droite après tous ces mots que je vomis comme un exorcisme.

– Je l'ai gardé, avoué-je enfin. Évidemment que je l'ai gardé. Il était pour moi une sorte de poupée vaudoue, la preuve physique de ce qu'il s'était passé à Édimbourg, en plus de tous ces documents médicaux et de ces dettes qui s'accumulaient pour moi.

Je prends une longue inspiration et parviens enfin à déglutir douloureusement.

– Mais j'en ai assez d'avoir ça avec moi. J'en ai assez de le garder comme une relique. C'est pénible, ça fait mal, et c'est inutile. J'ai guéri de ce qu'il s'est passé cette nuit-là. Il m'a fallu du temps, et il m'a surtout fallu te revoir. Ce que nous vivons, ces moments que nous partageons maintenant, personnellement et professionnellement, ont été des pansements pour moi. Jusqu'à ce que je me rende compte qu'il n'y avait plus rien en dessous, que mes cicatrices étaient devenues blanches et saines.

Ma bouche se ferme, mes lèvres se pincent, et le silence s'étend. Il s'étire, longuement. Trop longuement.

Reid me fixe, les yeux écarquillés et la mâchoire crispée. Il inspire et expire de plus en plus vite.

Quelque chose monte en lui.

Ses sourcils se froncent soudain, son regard se voile et son corps se crispe violemment. Il lâche tout à coup un juron et se lève, comme s'il était brusquement fou de rage.

Son passeport à la main, il marche jusqu'à la cuisine d'un pas raide dont je ressens l'impact jusque dans mon ventre noué. Il se penche pour prendre un bol en métal dans lequel il jette le passeport, puis saisit un briquet avant que j'aie pu comprendre ce qu'il s'apprête à faire.

La flamme jaillit et embrase le papier.

***

Je me suis endormi.

J'ignore comment, mais quand j'ouvre de nouveau les yeux, il fait jour et l'appartement est silencieux. Mes paupières me brûlent encore et mes muscles sont douloureux, comme si j'avais dormi crispé. Mon premier réflexe est de tourner la tête vers la porte de ma chambre et de la trouver ouverte. Depuis le canapé, je peux voir que le lit est vide. Je n'entends pas le moindre bruit en provenance de la salle de bains, si bien que je n'ai pas la moindre idée d'où se trouve Lila. Mon regard se tourne alors vers la porte d'entrée…

Et une chape de plomb me tombe tout à coup sur l'estomac.

Le double des clés que je garde toujours, accroché à côté de la porte, a disparu.

Lila avec.

La panique me saisit à la gorge et je me redresse, le cœur battant à toute vitesse. Lila ne peut pas prendre ce genre de libertés, voler mes clés comme si elle en avait le droit. Elle n'a pas à faire ça sans mon autorisation, point barre. Qu'est-ce qu'elle compte faire, bordel ? Revenir en douce plus tard ? S'en servir de monnaie d'échange ? Me faire du chantage pour qu'on se revoie après l'épisode d'hier soir ? Est-ce qu'elle est ce genre de nana tordue ?

Je sens la colère se rajouter aux émotions négatives qui crépitent dans ma poitrine, quand j'entends soudain le bruit des clés tournant dans la serrure.

La porte s'ouvre sur Lila, qui tient un emballage venant de la boutique de pâtisseries, au coin de la rue, et deux cafés fumants. Elle referme derrière elle, puis son regard tombe sur moi. Son visage se décompose subitement quand elle me voit, et qu'elle découvre mon expression entre colère et panique.

– Tu dormais et je ne voulais pas te réveiller, bafouille-t-elle. Je voulais me rattraper pour cette nuit et aller chercher le petit déjeuner.

Le silence s'étire entre nous et je vois l'inquiétude s'installer sur ses traits. Elle repose prudemment les clés à leur place sans me quitter des yeux, comme si elle venait de rendre les armes.

Je reprends soudainement conscience de la réalité et je pousse un profond soupir tremblant. Je m'assois au bord du canapé, les coudes sur les genoux, et j'enfouis mon visage dans mes mains.

– Tu as cru que j'avais volé tes clés ?

– Quelque chose comme ça, oui, réponds-je d'une voix encore rauque de sommeil.

Je tire sur mes cheveux pour me remettre les idées en place. Mais qu'est-ce qui me prend de la diaboliser comme ça ?

Au fond de moi, je connais la réponse. Parce que je ne fais que répéter le même schéma, celui qu'elle a dessiné pour moi il y a deux ans. Je n'arrive pas à me sortir de cette dynamique. Lila reste et restera quelqu'un qui m'a apporté de la négativité.

– Tu as une vision de moi qui n'a rien à voir avec la réalité, constate Lila d'un ton blessé. Et ça me fait beaucoup de mal.

– J'en suis profondément désolé… J'ai réagi comme un con. Et j'aimerais réagir plus intelligemment quand il s'agit de toi, crois-moi. Mais je réagis à l'instinct.

– Ton instinct ne m'a pas à la bonne, on dirait.

Je secoue la tête, toujours incapable de lever les yeux vers elle et de voir la déception sur son visage.

– OK, Reid, déclare-t-elle alors. Tu ne veux rien dire, tu ne veux rien faire. Pour soulager tes désirs et tes pulsions sexuelles, pas de souci, je suis là et tu arrives à me regarder en face. Mais pour tout le reste, il n'y a personne. Pour ce qui est de me regarder droit dans les yeux et de t'ouvrir à moi, tu disparais. Et j'en ai assez, conclut-elle d'un ton ferme.

Je relève soudain la tête, la bouche ouverte sous le coup de la surprise. Je suis choqué qu'elle ose penser ça. Qu'elle puisse s'imaginer qu'elle n'est qu'un exutoire sexuel pour moi. Je me lève pour lui assurer qu'elle se trompe, mais elle a déjà tourné les talons et abandonné les cafés et les pâtisseries sur la console de l'entrée.

Et la porte claque derrière elle avant que j'aie pu prononcer le moindre mot.

24

Lila

Je suis folle de rage contre Reid Atlas. Et je souffre terriblement à cause de lui.

J'ai mal partout, comme si mon corps hurlait sa douleur.

Cet homme n'est pas pour moi. Cet homme est un nuage noir.

Enroulée dans un gros gilet en maille, je monte encore un peu le chauffage de mon appartement. Le fait que les fenêtres aient été ouvertes toute la nuit pour aérer au maximum a fait considérablement chuter la température et je peine à la faire remonter. Ou peut-être que je suis juste glacée de l'intérieur depuis que j'ai quitté Reid.

Mon portable sonne soudain et je vois *Maman* apparaître sur l'écran. Je décroche aussitôt, une boule dans la gorge.

– Ma puce, je suis désolée, je viens juste de voir ton message. Tu vas bien ? Ton appartement n'a rien ? Qu'est-ce qu'il s'est passé ?

J'ai averti mes parents de l'incendie de la nuit dernière, mais ils dormaient, comme le commun des mortels. Tandis que d'autres faisaient de vilaines choses dans une librairie, puis se pourrissaient à cause d'un foutu passeport.

– Je vais bien. Ça venait de l'appartement à côté du mien, un type qui a voulu éteindre de l'huile en feu avec de l'eau… Tout va bien. J'ai été obligé de dormir ailleurs le temps que les fumées toxiques s'évacuent, mais j'ai pu rentrer chez moi ce matin.

– Bon, je suis soulagée ! Où as-tu dormi ?

À cet instant précis, j'ai deux options. Soit mentir à ma mère et lui dire que j'ai dormi à la librairie d'Annabelle, soit lui dire la vérité et affronter son opinion de maman.

Je prends alors mon courage à deux mains et choisis la deuxième option.

– Chez Reid Atlas.

Le silence se fait à l'autre bout du fil.

J'ai raconté ma dernière nuit à Édimbourg à mes parents quand il a été évident que je ne pouvais raisonnablement plus leur cacher mon séjour à l'hôpital. Au début, ils m'ont aidée financièrement, parce qu'ils feraient toujours tout pour moi. Mais je les aime si fort que je ne voulais pas qu'ils se ruinent pour mon erreur. Je leur ai donc raconté toute mon histoire, mon drame, et je leur ai dit que j'en assumerais financièrement les conséquences, et que j'allais en guérir.

– Est-ce qu'on parle bien du même ? demande alors maman, l'air terriblement inquiet – celui habituellement réservé aux crises de larmes, aux coups de téléphone soudains et aux mauvaises nouvelles.

– On parle bien du même, confirmé-je.

Je lui raconte alors tout depuis le début, depuis la découverte de son nom sur la boîte aux lettres de mes voisins, en passant par notre collaboration sur son roman, le séjour à Édimbourg et les derniers événements. Je passe évidemment sous silence l'aspect… *intense* de nos retrouvailles. De toute façon, je crois que je serais incapable de mettre des mots sur ce que j'ai ressenti.

J'entends ma mère soupirer profondément. Au loin, je perçois mon père, qui peste contre cet homme qui m'a fait tant de mal.

– Je crois qu'il me cache quelque chose, maman, ajouté-je. Je crois qu'il s'est passé quelque chose pour lui à cause du passeport.

– Comme quoi ?

– Je ne sais pas, il devient muet et sombre chaque fois que

le sujet arrive. Et je le connais suffisamment maintenant pour savoir que ce n'est pas simplement parce qu'il s'est trouvé idiot devant la porte d'embarquement en s'apercevant qu'il ne pouvait pas monter dans son avion.

– Tu lui as déjà demandé, je suppose ?

– Il ne lâche rien.

Ma mère prend une longue inspiration et c'est comme si je la voyais sur le canapé du salon, les pieds sur un coussin, une broderie sur les genoux.

– Il y a une question qui me taraude, ma Lila, déclare-t-elle alors. Ce matin-là, pourquoi es-tu partie du principe qu'il était parti ? Pourquoi n'as-tu pas attendu qu'il rentre dans sa chambre, le soir venu, pour le confronter ?

– Il avait payé la chambre en partant. Et parce que je ne voulais pas être ce genre de filles, maman. Si je n'avais pas eu mon avion plus tard dans la journée, je serais sûrement revenu le soir ou le lendemain matin pour le coincer. Mais avec des si…

Le téléphone émet soudain un bruit de frottement et la voix de mon père retentit tout à coup dans mon oreille. Je ne peux retenir un sourire en coin.

– Si tu es convaincue que cet homme n'est pas bon pour toi, comme il l'a déjà montré, alors tire un trait sur lui. Il se montre égoïste avec toi et ne veut visiblement pas t'inclure dans sa vie. Ça fait mal, mais c'est la vérité, et tu n'as pas de temps à perdre avec ce genre de choses. Ne reste pas pour l'argent. Ne reste pas parce que tu as de la peine. Et surtout, ne reste pas parce que tu as peur de la vie sans lui. C'est avec toi-même que tu vis depuis le premier jour et ce sera le cas jusqu'au dernier. Donc, sois égoïste, pour ta santé mentale et physique.

– Jusqu'à ce que tu aies des enfants, souligne ma mère, m'arrachant un petit rire sarcastique.

– Va le trouver et dis-lui que tu ne souhaites plus travailler avec lui. Que tout est fini. OK, ma puce ? fait papa en ignorant ma mère.

Ma gorge se noue un peu plus et, pendant une seconde, je crois ne plus être capable de prononcer le moindre mot. Puis je prends une longue inspiration et je me reconcentre sur ce qui est important. Parce qu'il n'y a que ça qui compte dans la vie, n'est-ce pas ? Trouver l'important ?

– J'ai fait tout ce qu'il était possible de faire pour qu'il s'ouvre à moi. Je crois que je suis épuisée, maintenant.

– Pourquoi as-tu fait ça ? Par pitié pour lui ? Pour que quelque chose soit possible entre vous ?

Un goût de cendre envahit ma bouche quand je réalise que je ne me suis pas posé la question.

Pourquoi ai-je fait tout ça ?

– Parce que j'ai cru l'aimer, papa, soufflé-je d'une voix rauque. J'ai cru que c'était de l'amour. Mais je ne suis pas certaine que ça en soit, finalement. C'est trop noir.

– Dans ce cas, ma puce, tu sauras faire ce qu'il faut.

Le cœur lourd, je remercie mes parents, leur dis au revoir puis repose mon téléphone. J'ai froid, j'ai chaud, je suis perdue. Je ne sais pas si je dois me laisser aller et faire comme si je n'avais jamais eu cette conversation ou bien prendre mon courage à deux mains et confronter Reid.

Je me mets mentalement une claque, rassemble mes affaires et enfile une veste, puis sors de chez moi en m'empêchant de réfléchir. Je prends l'ascenseur en consultant ma montre. À cette heure-ci, Reid doit être à la galerie.

Je marche d'un pas vif, l'air frais de la rue picote mes joues en feu. Je ne sais pas vraiment ce que je vais dire, ce qui va sortir de ma bouche, ce que je vais réussir à m'arracher des tripes. La seule chose que je sais, c'est que ça ne peut plus durer comme ça.

Quand j'arrive à la galerie Atlas, je pousse la porte en sentant mon estomac se tordre douloureusement. Je tombe aussitôt sur Leonora, qui dit au revoir au client à qui je tiens la porte. Je lui adresse un petit sourire et je me demande s'il voit dans mes yeux que mon cœur est porté disparu.

– Bonjour, fait Leonora en croisant les doigts sur le comptoir de l'accueil.

La lumière froide de la matinée fait briller ses boucles d'oreilles et son gloss. Elle donne l'air d'être tirée à quatre épingles sans avoir fait le moindre effort. Elle est ce genre de femmes qui donnent des complexes.

– Bonjour, je viens voir Reid.

– J'aurais été étonnée que vous veniez pour les toiles.

J'arque un sourcil. Cette femme ne m'apprécie pas, c'est tellement évident que même une pancarte au-dessus de sa tête serait moins claire.

– Ravie de ne pas être une surprise pour vous, réponds-je avec un sourire affable. Je suppose que Reid est dans son bureau ?

– Attendez une minute, je vais vérifier.

Leonora quitte l'accueil et se dirige vers le long couloir des bureaux. Quand elle a disparu, je jette un œil autour de moi, comme pour grappiller des morceaux de réalité et m'y accrocher. Car quand Reid est dans les parages, mon bon sens s'évapore.

– Il est dans le bureau de ses parents, au bout du couloir, fait soudain Leonora en réapparaissant.

Je manque lâcher un « vraiment ? », sachant qu'il a littéralement pété un plomb chaque fois que je me suis approchée de cet endroit, mais j'acquiesce. Hors de question que je prononce un mot de plus à cette femme.

Je prends la direction du bureau en question, le cœur battant à tout rompre. La porte est entrouverte, mais je ne le vois pas quand je m'avance. Je toque, mais personne ne me répond. Je me permets alors d'entrer, des fourmis dans les jambes et le cœur battant à tout rompre. La curiosité me picote soudain et je fais un pas dans la pièce déserte.

L'endroit est vaste et comporte deux bureaux. Je suppose qu'il s'agissait de ceux des parents de Reid. Des miroirs texturés sont accrochés au mur et d'épais tapis recouvrent le sol. Une bibliothèque occupe tout un pan de mur et est surchargée de livres et de portraits de famille. En m'approchant, je découvre Reid petit, les cheveux presque blonds, les mêmes boucles qu'aujourd'hui et des joues à croquer. Sa mère est une femme grande et élancée, aux cheveux sombres et aux yeux identiques à ceux de Reid. Son père est carré d'épaules, avec une carrure d'ancien sportif.

Jusqu'à présent, je trouvais cet endroit particulièrement chaleureux, jusqu'à ce que mon regard se porte sur les deux bureaux. Une paire de lunettes jetée là trône au milieu d'une pile de papiers. Un paquet de mouchoirs est à moitié ouvert. Une fine pellicule de poussière recouvre la majorité des surfaces, excepté les piles de documents.

Comme si tout était resté en l'état depuis leur décès.

Mon cœur se crispe.

Ma gorge se noue.

Les larmes me picotent.

Incapable de résister à une curiosité morbide, je me penche sur les papiers qui jonchent l'un des bureaux. Il y a des documents relatifs à la succession, mais aussi des coupures de journaux sur le décès des propriétaires de la célèbre galerie Atlas. Je lis alors que Regina Atlas a succombé à une longue malade et que Joseph Atlas s'est suicidé quelque temps plus tard. J'ai le cœur en miettes pour ce couple ravagé par la mort, et je comprends pourquoi Reid semble profondément traumatisé par ce qui est arrivé à sa famille. Je savais qu'ils étaient décédés, évidemment, mais je n'avais fait aucune recherche, comme si je partais du principe que c'était à Reid de m'en parler. Alors que ça n'a visiblement jamais fait partie de ses plans.

Soudain, un détail attire mon attention sur un article de journal.

Je me penche, comme si je pouvais me tromper. Comme si ma vue pouvait me jouer des tours. Comme si le mauvais pressentiment qui m'assaille soudain n'était qu'une fausse alerte.

Mais non, j'ai bel et bien lu correctement la première fois.

Une date.

La date de la mort de la mère de Reid.

25

Lila

Le choc me coupe le souffle. À tel point que je n'entends pas le grondement de Reid dans mon dos. À tel point que je n'entends que mon cœur qui bat plus fort et plus vite que jamais.

L'horreur prend racine en moi et remonte, lentement, jusqu'à prendre forme dans mon esprit. Une forme que je n'avais pas un seul instant imaginée. Une forme que je n'aurais jamais souhaité imaginer.

Mon cerveau se met alors à fonctionner à toute allure tandis que je fixe cette date.

Le nouvel avertissement de Reid me fait soudainement reprendre conscience de l'endroit où je me trouve et de ce que je viens de découvrir.

Je tourne sur mes talons et découvre Reid, la fureur dans les yeux et le corps oscillant entre le couloir et le bureau. Il est sur le seuil, comme s'il n'arrivait pas à en franchir la limite. Il semble horrifié que, moi, j'y sois parvenu.

– J'étais venue te voir… dis-je alors d'une voix qui me paraît être celle d'une étrangère.

– Je ne suis jamais dans ce bureau ! siffle Reid, la colère dans la voix. Le mien est juste à côté et tu le sais !

– Mais Leonora m'a dit que…

Et soudain, je comprends.

Je comprends que je me suis fait avoir. Que Leonora n'est pas allée voir où se trouvait Reid, mais qu'elle m'a volontairement ouvert le bureau de ses parents. Qu'elle m'y a poussée. Pour que j'y entre. Pour que je remarque les articles de presse. Pour que je me prenne la réalité en plein visage et que je tombe jusqu'à ne plus pouvoir me relever. Parce qu'elle sait très bien que Reid ne me tendra pas la main.

– Je viens de voir la date de décès de ta maman, dis-je dans un souffle, sous le choc, les poumons en feu. C'est le lendemain du matin où tu es parti, il y a deux ans…

Et tout à coup, je me prends la vérité de plein fouet. Violemment. Si fort que je chancelle en arrière. Si fort que même Reid écarquille les yeux et s'apprête à faire un pas dans ma direction. Mais la frontière du bureau le retient, et je réalise que Leonora avait bel et bien raison. Je ne suis pas assez importante pour lui pour qu'il prenne le risque de faire face à son passé pour moi.

Parce que je suis son passé.

Parce que j'ai provoqué son passé.

Je comprends tout.

La réalité est si flagrante à présent qu'elle se dessine devant mes yeux et je n'ai qu'à décrire l'horreur qui s'anime sur ma rétine embuée. Les larmes coulent, je les sens creuser des sillons sanglants dans mes joues, puis goutter sur le tapis et le souiller. Mon cœur me fait si mal que j'ai envie de me l'arracher moi-même, avant que Reid ne le fasse.

Je le fixe. Parce que je n'ai pas d'autre choix.

– Je comprends ta réaction face au passeport, cette nuit, murmuré-je.

Je prends une inspiration tremblante et je demande, le cœur au bord des lèvres, le corps secoué de tremblements :

– Tu n'as pas pu rentrer d'Écosse n'est-ce pas ? À cause de moi ? Parce que j'avais gardé ton passeport ? Tu n'as pas pu rentrer avant le décès de ta mère ?

Je vois au visage de Reid et à la crispation terrible de chacun de ses muscles que c'est précisément ce qu'il s'est passé.

La culpabilité bondit subitement sur moi et me fait de nouveau chanceler. J'ai perdu mon centre de gravité. J'ai perdu mon âme. Je l'ai perdue il y a deux ans, ce matin où je me suis réveillée seule dans cette chambre à Édimbourg. Ce matin où j'ai trouvé son passeport et pris la terrible décision de le garder. Une décision qui a chamboulé le cours de sa vie et déterminé son avenir.

Boum. Boum. Boum.

Mon cœur peine à garder le rythme.

Les larmes coulent encore, toujours, intarissables, purgeant mon corps de tout le mal que j'ai fait à Reid et à sa famille.

Parce que je l'ai empêché de dire au revoir à sa mère mourante.

Parce que je comprends à quel point il a pu me détester pour ça.

Parce qu'il m'a quand même intégrée à sa vie. Parce qu'il m'a embrassée, enlacée et qu'il a partagé des choses avec moi.

J'ai été la plus longue inspiration qu'il ait jamais prise, tout simplement parce que j'ai aussi été celle qui lui a volé sa capacité à respirer. Et ce, il y a deux ans.

Boum. Boum. Boum.

26

Reid

Mon regard se pose partout sur ce bureau que je n'ai pas vu depuis deux ans.

Mon regard se pose sur Lila, qui n'aurait jamais dû s'y trouver.

Je suis choqué.

Visiblement, Leonora a quelque chose à voir avec le fait que Lila soit entrée ici, mais c'est une autre histoire. Je réglerai ça plus tard, quand je me serai remis du choc. Enfin, si j'y arrive.

Lila a tout découvert.

Et mon corps en tremble tout entier.

La vérité était sous son nez depuis le début. Et elle n'a compris que maintenant, parce qu'elle a vu la date de décès de ma mère. Si elle ne l'avait pas découvert elle-même, je pense que je ne lui aurais jamais dit. J'en aurais été incapable, et je ne le voulais pas. Je ne voulais pas parler de cet épisode dramatique de ma vie, avec celle qui en est en partie à l'origine.

Mon palpitant cogne comme un fou contre ma cage thoracique.

Mon cerveau fonctionne si vite que j'ai mal.

J'ai envie de tout casser autour de moi.

Mais je sais aussi que je ne peux plus tourner autour de la vérité en entraînant Lila avec moi. Il est temps. Il est temps que je balance tout. Que je laisse déborder ce putain de vase dont tout le monde parle.

– Sors d'ici, dis-je entre mes dents serrées. S'il te plaît.

Lila s'exécute aussitôt, éteint la lumière et ferme la porte. Mais je ne ressens pas le soulagement auquel je m'étais attendu, et ça me conforte dans l'idée que je dois parler de ce qu'il s'est passé. Mettre des mots sur la date que Lila a vue.

Je l'entraîne dans mon bureau, dont je referme la porte. La galerie est plongée dans un silence pesant, comme annonciateur d'un orage furieux. J'ai bien l'impression que je suis l'orage en question. Et Lila est la terre sur laquelle je vais m'abattre.

Je me laisse tomber dans mon fauteuil, sors mon paquet de cigarettes et en allume une. Rien à foutre que ce soit un bâtonnet à cancer que je tiens entre mes lèvres pincées de colère. Rien ne semble avoir de l'importance là tout de suite, excepté le fait de me replonger dans mon drame.

Lila s'assoit face à moi. Elle a essuyé les larmes qui ont coulé sur ses joues, mais ses yeux brillent encore. Ou peut-être que c'est seulement à cause de ma fumée.

– Parle-moi, Reid. Je t'en supplie…

Je fixe ses lèvres gonflées par ses mordillements incessants. Ses lèvres que j'ai dévorées si souvent. Ses lèvres dont je rêve trop souvent.

– Il y a deux ans, j'ai menti sur mon nom parce que je pensais bel et bien que nous deux ce serait un coup d'un soir, commencé-je d'une voix rauque, presque cassée. Mais une minute après t'avoir menti, je me suis aperçu que j'avais joué au con et que tu ne serais pas ce genre de filles. J'ai préféré continuer à mentir, et j'avais prévu de te dire la vérité le lendemain matin, à notre réveil. Pour ne pas gâcher notre soirée. Pour qu'elle reste vraie.

J'inspire une bouffée et la fumée ressort par mes narines, comme un taureau en colère.

– Très tôt ce matin-là, j'ai reçu un appel de mon père. Ma mère était en train de mourir. Le cancer du sein contre lequel elle se battait depuis des années était en train de gagner. Malgré l'immunothérapie, malgré la chimiothérapie. Malgré toutes les thérapies et prières du monde.

Je lâche un rire amer en regardant la fumée s'enrouler jusqu'au plafond et la cendre se disperser sur le sol. Tout est préférable plutôt que voir l'expression de Lila, là maintenant.

– Ma mère était plus malade que d'ordinaire, cet été-là. J'étais toujours avec elle, je passais chaque seconde de mes journées à ses côtés, jusqu'à ce que mon père prenne le relais. Et encore, il m'arrivait d'aller la voir la nuit, dans la chambre médicalisée qu'on avait aménagée dans l'ancienne chambre d'amis. Elle n'arrivait pas à dormir et gardait toutes les lumières de l'étage allumées. Le noir la terrifiait. Comme si la maladie pouvait bondir sur elle la nuit. Et quand elle avait peur, j'avais peur. Un jour, elle m'a confié à quel point elle culpabilisait que je sois toujours avec elle et que je ne sois pas ailleurs en train de vivre ma vie. C'est elle qui m'a incité à prendre des vacances en Écosse. J'ai dit non, une fois, deux fois, trois fois, puis j'ai craqué devant son insistance. Je voulais lui faire plaisir. Mon père n'était pas pour, il craignait de ne pas arriver à s'occuper de ma mère seul, étant donné que j'étais leur seul enfant.

Je termine ma cigarette et en allume une autre. Mon cœur saigne. Mes souvenirs se superposent les uns aux autres, attisent la douleur.

– Cette nuit-là, quand mon père m'a appelé, j'ai foncé. Je n'ai pas réfléchi. Je suis parti en te laissant seule, sans même te laisser un message, rien, parce que j'étais incapable de penser à autre chose qu'à ma mère qui était sur le point de mourir alors que je me trouvais à un océan d'elle. Je m'en suis tellement voulu d'être parti, d'avoir quitté son chevet. J'aurais pu être avec elle cette nuit-là. Alors je suis allé à l'aéroport, mais je me suis aperçu que je n'avais pas mon passeport, que j'étais parti trop vite.

Je prends une brève inspiration chargée de nicotine et j'entends Lila retenir son souffle. Du coin de l'œil, je vois sa silhouette recroquevillée, meurtrie. Elle ne dit rien, sachant que ce n'est pas le moment d'intervenir, que j'ai besoin de vomir mon passé.

– Quand je suis enfin revenu au pub, tu n'étais plus là, mon passeport non plus. J'étais paniqué, je criais, ordonnais qu'on retrouve mon passeport. Et toi par la même occasion. La femme de l'accueil m'a dit qu'elle t'avait vue avec, que tu l'avais emporté en quittant les lieux en colère. Et comme tu n'étais pas cliente ici, il n'y avait pas moyen de te retrouver. Je ne connaissais pas ton nom de famille. Je n'avais que ta chemise, autrement dit rien. Je ne savais même pas où était ton hôtel. J'ai fait tous ceux de la rue, mais la plupart ne voulaient pas donner ton nom, comme s'ils te protégeaient alors que les heures de ma mère étaient comptées. J'étais fou de rage. Complètement angoissé et le cœur brisé. Je suis allé à l'ambassade, ils n'ont rien pu faire dans l'urgence étant donné que je n'avais aucun document légal sur moi.

La fumée m'étouffe soudain et j'écrase ma cigarette sur le rebord de la fenêtre.

– Ma mère est morte le lendemain matin. J'aurais eu le temps de rentrer pour lui dire au revoir si j'avais eu mon passeport.

Pendant une seconde, je fixe la trace de cendre noire sur le rebord blanc. Et je me revois, deux ans plus tôt, fixer le mur blanc face à mon lit, dans ce pub écossais, cherchant les battements de mon cœur, jusqu'à comprendre qu'il ne battait plus.

– C'est mon père qui me l'a appris. Il m'a hurlé dessus. J'ai été son exutoire. Il avait besoin que la mort de ma mère soit la faute de quelqu'un, et non de la maladie. La maladie n'était pas quelqu'un sur qui on pouvait crier, moi oui. Il m'a reproché d'être un gamin sans cœur et pourri gâté qui a préféré aller faire la fête en Écosse plutôt que de rester avec sa mère mourante. Il pensait que c'était encore à cause d'une fille, et pour une fois il était dans le vrai.

Je déglutis difficilement, puis enchaîne :

– L'ambassade a mis trois jours pour produire le papier nécessaire pour quitter le sol écossais et rentrer chez moi, le tout grâce à ma tante qui m'a envoyé les documents dont j'avais besoin. Mais ça n'a pas été assez rapide. J'ai manqué l'enterrement de ma mère, je n'ai pas pu lui dire un dernier au revoir, et le seul que j'aurais eu l'occasion de lui dire. Mon père a été inconsolable. Il était constamment soit fou de rage contre moi et contre la vie, soit en pleurs jusqu'à en vomir. Je passais des heures sur la tombe de ma mère, le cœur en miettes, avec l'envie de tout ravager autour de moi. Mon père ne supportait plus ma présence à la maison, qui sentait ma mère et la mort. Je me suis réfugié chez ma tante.

Je prends alors une longue inspiration et plante mon regard quelque part derrière Lila.

– Mon père s'est donné la mort un mois plus tard. Parce qu'il était tout seul à la maison. Parce qu'il le pouvait. Parce que je n'étais pas là pour l'en empêcher.

Je n'ajoute rien. Parce que je ne veux pas parler de ce jour-là. De l'impression d'avoir poussé moi-même mes parents dans la tombe. D'être la raison pour laquelle ma famille s'est brisée.

– Cette nuit-là, je suis tombé amoureux de toi, Lila Tristen. Alors que je ne connaissais pas ton nom de famille, ton adresse, ton plat préféré ou même si tu avais des frères et sœurs. Mais je te connaissais toi, ce qu'il y avait au fond de toi. Quelque chose qui hurlait mon nom. Mais cette nuit-là, tu es devenu la personne la plus détestée de toute ma vie.

Et je la regarde enfin.

Elle aussi.

Pour la première fois depuis notre rencontre il y a deux ans, on se regarde vraiment. Parce qu'on sait enfin ce qu'il s'est passé cette fameuse nuit. Son regard chaud est glacé. Une veine palpite sur sa tempe.

– Tu es tombée enceinte, dis-je alors. Tu as failli mourir d'une hémorragie. Quant à moi, j'ai perdu mes parents.

Je lâche un rire amer, sans joie.

– On est tous les deux d'accord pour dire que cette nuit-là nous a brisés. À différentes mesures.

– J'ai jeté un galet dans un lac et ça a provoqué un tsunami, murmure-t-elle alors d'une voix brisée.

Elle secoue la tête tandis que les larmes affluent de nouveau et brouillent son regard. Je la fixe, parce que je suis désormais incapable de faire quoi que ce soit d'autre. J'ai tant de fois rêvé de lui faire payer ce qu'elle m'a fait, ce qu'elle a fait à ma famille. J'ai tant de fois imaginé cet instant, celui où je lui balancerais la vérité pour la punir.

Mais cet instant ne ressemble en rien à ce que j'ai pu penser, comme tout depuis qu'elle est entrée dans mon bureau pour devenir mon éditrice. Je pensais être incapable de respirer le même air qu'elle, mais c'est tout le contraire. Je suis toujours en manque d'elle, comme il y a deux ans, parce qu'elle est une drogue pour moi. Elle est l'héroïne qui coule dans mes veines sans que je m'en aperçoive. Elle est la deuxième partie de moi-même, le morceau qui s'emboîte parfaitement et dont on ne peut plus se passer une fois qu'on l'a trouvé.

Lila est en miettes. Et je le suis aussi.

– Je te présente mes excuses, souffle-t-elle ensuite. Je n'avais pas la moindre idée de ce que le fait d'emporter ton passeport provoquerait. Je suis profondément désolée. Si fort. Tu as vécu un enfer par ma faute. Tu as vécu ce que tu n'aurais jamais dû vivre. Tu…

Elle secoue la tête, comme si elle n'arrivait pas à croire tout ce que je viens de dire. Comme si ce moment était irréel. À mes yeux, il est tellement concret que je crois que mon putain de cœur n'a jamais battu aussi vite. Ça fait deux ans que j'attends ce moment, et je ne m'en rends compte qu'à présent.

– J'aurais pu être ton bouc émissaire, dit-elle ensuite. Tu aurais pu me faire vivre un véritable enfer quand j'ai refait surface dans ta vie. Pourquoi tu ne l'as pas fait ? Comment as-tu fait pour me tolérer dans ta vie ? Comment… ?

À cet instant précis, je sais qu'elle se repasse tous les moments qu'on a vécus ensemble, tous les mots qu'on a prononcés.

– Comment as-tu pu me regarder dans les yeux ? Comment as-tu pu rester si calme quand je t'ai ramené ton passeport, hier soir ?

– C'est là que tu te trompes, Lila. Je ne t'ai jamais vraiment regardée droit dans les yeux depuis que tu es arrivée dans mon bureau. Je ne t'ai pas tolérée dans ma vie. J'ai seulement compris que ce qui s'était produit il y a deux ans entre nous existait encore, cette électricité, et que je ne pouvais pas y résister. Malgré ce qu'il s'est passé. Malgré ce que tu as fait. Et je ne t'ai finalement jamais vraiment regardé en face avant maintenant. Parce que c'est la première fois qu'il y a de la vérité entre nous.

Elle ouvre la bouche pour répondre, prête à secouer la tête, mais je la devance :

– Et je ne suis pas resté calme hier soir. En apparence, c'est peut-être ce que tu as cru. Mais crois-moi, j'étais sur le point d'exploser. J'étais tellement en colère que rester sans voix était la seule solution. Si je prenais le risque d'ouvrir la bouche, j'avais peur de faire une erreur, de commettre l'irréparable.

– J'ignore comment tu as pu te contenir. Oh, Reid, je suis tellement désolée… Si j'avais su, si…

– Tu ne pouvais pas savoir, la coupé-je. Je me suis repassé cette nuit-là tellement de fois. Je t'en ai voulu énormément, mais j'ai aussi compris que j'étais celui qui avait lancé le galet dans le lac et qui avait provoqué le tsunami, comme tu as dit. Je suis celui qui t'a menti, ce soir-là. J'aurais pu te laisser un mot, ce matin-là, j'aurais pu te demander ton nom de famille, j'aurais pu faire tellement de choses qui auraient permis d'éviter ce qu'il s'est passé. Qui auraient permis que je puisse monter dans cet avion.

– Comment peux-tu être aussi calme ? souffle Lila, incrédule.

– Je ne suis pas calme, Lila. Je me contiens, la contredis-je en serrant les dents. Même si je sais que crier me ferait du bien, ou frapper dans un mur comme un crétin.

Lila essuie ses joues et se mordille de nouveau la lèvre inférieure. Je me penche soudain en avant et, avec mon pouce, je tire dessus.

– Arrête de faire ça, grommelé-je alors que ma peau me picote là où je l'ai touchée.

Cette fois-ci, c'est sa langue qui passe sur sa lèvre, comme si elle voulait me goûter.

– Tu m'en veux, n'est-ce pas ? Tu m'en veux à mort ?

Elle secoue la tête et un sanglot l'étrangle soudain, qu'elle ravale comme si elle en avait honte. Et c'est d'ailleurs le mot qui franchit tout à coup ses lèvres, un mot auquel je ne m'attendais pas.

– J'ai honte, Reid. J'ai honte d'avoir pensé que j'étais la seule à avoir souffert de cette nuit-là. En un sens, j'ai été punie, avec la grossesse, je…

– Ne réfléchis pas comme ça.

– Je réfléchis comme quelqu'un qui a commis l'irréparable, Reid.

Nous nous fixons alors, pendant ce qui me paraît être une éternité. Plus je la regarde et plus je me dis que tout ce que je verrai désormais dans son regard, c'est sa culpabilité.

Je suis fou de cette fille. Inutile de le nier. Inutile de jouer les mecs insensibles. Inutile de ne pas voir la vérité en face. Je suis tombé amoureux d'elle. Pas cette nuit. Pas aujourd'hui. Mais il y a deux ans. Et je n'ai jamais vraiment cessé de l'aimer, de la détester, de l'aimer encore plus, de la détester bien plus fort, et encore et encore. Comme un perpétuel recommencement, nocif, viscéral, destructeur.

– Irréparable, répété-je. C'est le mot. Je pense qu'on ne pourra jamais réparer quoi que ce soit.

– Réparer quoi ? Nous n'avons rien, Reid…

Soudain, je vois rouge. Elle pense que nous n'avons rien ? Je me détruis de l'intérieur pour cette fille alors que tout ça ne représente rien pour elle ?

– C’est ce que tu penses ? exulté-je. Que nous ne représentons rien ?

– Qu’est-ce que tu penses qu’on représentait ?

– Deux putains d’accros.

Je me lève soudain et me mets à faire les cent pas, tout en tirant sur mes cheveux pour me remettre les idées en place.

– Tu penses que j’en vaux la peine, Reid ?

– La peine de quoi ?

Aucun de nous deux ne veut la vérité. Notre vérité à tous les deux.

Je marche soudain vers elle et elle se lève, mais je continue d’avancer, jusqu’à la faire reculer contre la porte. Son dos heurte le bois et je ne m’arrête que lorsque je vois distinctement la tache noire dans son œil gauche. Elle prend une longue inspiration et son nez effleure le mien.

J’enfonce mon doigt dans son ventre.

– Qu’est-ce que tu retiens, là ?

Je la vois déglutir.

– Un désir incontrôlable pour toi. Un besoin de toi, un besoin fou furieux.

– Quoi d’autre ?

Elle pince les lèvres pour se retenir d’ajouter quelque chose. J’ai envie de la secouer jusqu’à lui arracher ce qu’elle retient dans ses tripes.

– Après tout ce que je viens de balancer, tu ne crois pas qu’il serait temps que tu assumes la raison pour laquelle tu as débarqué dans mon bureau pour travailler pour moi ? Ce qui fait que tu ne supportes pas que je touche d’autres femmes que toi ? Ce qui vide tes poumons chaque fois que j’entre dans la pièce ?

Je veux qu’elle le dise. Qu’elle l’admette.

Ce mot avec un A. Ce mot tabou.

Ce mot que j’ai envie d’entendre dans sa bouche. Prononcé avec sa voix un peu rauque, un peu éraillée, sexy. Je veux entendre le pouvoir que j’ai sur elle, même si c’est malsain, vil, et que je ne devrais pas penser ça. Mais rien n'est sain entre Lila et moi. Parce que notre relation a commencé par une tragédie.

Mais elle ne dit rien. Elle continue de me fixer, effrontément.

La colère m'embrase tout entier.

– Va-t'en, sifflé-je entre mes dents serrées.

Elle ne bouge pas d'un pouce.

– Dégage de là, insisté-je, mauvais. Je ne veux plus te voir. J'en ai plus qu'assez de toute cette merde.

Sa bouche est soudain sur la mienne, ses dents entament ma lèvre, et je la repousse aussitôt, une paume sur son ventre. Mais elle attaque de nouveau, et je cède une demi-seconde à ce putain d'adieu toxique, et j'enroule ma langue autour de la sienne. Je ne l'embrasse pas, je refuse de le faire. Je la repousse au niveau de la gorge, cette fois définitivement.

Son regard est brillant de larmes et de désir. Sa respiration est courte. Sa bouche est gonflée.

– Fiche le camp, répété-je.

Je fais un pas en arrière et ouvre la porte, la forçant à se décaler. Je me rends compte que des clients se trouvent dans la galerie et qu'ils ont sûrement entendu nos éclats de voix. Lila aussi s'en aperçoit, et je vois la culpabilité sur ses traits brouillés.

– Reid, non… essaie-t-elle en secouant la tête, une supplique dans les yeux.

– Dégage, Lila.

Elle comprend que je ne le répéterai pas, si bien qu'elle fait un pas en dehors de mon bureau et je claque aussitôt la porte. J'appuie mon front contre le battant et tente de reprendre mon souffle. Mais je sais que je n'y arriverai pas.

À cause de Lila. Parce qu'il y a désormais une porte entre elle et moi. Littéralement. Une porte qui ne s'ouvrira plus.

27

Lila

Je fixe le virement sur mon compte en banque.

Le virement que Reid vient de me faire. Il m'a payée comme si j'avais été au bout de mon travail, comme si j'avais terminé les corrections et que le bouquin était publié. J'aurais aimé qu'il ne le fasse pas. Qu'il ne me donne pas d'accusé de réception de la fin de notre… notre quoi ? Relation ? Je n'ai même pas été foutue de prononcer le mot quand il me l'a demandé. Quand il m'a demandé d'avouer ce que je ressens pour lui.

Six jours.

Six jours terribles depuis que je sais la vérité.

Six jours que la culpabilité me ronge comme de l'acide. J'ai mal pour lui, pour ce qu'il a vécu à cause de moi. Pour la réaction en chaîne que j'ai provoquée et qui a abouti à détruire toute une famille. Je ne dors plus, je pleure, je ne mange plus, je cogite, je ne vis plus, je survis. Le pire n'est finalement pas de savoir enfin la vérité. Le pire c'est de l'apprendre *si tard*. Après que Reid et moi avons partagé tant de moments, avons fait l'amour, et nous sommes embrassés tant de fois que je ne peux désormais plus les compter.

Le pire, c'est aussi qu'il ait été capable de faire tout ça avec moi après ce qu'il s'est passé. Il a travaillé sur lui-même pendant deux ans, et aussi depuis que nous nous sommes retrouvés, mais je n'arrive pas à comprendre comment il peut encore me regarder en face, me toucher, me tolérer.

Il a même failli m'embrasser, une semaine plus tôt, dans son bureau. Quand je l'ai tiré vers moi dans un geste désespéré, les mots qu'il voulait entendre coincés dans ma gorge. J'ai senti sa langue contre la mienne. Il le voulait autant que moi, parce qu'il ne peut pas s'en empêcher. C'est gravé sur le muscle qui bat dans sa poitrine.

Mais j'ai fait l'idiote. Je lui ai refusé ce qu'il méritait après s'être livré à moi.

Je lui ai refusé l'aveu que je l'aime plus que j'aime qui que ce soit dans ce monde. Pour une raison qui m'échappe. Dans un but que je ne comprends pas.

Dire que j'ai essayé de contacter Reid pour me rattraper, pour lui demander à nouveau pardon, est un euphémisme. Il ne répond ni à mes appels, ni à mes messages, ni à mes mails, et il ne répond pas plus quand je sonne chez lui ou que je me rends à la galerie. Leonora est comme la gardienne des enfers, elle ne me laisse même plus approcher la porte d'entrée. Si bien que j'ai arrêté depuis deux jours. Est-ce qu'il pense que j'ai abandonné ? Est-ce qu'il s'imagine que je prépare quelque chose d'autre ? Est-il déçu ? Soulagé ? Pire encore, indifférent ?

Je me pose ces questions pendant un mois supplémentaire. Un mois entier à tendre l'oreille pour l'entendre, à guetter le moindre bruit venant de l'appartement d'en dessous, à tenter de le croiser, en vain. Il est fort, à croire qu'il ne sort plus de chez lui ou qu'il vit ailleurs. J'en viens à me tendre chaque fois que j'entends du bruit près de ma porte, comme s'il pouvait encore venir frapper chez moi et me sauter dessus en me disant à quel point je lui ai manqué.

Je compte les jours comme une prisonnière dans sa cellule.

Si bien que je craque. Ce soir est mon point de rupture. J'ai trop mal de lui pour continuer à respirer.

J'envoie un message à Annabelle, histoire de partager ma folie avec quelqu'un d'aussi fêlé que moi.

[Pas de nouvelles de Reid.
J'ai envie d'appeler les pompiers
pour leur signaler une odeur
bizarre dans son appartement.]

Sa réponse ne se fait pas attendre, comme toujours.

[Et en profiter pour te faufiler
dans son appartement
en ignorant la soufflante
qu'ils vont te mettre
pour les avoir appelés pour rien ?]

[Un chagrin d'amour de la taille
de la Chine, ce n'est pas rien.]

[J'aurais plutôt parlé de la Russie, moi.]

[Entre deux dictatures,
mon cœur balance.]

[Qu'est-ce que tu comptes faire ?
Faire un sit-in devant sa porte ?
Déposer une merde en feu
sur son paillasson ?
Mettre des lettres d'insultes
signées à son nom dans les
boîtes aux lettres des voisins ?]

[Tu es ultratoxique, comme nana.
Petite pensée pour Jade.]

[Elle est pire. Alors ? Tu vas faire quoi ?]

[Rester un être humain civilisé, déjà.]

[Tu sais faire ?]

[J'ai lu un manuel.]

Je renvoie un message dans la foulée :

[Je vais le forcer à venir me trouver.]

[Aïe.]

[Pour lui.]

[J'espère. Bon courage, ma belle !]

Je décide de relancer les hostilités. Reid ne veut pas que je vienne à lui. Eh bien je vais le faire venir à moi. Quitte à ce que je sois foutue, autant que ce soient les flics qui me le disent, et non Reid lui-même.

Je vais le pousser à bout.

Ce soir, je mets la musique si fort que j'en grimace, si longtemps que je ne dors pas une partie de la nuit. Mais Reid ne réagit pas.

Le lendemain, je mets un réveil à cinq heures du matin et passe l'aspirateur jusqu'à ce que même le sol me hurle d'arrêter.

Le soir d'après, j'extériorise ma frustration en enchaînant séance de sport sur séance de sport, sautant de tout mon soûl, courant sur place jusqu'à ce que mes muscles hurlent leur défaite.

Celui encore d'après, je laisse la télé allumée toute la nuit, même si ça m'empêche de dormir moi aussi.

Mais toujours rien. Reid ne lâche rien, à tel point que je commence à croire que ce sont mes autres voisins qui vont venir toquer à ma porte. Je suis surprise qu'ils ne l'aient pas encore fait, d'ailleurs.

Au bout d'une semaine d'autoflagellation inutile, je décide d'employer les grands moyens. Il est une heure du matin, un dimanche soir, quand je décide de bouger mes meubles. Chacun. De. Mes. Meubles. Lentement, pour qu'ils raflent bien le sol. Pour que le bruit soit infernal. Pour que le supplice soit au maximum.

Je compte bien figurer dans le palmarès des nanas les plus *creepy* de l'histoire.

Mon corps est recouvert d'un voile de sueur et mes muscles me brûlent quand j'entends soudain quelque chose dans le couloir. Des bruits de pas précipités. Agacés.

Puis ma porte s'ouvre brusquement à la volée.

Évidemment qu'elle s'ouvre à la volée. Parce que je ne la ferme pas à clé quand je fais mon petit numéro destiné à faire monter Reid Atlas d'un étage. Parce que je veux qu'il ouvre cette foutue porte et tombe dans mon piège.

Ce qu'il fait enfin. Après plus d'un mois à l'attendre de tout mon être. Je n'arrive pas à y croire. Je cligne des yeux pour être certaine de ne pas être de nouveau dans un de mes rêves érotiques.

Mais Reid est toujours devant moi en train de fulminer.

– Qu'est-ce que tu fous, putain ?

Il s'avance vers moi alors que je tiens toujours mon canapé, comme prise la main dans le sac. Il porte un pantalon de survêtement qui tombe bas sur ses hanches, un tee-shirt qui titille mon imagination et des chaussures de sport enfilées à la hâte. Ses boucles brunes sont un désordre sans nom, son regard clair est meurtrier, ses sourcils froncés, sa bouche pincée et sa mâchoire si crispée que je crains qu'elle se brise. Et je ne parle même pas de ses poings, si serrés que ses veines sont saillantes et gonflées.

Il m'a manqué, bordel.

Il est si beau que j'ai envie d'en pleurer.

Tablet. Son surnom me revient. Il le porte tellement bien, là maintenant.

Enfin, ce serait correct s'il n'était pas fou de rage contre moi.

– Du feng shui, réponds-je innocemment.

– Connerie, lâche-t-il.

– Tu sais, c'est un art chinois millénaire qui…

– Lila, gronde-t-il soudain, des armes dans les yeux.

Je lâche le canapé, puis contourne Reid sans un mot, avant d'aller refermer la porte d'entrée et de la verrouiller. Il me suit des yeux, comme un taureau s'apprêtant à charger, de la fumée lui sortant des narines, le torse se soulevant et s'abaissant à toute vitesse. Je fais alors la seule chose capable d'empêcher Reid de sortir de chez moi avant que j'en aie fini avec lui. Je mets ma clé en lieu sûr. Dans un endroit où il n'ira pas la chercher.

Ma culotte.

Le regard de Reid descend de mon visage à ma nuisette simple, jusqu'à ma culotte qui renferme désormais sa solution de sortie. Il n'en croit pas ses yeux.

– J'ai conscience de faire peur et de mériter une plainte pour harcèlement, mais je prends le risque. Je prends le risque de passer pour une cinglée. Je prends le risque que tu me détestes encore plus. Je prends le risque de toi.

Reid reste un instant interdit, avant de reprendre vie. Il se passe une main dans les cheveux et pousse le plus long soupir frustré que j'aie jamais entendu. Son regard lâche ma culotte – dommage – et revient se planter dans le mien.

– Tu crois que mettre la main dans ta culotte m'effraie ? demande-t-il, l'air sombre.

J'arque un sourcil narquois, mais ne réponds pas. Je sais qu'il ne va pas s'approcher de ma culotte. Il en a trop peur. Enfin, il a peur de ce que ça pourrait provoquer.

– C'est ce que je crois.

Reid fait soudain un pas vers moi, les ombres de l'appartement dansant sur son beau visage en colère.

– Je vais aller chercher cette clé, Lila, m'assure-t-il.

Oh, s'il te plaît, gémis-je presque.

Je comprends alors que Reid va bondir sur moi. Je le comprends au moment où une veine se met à palpiter méchamment dans son cou.

Alors je réagis.

Je m'élance dans mon appartement – sans trop d'espoir étant donné qu'il est configuré comme le sien. Ma seule chance, c'est les meubles qui sont n'importe où, n'importe comment, mais qui ont permis à cette situation de se produire.

Reid me poursuit, lâche un juron quand je saute par-dessus le canapé, puis glisse entre les chaises et la table. Je m'élance ensuite dans la cuisine, hésitant entre crier et éclater de rire. Mon cœur bat si vite que je crois qu'il va éclater. Mon corps hurle et mon cerveau se demande s'il ne devrait pas aller chercher un autre crâne à habiter, tellement il a honte de ce que je suis en train de faire.

Je cours dans la cuisine, tente de rejoindre le garde-manger, mais je glisse soudain sur quelque chose au moment où Reid essaie de me rattraper. Je me vois tomber, et j'entraîne Reid avec moi quand sa main saisit l'arrière de ma nuisette.

Nous chutons tous les deux sur le sol de ma cuisine.

Et le silence nous tombe dessus.

J'ouvre un œil et découvre Reid au-dessus de moi, les mains de chaque côté de ma poitrine. Il est en planche, comme s'il ne voulait pas me toucher.

Mais je vois la bosse qui déforme son pantalon de survêtement, au niveau de l'entrejambe.

Cette course-poursuite lui a plu. Quel cochon.

Reid est le premier à bouger. Il se décale et s'adosse aux placards. Je l'imite, bien que le carrelage soit froid sous mes fesses et que les poignées des placards me rentrent dans le dos. Finalement, je ne sais pas vraiment ce qu'il vient de se passer. Peut-être que ma tête a tapé un peu trop fort contre le sol.

Nous ne disons rien. Nous nous contentons de fixer le four

face à nous. Je vois notre reflet, et à quel point Reid a du mal à reprendre sa respiration.

Au bout de ce qui me paraît être une éternité, je m'étire et ouvre un placard, d'où j'en sors un pot de pâte à tartiner, du pain en tranches, un couteau et une assiette. Je dispose le tout face à moi, sous le regard scrutateur de Reid. Je nous prépare deux sandwichs en silence, avant de sortir également une bouteille de rhum brun. Je m'apprête à prendre deux verres, quand Reid saisit soudain la bouteille, fait sauter le bouchon et boit une gorgée qui lui arrache un froncement de sourcil.

Je pousse son sandwich vers lui en cherchant sur son visage la preuve qu'il ne me prend pas pour une folle. Mais la gorgée d'alcool qu'il vient d'avaler me prouve le contraire.

Je sors alors les clés de ma culotte et les pose sur ses cuisses musclées, lui laissant l'opportunité de décider.

Je m'attends à ce qu'il s'en saisisse et s'enfuie, comme tout être humain rationnel le ferait, mais il reste immobile. Une seconde plus tard, il mord dans son sandwich et pousse un long soupir.

Nous mangeons en silence, assis à même le sol de ma cuisine, nous passant le rhum comme si c'était de l'eau. Je bois de minuscules gorgées pour éviter une cuite malvenue. Mais je ne sais pas ce qu'il en est de Reid.

– J'ai l'impression de t'avoir roulé dessus avec mon camion, dis-je dans un souffle, entre deux bouchées.

Pendant une seconde, je crois qu'il ne va pas me répondre et décider de quitter mon appartement, tout en me traitant de folle. Si bien que je tombe des nues quand il me répond :

– Un petit camion, alors. Tes jambes sont trop courtes pour atteindre les pédales d'un gros.

– Tu sais, l'homme moderne a inventé le réglage des sièges auto.

– Il n'a pas inventé des réglages suffisants pour toi. Il pensait que les hommes ne mesuraient plus ta taille depuis le XVIIe siècle.

J'éclate d'un rire rauque et, du coin de l'œil, je vois les avant-bras de Reid se couvrir de chair de poule. Un point pour moi.

– Ta pâte à tartiner n'est pas bonne, lâche-t-il ensuite.

Effectivement, elle est un peu granuleuse.

– Promis, je n'ai pas essayé de t'empoisonner.

– Après tous ces efforts pour que je monte d'un étage, je m'en suis douté.

Il a donc bel et bien remarqué que tout le bruit que j'ai fait avait un but.

– Ça aurait été me tirer une balle dans le pied. Et comme il est déjà pas mal troué ces derniers temps…

– Tu crois ?

Je tourne tout à coup la tête pour observer son profil. Mais il ne laisse rien paraître et se contente de terminer son sandwich.

– Je crois, oui, réponds-je enfin. Mais j'ai décidé d'être douée dans le fait de les reboucher.

– Tu t'es entraînée ?

– J'ai testé mes capacités.

– Et elles dépendent de quoi, ces capacités ?

– De ce que tu es capable de supporter.

Le silence s'étend de nouveau sur nous et, pendant une seconde, je crains d'avoir fait une bêtise. Mon cœur s'emballe, j'ai chaud. Trop chaud. J'ai envie de ravaler mes mots. Je me mords la langue jusqu'à sentir le goût du sang dans ma bouche, comme si ça pouvait avoir un quelconque effet.

Reid se tend soudain à côté de moi.

– OK, décide-t-il subitement. Viens avec moi.

Et il se lève tout à coup, la main tendue pour m'aider à me relever.

28

Reid

Je suis au fond du trou.

Mais je ne me suis pas senti aussi bien depuis cinq semaines et deux jours. Depuis que j'ai demandé à Lila de foutre le camp de mon bureau. Devant mes clients. Devant les miettes de mon cœur, éparpillées à ses pieds.

Pendant tout ce temps sans elle, à essayer de me remettre les idées en place et penser à tout sauf à elle, je ne suis arrivé qu'à une seule chose.

Penser à elle encore plus fort.

Et elle ne m'a pas aidé. Au départ, elle me harcelait avec tant d'acharnement que c'était comme si on avait une relation. Une relation malsaine et toxique, mais en soi ce n'était pas bien différent qu'auparavant. Puis elle a arrêté, et j'ai eu envie de me liguer contre le monde entier, comme si ça pouvait être la faute de quelqu'un d'autre que moi. Enfin, quand elle a décidé de récolter le plus de plaintes pour tapage nocturne de l'histoire, j'ai compris qu'elle n'avait pas lâché l'affaire. Et que ce qui m'avait le plus rendu malheureux, ces derniers temps, était le fait de penser qu'elle avait abandonné l'idée de moi. De nous. Même si je lui ai affirmé dans toutes les langues possibles que c'était mort.

J'ai envie d'elle. J'ai besoin d'elle. Mais c'est encore trop dur. Quand je pense à elle, je pense à mes parents. Mais Lila est déterminée à faire que ça cesse, et je ne sais pas pourquoi, sachant que j'ai déjà essayé de lui arracher la vérité, sans réussite.

– Rendez-vous dans cinq minutes dans le hall de l'immeuble, déclaré-je quand Lila se relève avec mon aide.

Son regard me pose soudain un millier de questions, mais elle n'en prononce aucune. Je la remercie d'un simple signe de tête, avant de quitter son appartement, abandonnant ses clés sur sa porte.

Je lui ai donné cinq minutes pour s'habiller, autant pour éviter que je prenne le risque de changer d'avis que pour ne pas perdre de temps tout court.

Je remonte chez moi, enfile un jean, une veste et d'autres chaussures, tout en me disant à quel point Lila a des couilles. Elle a pris un risque ce soir, comme tous les autres soirs finalement, et une petite voix au fond de moi me dit que je dois en prendre de la graine. Même si mon cœur s'emballe un peu trop, même si mon ventre se noue, et que ce n'est pas vraiment agréable.

Quand je redescends dans le hall, Lila est déjà là. Elle porte une robe pull, des collants, des chaussures basses et un manteau qui semble l'engloutir tout entière. Ses cheveux sont rassemblés au sommet de son crâne en un chignon qui serait offensé de savoir qu'il ressemble à ça. Mais putain, c'est comme ça que je l'aime.

Elle m'a terriblement manqué. Si bien que je ne peux m'empêcher de balancer, au milieu du hall désert :

– Tu sais, j'aurais aimé que tu ne me donnes pas tes clés.

– Tu aurais préféré venir les chercher toi-même ? Dans ma culotte ?

– J'aurais préféré qu'elles tombent toutes seules entre mes mains.

– Et comment aurais-tu pu réussir cet exploit ?

– En te faisant te déshabiller pour moi.

Lila se fige alors en ouvrant la porte d'entrée.

– Tu peux me dire ce qu'on fait ici, dans ce cas ? lance-t-elle, la voix rauque de désir.

J'essaie d'ignorer la frustration dans sa voix, à quel point elle me veut. Parce qu'après tout c'est encore moi qui ai lancé les hostilités alors que ce n'est clairement pas le moment. Crétin est mon deuxième prénom, après Idiot.

– J'ai quelque chose à faire. Et j'ai besoin que tu sois avec moi. Enfin, je crois en avoir besoin.

Elle me sonde une seconde de ses yeux chauds et j'ai envie d'effacer du pouce le pli soucieux entre ses sourcils. Mais ce n'est pas le moment.

Je nous commande un taxi et nous nous installons dans un silence parfait, à peine troublé par la musique d'ascenseur que le chauffeur diffuse. Du coin de l'œil, je vois Lila scruter les alentours pour savoir où nous allons. Et quand elle reconnaît le chemin, ses doigts se crispent sur l'ourlet de sa robe.

Je paye la course et nous sortons dans la nuit froide. Je prends les clés dans ma poche arrière et déverrouille la porte d'entrée de la galerie Atlas. Un goût désagréable se dépose sur ma langue, et je sais que c'est la peur.

La peur de ce que je m'apprête à faire. Mais j'ai l'intime conviction que c'est nécessaire. Comme un pansement qu'il est temps de retirer, car les bords se sont déjà décollés et la cicatrisation fait son travail juste en dessous.

Lila entre et je referme à clé derrière nous, désactivant l'alarme par la même occasion. Je marche en direction du couloir des bureaux, nous éclairant avec la lumière de mon téléphone.

– Je ne suis jamais entré dans le bureau de mes parents depuis leur décès, dis-je soudain dans le silence de la galerie.

– Pourquoi ?

Pourquoi ?

Je me rends compte que je ne me suis pas réellement posé la question. J'ai vaguement pensé au fait que c'était par peur d'avoir mal, mais c'est tout. Je prends le temps de réfléchir à la question de Lila tandis que nous nous arrêtons face à la porte close, adjacente à mon bureau.

Mon cœur déraille dans ma poitrine.

– J’avais besoin de faire comme si ce n’était pas tout à fait réel. Comme s’ils étaient encore un peu là, et que la porte allait s’ouvrir pour les laisser sortir. Eux qui ne se séparaient jamais, pas même pour travailler.

– Pourquoi le faire avec moi ?

– Parce que si j’arrive à entrer ici, avec toi, je pense que je peux digérer ce qu’il s’est passé avec toi.

Je vois bien qu’elle n’est pas à l’aise, et je peux la comprendre. Elle a sûrement l’impression d’être de trop, mais je sais qu’elle fera exactement ce dont j’ai besoin.

Je pose la main sur la poignée et tourne. La porte s’ouvre, j’allume les lumières et fais un premier pas.

Je regarde d’abord à mes pieds, ces tapis que j’ai tant de fois vus, sur lesquels je me suis assis étant petit, sur lesquels j’ai fait tomber tellement de choses, parfois sans que mes parents ne l’aient jamais su. J’ai l’impression de sentir leurs parfums dans cet endroit, et mon cœur s’enraye. J’ai mal à la poitrine, mal au visage, mal derrière les yeux, et je sais que ce sont les larmes qui sont là, qui ont tant coulé, mais que je retiens cette fois-ci. Hors de question qu’elles me gâchent la vue, maintenant que j’ai réussi à entrer.

Je ne sais pas d’où sort la détermination qui m’habite. J’ai comme l’impression que Lila y est pour beaucoup.

En parlant de Lila, elle reste dehors, me laisse un peu d’espace. Et j’ai envie de l’attirer à moi rien que pour ça.

Je prends une longue inspiration et lève les yeux.

Tout est exactement à la même place qu’avant leur disparition. Les objets, les livres, l’ambiance chaleureuse. Il y a plus de papiers et de documents sur les bureaux, mais je sais que c’est Leonora qui vient de temps en temps pour y entasser la paperasse qui doit être rangée. Elle ne touche à rien d’autre, pour la simple et bonne raison qu’elle ne veut rien faire sans mon autorisation. J’aurais pu lui en être reconnaissante, mais je lui en veux encore d’avoir forcé Lila à entrer ici, quelques semaines plus tôt.

Je reconnais le mouchoir de poche que mon père utilisait toujours, et que je trouvais dégoûtant – pourquoi les vieux adorent-ils se moucher dans quelque chose déjà utilisé ? Je vois le crayon préféré de ma mère, celui que mon père lui avait acheté pour leur dixième anniversaire de mariage, et qui porte ses initiales. Je reconnais la façon que ma mère avait d'empiler les papiers en quinconce. Son foulard, plié sur son fauteuil, celui avec la tache d'encre, parce que j'ai toujours été maladroit. Son flacon de pilules vide, ces pilules que je l'ai toujours vue avaler. Ses reçus de paiement, qu'elle gardait précieusement pour ses comptes, et mon père la regardait toujours en levant les yeux au ciel, lui rappelant que ça faisait déjà une bonne dizaine d'années qu'on pouvait faire ses comptes en ligne. Je les revois, se chamailler, se lancer des boulettes de papier, discuter pendant des heures. S'aimer.

Mon cœur sombre soudain au fond de ma poitrine et je dois prendre une brusque inspiration pour le retenir de tomber définitivement.

Je sens tout à coup Lila s'approcher dans mon dos. Je sens sa chaleur et l'électricité entre nous me picoter la peau. Elle prend place à mes côtés, les mâchoires serrées, puis se tourne et plante son index dans mon ventre.

– Qu'est-ce que tu retiens, là ? demande-t-elle, comme nous le faisons depuis ce qui me paraît être une éternité.

– Une putain de douleur. J'ai l'impression qu'ils sont partis hier. J'ai l'impression qu'ils vont revenir demain.

Je prends de nouveau une longue inspiration pour faire remonter mon cœur à sa place.

– Mais c'est des conneries. Ils ne reviendront pas.

Lila s'avance seule dans la pièce, la survole des yeux, puis s'approche doucement du bureau de ma mère et saisit délicatement une petite figurine en cristal en forme de chat. Je me crispe en la voyant prendre cette liberté. Elle tourne la tête vers moi, mille questions dans les yeux.

– C’est qui, lui ? demande-t-elle.

L’innocence de sa question me fait presque sourire. Presque.

– Un cadeau de mariage.

– Qui a bien pu lui offrir un si petit cadeau ?

– Quelqu’un de radin, sûrement. Sa grand-tante, peut-être.

Elle repose la figurine, puis se tourne vers le bureau de mon père pour saisir un porte-clés en bois qui n’a rien de spécial.

– Fête des pères, réponds-je avec un sourire rempli de souvenirs sur le visage. J’avais commandé un porte-clés gravé, et je ne sais pas ce qu’il s’est passé mais j’en ai reçu un sans rien gravé dessus. Je lui ai offert quand même, en lui disant que je lui ferais graver ce qu’il voudrait. Il a refusé, préférant ce truc imparfait, ce pauvre carré de bois.

Lila esquisse un sourire, regarde le porte-clés une seconde, puis le repose, fait le tour du bureau puis s’empare d’un couteau à beurre. Elle arque un sourcil.

– Mon père avait une collection de coupe-papier, mais il préférait son couteau à beurre. Ne me demande pas pourquoi.

Lila le repose puis se dirige vers le bureau de ma mère, sur lequel elle prend une bougie dont la cire blanche est comme massacrée.

– Ma mère adorait ce parfum, elle disait que ça lui rappelait le champ de fleurs derrière la maison de mes grands-parents, en Écosse. Elle voulait sortir la cire pour la conserver ailleurs, mais elle n’a réussi qu’à la détruire.

Lila repose la bougie et s’intéresse à un casse-tête en bois qui m’arrache un sourire en coin.

– Cadeau d’anniversaire pour mes 10 ans. Mes parents ont été un peu trop ambitieux, je n’ai jamais réussi à le faire et ma mère l’a gardé, même si elle n’a jamais réussi non plus à le résoudre.

Elle contourne le bureau de ma mère, replie correctement son foulard sur le dossier du fauteuil, puis marche jusqu’à la bibliothèque chargée de photos. Elle désigne le premier cadre devant elle. Il me représente, à 2 ans, en train de tremper les cheveux d'une poupée dans de la sauce tomate.

– Tu veux qu'on parle de la poupée ou de la sauce tomate ? fait-elle en me lançant un regard insolent par-dessus son épaule.

– Étant donné que j'étais fils unique, ma mère a toujours fait attention à m'offrir des cadeaux variés, des poupées et des voitures, des ustensiles de cuisine et des tracteurs.

– Je suis fille unique, moi aussi, déclare-t-elle alors. Mon père aime dire que c'est parce qu'ils ne voulaient pas prendre le risque d'un deuxième enfant comme moi.

– Je sais que mes parents auraient aimé un autre enfant, réponds-je. Mais ma mère est tombée malade assez jeune.

Je déglutis difficilement quand ma gorge se noue de nouveau. Lila plisse le front et marche vers moi, puis elle glisse ses bras autour de ma taille pour m'enlacer. Elle presse son visage contre mon torse et quelque chose chavire dans ma poitrine. La chaleur de son corps se communique aussitôt au mien, glacé. Je referme mes bras autour d'elle, le nez dans ses cheveux. Je ferme les yeux et l'inspire, elle, pour prendre ma plus grande inspiration. Je ne les rouvre que lorsque j'entends sa voix.

– Et ça, c'est quoi ?

Je suis son regard et tombe sur un cadre accroché près de la porte d'entrée, et qui représente un dessin d'enfant.

– Ma première illustration de livres.

Elle sourit contre moi, puis dépose un baiser là où bat mon cœur, qui tressaute alors comme un fou, avant de se diriger vers l'autre bibliothèque pour continuer son inspection.

La voir toucher les affaires de mes parents me crispait au début, comme si elle n'en avait pas le droit, mais je me détends de plus en plus. Comme si ce n'était pas si important. Comme si Lila était finalement la seule personne logique à pouvoir faire ça. À pouvoir prendre cette liberté.

Et tandis que les objets s'enchaînent, que les souvenirs s'entassent entre nous, je comprends son petit jeu. Je comprends ce qu'elle essaie de faire.

Et je réalise que ça marche.

Et que je viens de retomber amoureux d'elle. Alors qu'elle est la cause et la raison pour laquelle nous sommes là.

29

Reid

Assis à même le sol du bureau de mes parents, épaule contre épaule, nous terminons de regarder et de commenter le troisième album de photos de ma famille que Lila a trouvé dans un des placards de la bibliothèque. Je suis épuisé, mes paupières me brûlent, mais mon cœur est tellement gonflé qu'il me fait oublier tout le reste. Je me sens comme si j'avais passé des heures à courir et que je m'arrêtais enfin pour reprendre mon souffle.

– Nous avons passé la nuit ici, dis-je en consultant l'écran de mon portable. Je n'y aurais jamais cru.

– Moi non plus, renchérit Lila.

Je la fixe, mon regard au fond du sien, et je me demande comment cette nuit a pu se produire. J'en suis bouleversé. Soulagé, mais bouleversé.

– Merci, lui dis-je, avec l'envie de prendre sa bouche avec la mienne, mais en me retenant, pour une fois.

Elle esquisse un sourire en coin, mais ne répond rien. Et je trouve que c'est juste. Pour l'instant, elle fait un sans-faute niveau pardon.

– Petit déjeuner ?

– Oui, je t'en supplie, répond-elle.

Je lâche un petit rire et nous nous relevons, les muscles crispés et les os craquants.

– Moi qui me pensais jeune et en pleine forme… ajoute-t-elle en se frottant le bas du dos.

Je lui lance un regard narquois en rangeant le dernier album photos.

– Chérie, ta colonne vertébrale vient de hurler. Littéralement.

– Elle a imité mon estomac.

J'éteins les lumières du bureau en inspirant profondément et me promettant d'y revenir dès que possible. Pour ranger. Pour me délecter de tous ces souvenirs. Pour tourner la page.

Le soleil vient à peine de se lever lorsque nous sortons dans la rue. L'air est piquant, le ciel marbré de bleu clair et de rose. Les trottoirs sont encore déserts, mais quelques voitures parsèment déjà les rues. Nous marchons en silence en quête d'un café ouvert, et nous en trouvons un près de notre immeuble. Après avoir acheté un petit déjeuner, nous nous plantons sur le trottoir, indécis.

– Je ne veux pas aller chez toi. Je ne veux pas aller chez moi, déclare Lila. Mais je veux aller au chaud.

Je lâche un rire qui résonne dans la rue déserte.

– Est-ce que c'est un sous-entendu sexuel ?

Lila me lance un regard par en dessous. Et mon bas-ventre se crispe.

– Tu veux que ce soit un sous-entendu sexuel ?

– Et toi tu le veux ?

– Est-ce que tu vas m'obliger à dire que c'est moi qui ai posé la question d'abord ?

– Je ne t'oblige à rien, je suis un mec bien.

– Depuis quand ?

– Depuis que je viens de passer la nuit avec toi sans te toucher.

– Merci de frapper là où ça fait mal.

Je me mords la langue pour ne pas éclater de rire.

– Viens avec moi, dis-je alors.

Nous entrons dans notre immeuble, chacun son petit déjeuner sous le bras et son gobelet de café fumant à la main. Suspicieuse, Lila me suit tandis que nous grimpons jusqu'au troisième étage. Mais je m'arrête dans les escaliers entre son étage et le mien, et me laisse tomber sur les marches recouvertes de moquette vert forêt.

Lila esquisse un sourire en coin amusé en s'asseyant à côté de moi. Elle a le visage tiré par la fatigue, mais elle est toujours là. Avec moi.

– On a un problème avec les étages, tous les deux.

– À qui la faute ? rétorqué-je en buvant une longue gorgée de café.

– J'habitais ici avant toi, me signale-t-elle.

Elle mord dans son roulé à la cannelle et cale son épaule contre la mienne.

– Il n'est pas trop mal, cet immeuble, réponds-je. Quoiqu'un peu bruyant passé vingt et une heures.

Lila ricane, la bouche pleine.

– Je n'ai même pas eu le temps de faire la moitié des activités nocturnes que j'avais prévues pour te faire monter jusqu'à moi.

– C'était quoi le pire ?

– Mettre du porno à fond.

J'éclate de rire et manque m'étouffer avec mon café.

Un voisin dévale soudain les marches derrière nous et manque nous percuter. Nous le saluons et il nous regarde comme si nous étions fous.

– Bonne journée, lance Lila.

Il marmonne quelque chose, puis disparaît. Quelques instants plus tard, un autre voisin descend, lâche un petit cri surpris, puis ricane en finissant de descendre les marches.

Il est suivi d'une femme qui monte et se stoppe soudain en nous voyant. Son regard passe de Lila à moi, puis fait le chemin inverse.

– Mais vous vivez ici, vous deux ? nous lance-t-elle, les sourcils froncés.

– Survivre serait plus juste, répond Lila.

– Est-ce que tout va bien ? demande alors la voisine.

– Je ne dirais pas que « tout » va bien, mais nous deux nous allons bien. C'est déjà ça, fais-je.

La voisine secoue la tête, comme si nous étions vraiment

timbrés, puis nous contourne pour monter chez elle. Le silence retombe et je sens que Lila est sur le point de me demander quelque chose.

– Est-ce que tu voudrais essayer de faire que « tout » aille bien ? Avec moi ?

– Est-ce que tu vas me faire du chantage en me volant mes clés et en les cachant dans ta culotte si je dis non ?

Lila pose son regard chaud sur moi. Ce regard toujours un peu lourd de désir. Toujours un peu déstabilisant et excitant. Elle se penche vers moi.

– Tu n'attends que ça, me répond-elle sur le ton de la confidence.

– Que tu me voles mes clés ?

– Avoir une nouvelle raison de mettre la main dans ma culotte.

– Trésor, j'avais l'occasion tout à l'heure et je ne l'ai pas fait.

– Et tu refrappes là où ça fait mal…

Elle se lève alors et je la regarde, surpris.

– Tu vas m'abandonner ?

– Tu sens l'insécurité, tout à coup. Qu'est-il arrivé au Reid Atlas que je connais ?

– Tu lui as fait du bien.

La franchise de ma réponse nous surprend tous les deux. Mais je comprends pourquoi Lila décide de s'en aller. Pour que nous restions sur cette nuit, sur ces paroles. Pour que je réfléchisse à tout ce qui vient de se passer. Il faut que je fasse le tri dans mes pensées en vrac.

– Tu connais mon adresse, plaisante-t-elle en montant les marches en direction de son étage.

– Merci pour la nuit blanche et le petit déjeuner, réponds-je avec la furieuse envie de l'attirer sur mes genoux et de l'embrasser.

Elle rit et me balance son emballage roulé en boule. Je l'attrape et regarde sa silhouette disparaître. Je joue une seconde avec la boule de papier en me demandant ce qui vient de se passer.

C'est là que je me rends compte qu'il y a des écritures sur le papier. Je déplie l'emballage. Mon cœur s'enraye.

Elle nous a dessinés, tous les deux, assis sur ces mêmes marches, avec deux bulles au-dessus de nos têtes. Je fais abstraction du fait qu'on dirait le dessin d'un maternelle hyperactif en manque de récréation. Dans sa bulle, elle m'a écrit un mot.

Cours-moi après, idiot.

Je ne peux retenir un sourire. Je n'ai pas la moindre idée de comment elle a bien pu dessiner ça sans que je la voie, mais cette fille me surprend toujours.

Je sors un crayon de papier, que j'ai toujours dans la poche de ma veste, puis lui réponds.

Je me lève alors et vais glisser ce mot sous sa porte, plus apaisé que je ne l'ai été ces deux dernières années. Mon cœur cogne tandis que je me demande si elle est derrière, attendant que je fasse ce qu'elle m'a demandé.

Sans se douter que je viens de retourner la situation à mon avantage.

30

Lila

J'entends son corps derrière la porte avant même qu'il ne glisse le papier dessous. Mes sens sont exacerbés, sensibles au bruissement de ses vêtements, à sa respiration aussi lourde que la mienne. C'est comme si la tension de la nuit était en train de nous rattraper, nous enveloppant comme une deuxième peau.

Je saisis le papier et découvre sa réponse, inscrite dans sa bulle.

Le mot magique ?

Mon cœur cogne brutalement contre ma poitrine tandis que j'esquisse un sourire en coin. Parce que Reid Atlas ne fait jamais rien comme tout le monde. Parce qu'il fait de moi une personne unique à ses yeux.

Et je réalise soudain à quel point je suis amoureuse de lui.

Je l'aime brutalement.

Alors je joue le tout pour le tout. Quitte à tomber et à ce qu'il ne me rattrape pas à temps.

– Je t'aime.

Mon cœur s'enraye tout à coup. Le prononcer à voix haute me donne l'impression que le monde vient de prendre une teinte plus claire autour de moi. L'air est plus pur. Mes pensées plus en ordre.

Ma voix n'est qu'un murmure, un souffle qui se fraye un chemin à travers le bois de la porte.

Un souffle qui semble voler celui de Reid, car je l'entends retenir sa respiration de l'autre côté du battant. L'instant d'après, la poignée tourne. Le déclic semble retentir jusque dans ma poitrine. Les battements de mon cœur remontent dans ma gorge, accélèrent la course du sang dans mes veines, qui gagnent en température.

Reid entre avec un sourire en coin victorieux. Comme un Highlander qui sait dorénavant que l'Angleterre est son territoire. Même si ce n'était pas gagné d'avance.

Il est tout à coup sur moi, ses bras en étau autour de mon corps. Son parfum suave et masculin se déverse dans la pièce.

– Redis-le, exige-t-il avec un regard perçant.

Il doute. A peur d'avoir mal entendu. Espère que ce n'était pas une blague.

– Je t'aime.

Nous nous regardons pendant ce qui me semble être une éternité. Son cœur cogne contre mon sein droit. Un double battement infernal résonne dans ma poitrine, et c'est la meilleure sensation au monde.

Reid caresse mes joues, puis son pouce effleure mes lèvres, sur lesquelles son regard vient se perdre une seconde, avant de revenir se river au mien. Il donne l'impression de tourner ces trois mots encore et encore dans sa tête, comme pour en comprendre toutes les nuances. Mais la seule chose que je vois, moi, c'est qu'il ne prononce pas le moindre mot.

– Ne me réponds pas seulement pour me répondre. Ne me donne pas d'espoir s'il n'y en a pas, déclaré-je. Ou si tu ne penses pas qu'il y en aura un jour.

Son pouce revient sur mes lèvres et je vois les rouages de son cerveau s'activer derrière ses yeux chargés d'émotions. Il réfléchit à toute allure, et je ne sais pas si c'est une bonne chose pour moi. La crainte se met à me grignoter l'estomac et c'est comme si Reid pouvait voir le chaos qui règne à l'intérieur de mon corps. Car c'est ça, avouer son amour à quelqu'un. Laisser l'autre voir tout ce qui est beau et tout ce qui l'est moins.

– Tu es une obsession pour moi. Une obsession qui dure

depuis deux ans et dont je n'arrive pas vraiment à me débarrasser, déclare-t-il tout à coup.

– Tu essaies de t'en débarrasser ?

– J'ai essayé, mais j'ai abandonné l'idée.

– Qu'est-ce qui t'a fait changer d'avis ?

– Je préfère me coucher contre toi plutôt que de me torturer l'esprit seul dans mon lit en me demandant pourquoi je ne suis pas avec toi.

Quelque chose crépite au creux de mon ventre et mes poumons se gonflent tout à coup d'une chaleur délicieuse.

Il glisse ses doigts derrière ma nuque, puis continue :

– J'ai essayé de te punir. Alors que vivre sans toi ce serait ma propre punition.

Sa main se crispe légèrement et je vois un sourire trembler sur ses lèvres. Je suis incapable de le lâcher des yeux. Il est en train de m'offrir toutes ses réflexions, ses doutes et ses espoirs.

– J'ai été la personne qui t'a brisé, et je le suis toujours, réponds-je. Je porterai constamment ça en moi, ça restera entre nous, une partie de notre histoire. Mais je veux aussi être la personne qui a colmaté le trou dans ta poitrine. Parce que ce trou-là, j'ai le même, Reid. Et j'ai compris qu'il n'y avait que toi pour le combler. Parce que c'est toi qui l'as créé, et c'est toi qui le rempliras.

Je vois un chemin de frissons se dessiner sur ses bras et je le suis du bout de l'index tandis que j'ajoute, la voix rauque :

– On s'est fait tellement de mal, Reid. On a été des météorites dans la vie de l'autre. On a tout explosé sur notre passage quand on s'est écrasés. Et on a laissé des cratères si gros qu'ils seront toujours visibles, même s'ils s'estomperont avec le temps.

Il m'attire alors à lui et me serre si fort qu'il pourrait m'étouffer. Mais c'est toujours comme ça avec lui, pas de demi-mesure, aucune nuance, que du noir ou du blanc.

Je m'agrippe à lui, le nez contre sa gorge.

– Tu penses qu'on va y arriver ? demande-t-il.

– Arriver à quoi ?
– Se supporter ?
Je lâche un petit rire narquois.
– J'arrive à supporter le fait que tu dormes avec des chaussettes, que tu arraches toujours les étiquettes au bout des sachets de thé et que le fil tombe constamment dans l'eau, que tu te lèves pour aller aux toilettes au moins une fois par nuit, que tu retires tes chaussures sur le paillasson de dehors et que tu préfères tes toasts sans rien dessus. Crois-moi, on va y arriver.
– Venant d'une femme qui trempe la mie de son pain dans l'eau, je pense que tes commentaires sont déplacés.
J'éclate d'un rire rauque qui résonne autour de nous.
– Donc c'est ce dont il est question, rétorqué-je, se supporter ?
Je me recule pour pouvoir le regarder droit dans les yeux.
– C'est un peu plus que ça, répond-il.
– Un peu plus comment ?
– Un peu plus comme une relation professionnelle améliorée.
– Un peu plus comme une relation professionnelle améliorée et amicale ?
– Un peu plus comme une relation professionnelle améliorée, amicale et sexuelle.
Je me mordille la lèvre en le regardant par-dessous mes cils. Chaque fois que je fais ça, son regard se voile de désir.
– Un peu plus comme une relation professionnelle améliorée, amicale, sexuelle et amoureuse ?
Mon cœur s'enraye. Et je sens le sien faire de même.
Amour.
Le mot est tombé. Il résonne entre nous. S'étire. Prend de l'ampleur.
L'intensité de cet instant me trouble tellement que ma gorge est bloquée. Reid s'en rend compte, car son pouce vient caresser mon cou. Il appuie légèrement, comme pour prendre mon pouls, puis son regard plonge au fond du mien.

Ce que je ressens alors me fait frissonner.

– Je sais, mon amour, dit-il. Je sais.

Il m'attire à lui, presse ses lèvres contre les miennes, comme un baume dont j'ai besoin chaque foutue seconde du jour et de la nuit. J'enfouis ensuite mon nez dans son cou et il embrasse ma tempe, remplissant mes poumons de son parfum.

– Empêche-moi de tomber encore plus amoureux de toi, murmure-t-il contre ma peau brûlante.

– Seulement si tu m'empêches de tomber encore plus amoureuse de toi.

Et mon cœur éclate.

***

Plusieurs heures plus tard, nous poursuivons toujours notre objectif de ne faire plus qu'un, étant donné que nous sommes avachis sur mon canapé. Je ne sais pas trop où se termine mon corps et où commence celui de Reid. C'est un message sur son téléphone qui nous sort de notre léthargie dégoulinante d'amour. Et je n'arrive pas à croire que je viens de penser ça. Sérieusement, en plus.

Reid tend le bras vers la table basse pour saisir son portable et consulte le message entrant. Son front se plisse aussitôt et mon sang ne fait qu'un tour dans mes veines.

– Qu'est-ce qu'il se passe ? fais-je d'une voix dans laquelle perce mon inquiétude.

– Je vais devoir retourner à Édimbourg. Il faut que j'arrive à réserver un vol pour demain.

Nos regards se croisent enfin. L'inquiétude se jette sur moi, comme une vieille ennemie que je pensais ne plus jamais croiser. Cependant, Reid doit voir mon trouble sur mon visage, car il explique aussitôt :

– Je dois faire un dernier déplacement pour la galerie.

Mon souffle se bloque quelque part entre mes poumons et ma gorge. Je me redresse, comme si j'avais mal entendu.

– Un dernier ?

– J'ai pris contact avec un gestionnaire pour la galerie. C'est quelqu'un qui connaissait mes parents.

Je n'en reviens pas qu'il ait enfin franchi le pas. Et je n'arrive pas à croire qu'il me l'annonce comme si ce n'était pas la plus grande nouvelle de l'année.

– Quand l'as-tu appelé ?

– Je lui ai envoyé un message pendant qu'on attendait notre petit déjeuner ce matin, au comptoir. Et il semble partant.

Je sens soudain un sourire étirer mes lèvres, à tel point que j'en ai mal aux joues.

– C'est génial, Reid ! Quelqu'un d'aussi enthousiaste est un bon début. Je suis très heureuse pour toi que tu aies réussi à prendre cette décision.

Mais je fronce ensuite les sourcils devant l'expression de Reid. Il paraît aussi terrifié qu'excité par ce nouveau chapitre de sa vie.

– Qu'est-ce que tu en penses ? demandé-je, comme si je marchais sur des œufs. Comment tu te sens ?

– Même si rien n'est encore signé, je suis partagé entre appréhension et soulagement. J'ai tellement envie de me consacrer uniquement à mes romans. Mais j'ai peur de regretter d'avoir abandonné la galerie à un inconnu…

– Ce n'est pas tout à fait un inconnu, Reid. Il connaissait tes parents.

Il prend alors une longue inspiration, puis ses bras se resserrent autour de moi et il cale son menton au-dessus de ma tête.

– Il faut que je le rencontre, ce sera décisif, déclare-t-il. Mais avant ça, je vais aller faire un dernier tour en Écosse pour la galerie et mes parents.

Il embrasse le sommet de mon crâne, puis ajoute :

– Je serai rapidement de retour. Promis.

***

Reid m'embrasse si longtemps avant de monter dans son taxi qui l'emmènera à l'aéroport que, pendant une seconde, j'ai peur qu'on choque un ou deux enfants. Quand il me relâche finalement, son regard est ombré de désir et ses lèvres sont rouges.

– Je t'aime, murmure-t-il avec un sourire en coin.

– Je t'aime, réponds-je au moment où il se glisse dans l'habitacle et claque la portière, tout en m'adressant un dernier clin d'œil.

Il ouvre aussitôt la fenêtre au moment où le chauffeur démarre et me lance, l'air insolent :

– Tu feras attention, mais tu es littéralement en train de fondre sur les pavés. Ressaisis-toi !

J'ouvre la bouche pour rétorquer, mais la fenêtre s'est refermée et le taxi est déjà loin.

Cet homme ne paie rien pour attendre.

Je fixe encore un instant la rue, comme une amoureuse transie, puis me souviens que j'ai une dignité à sauvegarder. Je tourne alors les talons et prends la direction de la galerie Atlas. Hier soir, après que Reid m'a appris qu'il devait retourner en Écosse, j'ai décidé de profiter de ce temps libre pour régler le dernier problème en cours dans ma vie. Autant m'occuper et éviter de compter les heures en attendant le retour de mon Highlander préféré. J'envoie un texto à Annabelle :

[Je m'apprête à confronter la fille du Satan.]

[Taylor Swift ?]

[L'autre.]

[Selena Gomez ?]

J'éclate de rire et réponds :

[Leonora, la meilleure amie de Reid.]

[Ce mec a une meilleure amie, Lila.
Rien que ça, c'est un drapeau rouge.]

[Ou peut-être le signe que
c'est un homme équilibré capable
d'avoir des relations platoniques
avec des femmes ?]

[Je suis toxique ? Ou c'est toi qui es naïve ?]

Mon portable annonce aussitôt l'arrivée d'un deuxième message.

[Mais rappelle-moi pourquoi
tu vas directement au Purgatoire ?]

[Il faut que je pèse mon cœur
pour savoir si je mérite la vie éternelle.]

[Et si ton cœur est si lourd
qu'il casse la balance ?]

[Tu as une vision de moi
qui me fait hausser un sourcil.]

[Dois-je te rappeler que tu es
le genre de fille qui a un jour volé
la glace d'un enfant parce qu'elle
avait une gueule de bois ?]

Je me défends aussitôt :

[Il n'en voulait plus. Il me l'a même tendue.]

[Il voulait te la montrer, Lila.]

[Toutes les histoires ont deux versions, Annabelle.]

J'arrive devant la galerie Atlas et lui envoie un dernier message.

[Si je ne t'ai pas donné
de nouvelles d'ici une heure,
fais-toi belle pour passer à
Faites entrer l'accusé.
Dis au public que j'étais
quelqu'un de bien.]

[J'essaierai d'y penser.
Entre deux descriptions
de ton corps en morceaux.]

Je range mon portable et prends une longue inspiration, avant d'entrer. Derrière le comptoir de l'entrée, le regard de Leonora passe aussitôt du chaleureux au glacial, façon Ted Bundy, le tueur en série. Ses cheveux sombres sont tressés en couronne autour de sa tête et elle porte de lourdes boucles d'oreilles en forme de goutte dorée. Son maquillage donne l'impression qu'une professionnelle vient de terminer le travail. À côté, le mien paraît être celui d'une gamine qui a utilisé la palette aux couleurs criardes qu'elle a reçue à Noël.

Cependant, quand je me retrouve face à elle, je la vois se serrer les doigts, comme si elle hésitait entre le malaise et l'inquiétude. Rien à voir avec l'assurance insolente à laquelle elle m'a habituée.

– Reid n'est pas là, lance-t-elle aussitôt.

Sourire serait aussi inutile que du papier bulle autour d'une peluche, si bien que je choisis de jouer franc-jeu.

– Tu aurais quelques minutes à m'accorder ? Je ne suis pas venue pour Reid.

Les épaules de Leonora, drapée dans un haut vert sapin qui lui va à merveille – je suis bien obligée de le reconnaître, même si ça me donne des aigreurs d'estomac – s'affaissent légèrement. Son front se plisse et une expression étrange passe sur son visage, comme si elle redoutait cette discussion. Éprouverait-elle des remords après ce qu'elle a provoqué en me poussant dans le bureau des parents de Reid ?

Elle acquiesce puis me montre le petit salon d'attente aménagé de l'autre côté de la pièce.

– Je ne peux pas m'absenter de l'accueil, explique-t-elle quand nous nous asseyons. Est-ce que tu voudrais boire quelque chose ? grimace-t-elle ensuite.

Elle est indéniablement mal à l'aise et je dois retenir un sourire amusé.

– Ça ira, je te remercie.

Elle me jette un regard en coin que j'intercepte.

– C'est étrange, non ? fait-elle.

– On ne s'est jamais parlé aussi longtemps.

– Je pense que tu as une image de moi qui est loin de la vérité. Et ça me travaille beaucoup.

– Tu es responsable de l'image que tu m'as renvoyée, lui fais-je remarquer en arquant un sourcil.

– J'en suis consciente, reconnaît-elle avec l'ombre d'une grimace. Et je te remercie d'être venue, peu importe pourquoi, parce que ça fait plusieurs jours que j'essaie de rassembler mon courage pour te contacter.

– Et tu as échoué, visiblement.

– Avec les félicitations du jury, admet-elle en lâchant un petit rire sans joie.

Elle se tient droite, les mains appuyées sur ses genoux.

Elle plante son regard sur moi après quelques tentatives pour m'éviter.

– Je te présente mes excuses, Lila, dit-elle alors en vidant ses poumons dans une longue expiration. Je n'aurais pas dû interférer entre Reid et toi. Je ne t'ai pas laissé le bénéfice du doute.

– Tu as réagi comme beaucoup d'amis auraient réagi, réponds-je. Tes excuses me font plaisir, et je ne t'en veux pas pour ça. Par contre, je t'en veux pour la peine que tu as infligée à Reid.

Elle arque alors un sourcil noir parfaitement dessiné.

– Tu te soucies de lui à ce point ?

– Pourquoi est-ce que tu es étonnée ?

– Parce que le peu que je sais de toi, Lila Tristen, c'est que tu as créé une réaction en chaîne cataclysmique qui a bouleversé la vie de Reid.

– Et j'ai énormément de culpabilité et de remords. D'ailleurs, ils prennent dorénavant tellement de place dans ma vie que je devrais leur donner un nom.

– Brutus, Zeus, Charlie…

– Des noms de chien ?

– Ce serait dans le thème. Brutus m'a REMORDu…

J'ouvre la bouche, mais quelques secondes passent avant que j'arrive à répondre :

– C'est la pire blague que j'ai jamais entendue.

Leonora pince les lèvres et hoche plusieurs fois la tête, admettant sa défaite.

– La vision que j'ai de toi vient de passer de « en cours de traitement » à « votre demande a été rejetée ».

Elle éclate de rire et j'esquisse un sourire en coin. Elle est moins froide qu'elle me l'avait laissé penser. Finalement, Reid a peut-être décidé volontairement de faire d'elle son amie. Parce que jusqu'à présent, je pensais que leur amitié était le fruit d'un quiproquo dont Reid allait se rendre compte incessamment sous peu.

Mais j'ai quand même l'impression de ne pas être face à la même personne qui m'a accueillie à la galerie la toute première fois, comme si j'étais un Serpentard débarquant chez les Gryffondor.

Je prends une longue inspiration pour me reconcentrer sur le but de ma visite :

– Toujours est-il que je suis venue ici parce que je pense que ça compte qu'on se parle, toutes les deux. Pour moi. Pour Reid. Et peut-être pour toi.

– Ton geste compte pour moi, puisqu'il compterait pour Reid. J'apprécie, renchérit-elle, mais j'ai vraiment besoin de t'entendre me dire que tu feras tout ce qu'il faut pour le rendre heureux.

– Je ne sais pas faire autrement que tenter chaque jour de le rendre heureux. Même si je suis un peu une météorite dans sa vie, qui s'écrase sur lui avec la force d'un coup de tonnerre. Avec Reid, j'ai la délicatesse d'un marteau-piqueur.

– Il adore ça, rétorque Leonora avec un regard entendu.

– Je compte sur toi pour le lui rappeler si jamais son état d'esprit change un jour, répliqué-je, l'air goguenard.

– Combien tu me donnes ?

– J'accepte de supporter tes blagues pourries, contente-toi de ça !

***

Quand je rentre chez moi après ma réconciliation avec Leonora, je fais face au désordre sans nom que Reid et moi avons laissé. Je n'aurais jamais cru qu'une déclaration d'amour inespérée et en retard de deux ans puisse faire autant de dégâts.

Je commence à trier mes affaires et les siennes, avant de me laisser tomber sur le canapé. Je sens alors quelque chose dans mon dos, entre le dossier et le coussin, puis passe la main derrière moi…

Et découvre le passeport de Reid.

Pas celui d'il y a deux ans. Mais celui qui est à jour et qu'il aurait dû prendre avec lui aujourd'hui.

Bordel. De. Merde.

Est-ce que le destin a envie de gagner l'oscar de la blague la plus douteuse ?

Mon cœur s'emballe aussitôt, mon visage me chauffe et mon cerveau se met à réfléchir à toute allure. Un millier de questions s'enrayent dans mon esprit et me donnent le tournis. Des images de cette fameuse nuit, il y a deux ans, se superposent à la réalité, là maintenant.

Mais je sais ce que je dois faire. Je le sais avec une telle clarté que je suis déjà debout en train de faire ma valise avant même d'avoir pris la moindre décision.

31

Reid

Quand je réalise que je n'ai pas mon passeport et que je l'ai sûrement oublié chez Lila en réservant mon billet d'avion hier, j'ai la sensation d'étouffer. Pendant une seconde, je revis cet instant terrible où je venais de me rendre compte que je ne pourrais pas monter dans l'avion qui m'aurait ramené auprès de ma mère mourante. Ce souvenir est tellement réel que je fais quelques pas en arrière, le visage glacé et des fourmis dans les jambes.

Je quitte la file de voyageurs qui attendent devant le contrôle de sécurité pour reprendre mon souffle loin de la foule. Il faut que je me raisonne. Le karma joue actuellement les enfoirés, mais tout va bien. Ça va me coûter une blinde, mais je peux manquer ce vol et prendre le prochain après être retourné chercher mon passeport chez Lila. La situation est loin d'être grave. Elle ne l'est même pas du tout, il faut vraiment que je me remette les idées en place.

Je sors mon portable de ma poche et réalise que mes doigts tremblent.

– Putain…

Je m'apprête à appeler Lila pour qu'elle vérifie pour moi que mon passeport est bien chez elle, quand je vois une ombre féminine se glisser dans mon champ de vision.

Mon cœur manque un battement.

Mon cerveau disjoncte.

Je lève les yeux et croise le regard chaud de Lila.

Et je retombe amoureux.

Elle est là, devant moi, une petite valise à côté d'elle et mon passeport dans la main. Dire que j'ai envie de bondir sur elle pour la serrer aussi fort que possible et inspirer son odeur jusqu'à en avoir la tête qui tourne est un euphémisme.

Je vais épouser cette femme. Ou l'épouser *encore*.

– Mademoiselle Cyrus, lui lancé-je, narquois.

J'essaie de garder un air détaché, mais ma voix s'enraille, trahissant mes émotions.

– Monsieur Fraser, répond-elle avec une ombre de sourire aux lèvres.

– Vous allez quelque part ?

– Je donne l'impression d'aller quelque part ?

– Vous donnez l'impression d'être sur le point d'utiliser illégalement un passeport qui ne vous appartient pas pour quitter le pays.

– Ou plutôt de sauver la mise à l'homme qui a une fâcheuse tendance à partir sans ses affaires…

Je lâche un petit rire et réponds :

– J'ai l'impression qu'on vient de conjurer le mauvais sort.

Je tends les bras pour l'attirer à moi. Sa poitrine rencontre mon torse, sa chaleur me fait un bien fou, son parfum balaye les effluves de peur que j'ai ressentis quelques instants auparavant. Elle est à sa place, tout contre moi. Et je réalise à quel point j'ai besoin d'elle pour ce voyage. À quel point j'ai besoin d'elle tout court.

– Tu viens avec moi, dis-je.

C'est seulement un constat et je sens le sourire de Lila contre mon torse.

– Bien sûr.

– Pour nous construire là où tout a commencé, c'est l'idée ? murmuré-je à son oreille.

– Nous reconstruire, corrige-t-elle.

Nous montons dans notre avion, à des places différentes étant donné que Lila a réservé un vol de dernière minute, mais ça ne nous empêche pas de nous retrouver à de multiples reprises. Parce que cette nana est à moi et que je veux que tout l'avion le sache. C'est tout. Ça n'a rien à voir avec le fait que je suis complètement dingue de cette fille et que je ne peux pas m'empêcher de passer une seconde loin d'elle…

Bon, en fait, ça a tout à voir avec ça.

Et c'est pour cette raison que je compte les heures que dure mon rendez-vous à Édimbourg, tandis que Lila est rentrée seule à la maison de ma famille. Quand le rendez-vous s'achève enfin, je saute dans un taxi pour la rejoindre. Tandis que les pierres sombres des façades d'Édimbourg défilent devant mes yeux, ensuite remplacées par les collines piquetées de cottages, je ne peux ignorer le sentiment étrange qui crépite dans ma poitrine. C'était la dernière fois que je me déplaçais en tant que gérant de la galerie Atlas. Certes, j'en serai toujours le propriétaire, mais ce sera différent. Je me demande ce qu'en penseraient mes parents, avant de me souvenir que faire parler les fantômes n'est pas la bonne solution pour regarder vers l'avenir.

En parlant d'avenir, je paye mon chauffeur une fois arrivé devant la maison, puis me retiens de courir jusqu'à la porte. Quand je rentre, l'odeur de bois ciré et de feu de cheminée me redonnent de l'énergie.

Je rentre dans la cuisine et trouve Lila assise en tailleur sur l'une des chaises, son ordinateur portable ouvert devant elle. Je dépose le sachet que j'ai rapporté et qui dégage une odeur de pâte feuilletée et de fruits encore chauds.

– Tu as des dons de devin, me lance-t-elle en guise de salutations. Je meurs de faim.

– C'est dans l'air écossais, rétorqué-je avec un clin d'œil. Les druides ont souillé l'atmosphère pour des générations.

Je sors ensuite mon portable et mon portefeuille, avant de jeter le tout sur la table et de faire signe à Lila d'approcher.

– Viens là.

Elle se lève lentement, marche vers moi en plantant son regard perçant dans le mien, puis jette ses bras autour de mon cou et s'empare de ma bouche. Elle lâche un gémissement quand mes dents agressent sa lèvre inférieure, puis quand ma langue se fraie un chemin entre elles. Son dos heurte le mur derrière elle et je comble le dernier écart entre nous. Mes paumes sont sur ses joues et inclinent son visage dans l'angle que je souhaite. Je l'embrasse comme si je ne l'avais pas fait depuis des lustres.

– Comment s'est passé ton rendez-vous ? demande-t-elle, sa bouche encore collée à la mienne.

– Très bien, nous allons pouvoir lancer une nouvelle exposition à la fin de l'année. Mais je n'ai pas vraiment pas envie de parler boulot, là tout de suite, ajouté-je en écrasant de nouveau mes lèvres sur les siennes.

– Je crois plutôt que tu n'as pas du tout envie de parler, raille-t-elle, insolente.

– Oh si, j'ai envie de parler : déshabille-toi, allonge-toi sur la première surface plane que tu trouveras et écarte les cuisses.

– Que tu es bavard ! se moque-t-elle.

– Qu'est-ce que tu fais encore là ? Il me semble avoir ordonné quelque chose.

– Ce n'est pas un ordre que j'ai entendu.

– Qu'est-ce que c'était alors ?

– Une supplique.

Je lâche un ricanement que Lila étouffe d'un baiser avant de me prendre la main et de m'entraîner jusqu'à l'escalier. Nous montons jusqu'à ma chambre et je n'attends pas qu'elle ait refermé la porte pour prendre son visage entre mes mains et l'embrasser de nouveau, cette fois-ci plus langoureusement. Ma langue cherche la sienne, ma paume recouvre sa nuque et incline son visage. Du pouce, je caresse la peau tendue de son cou et la sens déglutir. Des frissons naissent sous ma paume.

Je sens alors que son désir est en train de grimper en flèche quand ses doigts se frayent un chemin sous ma chemise, tirent sur les boutons, tracent des chemins brûlants sur ma peau. Plus la passion monte, plus notre baiser est affamé, grisant, d'une douceur presque maladroite tant elle est impatiente. Ses cheveux s'emmêlent entre mes doigts, se glissent entre nos bouches quand nous reprenons notre souffle.

N'y tenant plus, je glisse une main le long de son dos, mes doigts franchissent la barrière de sa culotte et agrippent l'une de ses fesses. Un gémissement lui échappe et je la plaque contre ce qui palpite entre mes cuisses. Nous mimons l'acte, avec une lenteur presque insoutenable.

Nos vêtements tombent au sol les uns après les autres, le bruissement du tissu s'ajoutant à celui de nos souffles hachés et de nos baisers fiévreux. Je plaque Lila contre le mur, cale l'un de ses genoux sur ma hanche et caresse du pouce sa bouche gonflée. Elle le lèche, le regard planté au fond du mien. Je glisse la pulpe de mon doigt sur son menton, le long de son cou, sur la courbe d'un de ses seins, autour de son mamelon, me délectant des soupirs qu'elle pousse et de ses ongles qui se plantent dans mes épaules. Je descends plus bas, autour de son nombril, puis entre ses jambes. Je fais le tour de son clitoris, tout en faisant coulisser mon sexe contre sa fente, créant une friction tellement incroyable que j'appuie mon front contre le sien en laissant échapper un râle de plaisir.

– Reid ?

– Hmm ?

– Fais-moi plaisir et appuie sur mon clitoris.

Je manque éclater de rire.

– Le mot magique ?

Nos regards s'aimantent.

– Je t'aime.

Chaque fois que j'entends ces trois mots dans sa bouche, une sensation d'euphorie me gagne et me donne l'impression d'être le mec le plus chanceux du monde. Et j'ai envie de lui demander de le dire encore, parce qu'entendre Lila Tristen avouer ses sentiments est terriblement excitant.

– Je t'aime tout autant, mon amour.

Mon pouce vient enfin jouer avec elle. Je la sens frissonner, jusqu'à ce qu'elle s'agrippe tellement à moi qu'elle ne touche plus le sol que du bout de l'orteil. Au moment où je sens monter son orgasme, sa main se fraie un chemin entre nos deux corps luisants de sueur et me guide à l'intérieur d'elle. Je me crispe aussitôt, par réflexe.

– J'ai fait les tests il y a peu de temps, je suis clean, tu me fais confiance ? fais-je – et je me demande comment j'ai pu réussir à poser une question aussi sérieuse alors que mon sang est actuellement concentré entre mes jambes.

– Je le suis aussi. Et je te fais confiance.

– Dans ce cas, je…

Et je lâche une flopée de jurons quand Lila bascule des hanches, ce qui me pousse en elle de quelques centimètres. Elle se cambre, ses épaules contre le mur et ses bras autour de moi. Sans prévenir, elle se hisse davantage en enroulant ses jambes autour de mes hanches et s'empale complètement sur moi.

C'est donc à ça que ressemble le paradis ?

– Tu vas me tuer, gémis-je, incapable d'avoir la moindre pensée cohérente tandis qu'elle monte et descend sur toute ma longueur, agaçant, attisant.

Elle me torture lentement, doucement, et je sens bientôt qu'elle est sur le point de craquer. Je le sens à l'instant où ses muscles se crispent autour de moi et que sa bouche forme un O parfait. Ses paupières se ferment presque et j'étouffe ses gémissements d'un long baiser, glissant une main sous ses fesses pour la faire pivoter et l'allonger sur mon lit.

Je reprends le contrôle du va-et-vient avec une lenteur presque insoutenable. Mais *insoutenable* est le mot-clé dans cette phrase, car je sens bientôt une vague monter et gagner en intensité. La tension s'épaissit, encore et encore, puis j'implose. Je grogne quelque chose d'inintelligible et Lila m'attire à elle pour m'embrasser et cueillir les dernières miettes de mon orgasme. À bout de souffle, je me laisse aller contre sa poitrine, tout en prenant garde à ne pas mettre tout mon poids sur elle.

Le silence s'étend sur la chambre, à peine troublé par nos souffles hachés. Je serre Lila encore plus contre moi, le nez dans ses cheveux, avant qu'elle ne retrouve ma bouche et m'embrasse comme si elle avait déjà envie de recommencer.

– Tu m'as tué, confirmé-je d'une voix rauque alors qu'un dernier frisson me secoue.

– Tu sais ce que disait Baudelaire sur l'orgasme…

– Le plaisir qui tue.

– De vrais littéraires… raille-t-elle.

J'esquisse un sourire et me glisse sur le côté pour prendre Lila contre moi. Je ferme les yeux et savoure chaque seconde, une petite voix dans ma tête me répétant à quel point j'ai de la chance d'être ici et maintenant, avec cette femme à mes côtés.

***

Je sais que je me suis endormi quand j'entends mon portable vibrer. Je me réveille soudainement alors que je suis empêtré dans Lila, ne sachant pas vraiment où se termine mon corps et où commence le sien. Son parfum est sur moi, en moi, mélangé au mien. Et c'est tellement bon que j'ai envie de laisser sonner mon téléphone. Le problème, c'est que ça pourrait être le boulot.

Je me sépare à contrecœur du corps brûlant de Lila pour tendre le bras vers mon pantalon échoué au sol et tirer mon portable de ma poche. Je reste dans le lit, quitte à la réveiller, parce que j'ai retenu la leçon la dernière fois. Je préfère être prudent et ne pas lui faire peur inutilement en quittant la chambre pendant qu'elle dort. Et ce genre de considération ne me serait jamais venu à l'idée avant. Les choses ont visiblement bien changé.

Je décroche en lisant le nom de Leonora.

– Bonjour, tout va bien ? demandé-je le plus bas possible.

Leonora comprend aussitôt que je ne suis pas seul.

– J'aimerais que nous parlions un peu, Reid. Ça me bouffe cette distance. On se connaît depuis longtemps, on peut passer au-dessus de ça. Je ne suis pas ton ennemie.

– Bien sûr que tu ne l'es pas. Mais il y a des choses qui ne se font pas entre amis.

– Je l'ai découvert. J'ai retenu la leçon, crois-moi.

Je me passe une main dans les cheveux, tire dessus, puis pousse un long soupir.

– Je suppose que tout va bien à la galerie ?

– Tout va bien.

– Merci de t'occuper de tout pendant que je ne suis pas là.

– C'est la moindre des choses. Je m'en veux Reid. Je n'aurais pas dû envoyer Lila dans le bureau de tes parents. Si j'avais voulu pousser les choses entre vous, c'est vers ton bureau que j'aurais dû la diriger.

– Le problème n'est pas vraiment le bureau de mes parents, tu sais. C'est plutôt le fait que je n'arrive pas à savoir si tu voulais te débarrasser de Lila ou non. Est-ce que tu pensais que je la jetterais dehors en la voyant dans le bureau de mes parents ? Ou est-ce que tu voulais vraiment déclencher un électrochoc entre nous ?

– Reid ! s'insurge-t-elle aussitôt. Jamais je ne me serais servi de tes souvenirs, de ton drame, pour servir mes intérêts ! Et puis tu me connais, enfin ! Je sais que Lila t'a fait beaucoup de mal, et je n'étais pas très fan de sa présence au début, mais je suis ton amie, je serai toujours là pour t'épauler dans tes décisions. Et si pour toi Lila est un choix, alors je serai là en renfort si besoin, que ça se passe bien ou mal. Voyons… soupire-t-elle ensuite, je voulais juste provoquer les choses entre vous. Pour toi. Je voyais que tu te retenais, que tu étais enchaîné à tes souvenirs, à la peur de les affronter… Et j'ai voulu te donner un coup de pouce.

En vérité, ça n'a pas vraiment de rapport avec Lila, mais tout à voir avec toi.

Je médite les paroles de Leonora qui me rassurent, même si j'en étais déjà convaincu. L'entendre me le dire n'est qu'un rappel que cette nana ne veut que mon bien. Le problème, c'est que ses méthodes sont douteuses. Elle préfère casser la vitre pour entrer alors que la porte est grande ouverte.

– Je suis content d'entendre tout ça, Leo. On ira discuter autour d'un café à mon retour, d'accord ?

– J'ai hâte, si tu savais. Tu rentres quand ?

Je réalise alors que je n'en ai pas la moindre idée. Je pose les yeux sur Lila, et vois qu'elle s'est tournée vers moi et me regarde.

– Quand je serai prêt, réponds-je alors.

– *Est-ce que je peux lui parler ?* articule silencieusement Lila.

J'arque un sourcil, pas vraiment certain que ce soit une bonne idée.

– *Allez*, m'encourage-t-elle.

Je pousse un nouveau soupir et ajoute à l'intention de Leonora :

– Il y a quelqu'un qui voudrait te parler…

– Lila Tristen en personne, je suppose ? ricane Leonora.

– Dans le mille.

– Passe-la-moi.

Je tends mon portable à Lila avec la sensation de lui confier les codes de l'arme nucléaire. Je m'enfonce dans les draps, comme s'ils pouvaient m'avaler.

Lila se redresse, couvre sa poitrine d'une main, puis répond :

– Je n'aurais jamais cru que ce moment se produirait un jour.

Elle lâche un ricanement après la réponse de Leonora, puis elles bavardent comme si c'était la chose la plus normale au monde, putain. Elles partent toutes les deux dans quelques fous rires inattendus et j'ai la désagréable sensation d'être de trop.

Qu'est-ce qui est en train de se passer, bordel ?

– Il faudrait qu'on aille boire un thé, un café ou quelque chose, tu ne crois pas ? s'enquiert Lila.

Puis elle ajoute, après la réponse de Leo :

– Moi aussi, j'en ai envie. À très vite alors, dit-elle avant de raccrocher.

Et elle me regarde, les yeux écarquillés.

– Elle est sympa !

– Tu en doutais ? raillé-je.

– Mets-toi à ma place.

– Effectivement, je reconnais. Leo n'était pas très amicale.

– Aussi amicale qu'un scalpel.

Épilogue

Lila

– Pourquoi est-ce que le quatrième étage serait mieux que le troisième ? réplique Reid en se passant une main dans les cheveux, geste qui manque me faire oublier le sujet de notre conversation.

Presque.

– Parce que c'est le dernier et qu'il n'y a aucun bruit au-dessus de nos têtes. Je pense t'avoir déjà prouvé que si quelqu'un veut faire du bruit et faire de ta vie un enfer, il peut.

Pour changer, Reid et moi sommes assis sur les marches des escaliers entre son étage et le mien. Nos voisins ont arrêté de se poser des questions, se contentant de nous saluer et de continuer leur chemin. Certains lèvent encore les yeux au ciel, comme s'ils comprenaient quelque chose qui nous échappe encore, à Reid et moi.

– Le mien est mieux agencé, argumente Reid. La cuisine est mieux disposée, on peut mettre une table supplémentaire.

– Mais le mien est plus lumineux, parce que je suis au-dessus de l'immeuble d'en face, donc pas de vis-à-vis. D'ailleurs, c'est un autre argument, ça : pas de vis-à-vis. On peut sortir de la salle de bains totalement nu, peu importe l'heure de la journée ou de la nuit.

Reid pose sur moi un regard arrogant.

– Tu penses m'avoir avec une vision de toi nue ?

– Je pense t'avoir avec la possibilité de faire des cochonneries dans chaque mètre carré de mon appartement, n'importe quand.

– J'ai l'impression d'être un obsédé quand tu parles de moi.

– Obsédé de moi, c'est certain, mon cher.

Reid lève les yeux au ciel, puis me donne un coup d'épaule en sortant un paquet long et rectangulaire de son sac.

– En parlant d'obsession de toi… dit-il en me le tendant.

Je l'interroge du regard, mais quand je prends le paquet, je sais aussitôt ce dont il s'agit. Mes yeux s'écarquillent, mon cœur s'emballe. Ma bouche s'ouvre et Reid y dépose un baiser.

– Il a été imprimé ? Pourquoi tu ne me l'as pas dit ? je m'insurge.

Je déchire l'emballage et découvre le fruit du travail de Reid, ce même travail qui nous a rapprochés et qui a fait que nous sommes là, aujourd'hui. Nous avons d'ailleurs décidé de continuer à travailler ensemble, même si j'ai depuis accepté la proposition d'Annabelle de travailler dans sa librairie. Je suis devenue son associée et j'ai l'impression d'être sur le point de commencer le boulot de mes rêves.

L'illustration de couverture est magnifique, un paysage écossais qu'il a dessiné un soir, près du feu. Son nom se découpe en lettres noires en relief et je ne peux m'empêcher d'y passer mes doigts, comme si je n'arrivais pas à croire que ce livre soit enfin entre mes mains. C'est un ouvrage qui a une signification particulière, car c'est le premier d'une longue série à laquelle il va pouvoir se consacrer pleinement, maintenant qu'il a cédé la gestion de la galerie Atlas à un gestionnaire de renom et ancien ami de ses parents. Et puis, Leonora sera toujours là pour veiller à ce que tout se passe bien, quitte à rendre ce pauvre gestionnaire totalement fou.

J'ouvre le livre, tourne la première page et découvre que Reid a dédié cet ouvrage à ses parents. Et mon cœur chancelle.

– Oh, Reid… fais-je dans un souffle, le regard fixé sur le

nom de ses parents.

Je feuillette silencieusement ce livre que je connais par cœur, mais qui paraît différent imprimé, comme s'il avait soudain pris de la valeur. J'arrive à la page des remerciements et mon cœur se fige cette fois-ci définitivement.

Mon nom.

Il n'y a que mon nom.

J'ouvre la bouche, mais aucun son n'en sort. Je tourne la tête vers Reid, qui esquisse un sourire en coin.

– Merci, dit-il. Merci pour tout ce que tu as fait pour moi et qui fait que tu es assise là, avec moi. Et merci de ne pas te mettre à hurler comme je m'y attendais.

J'éclate de rire.

– J'ai failli, réponds-je. Mais Reid, je ne méritais pas d'être la seule dans tes remerciements, enfin !

– Si tu n'avais pas été là, ce livre n'aurait pas vu le jour.

– Si je n'avais pas été là, ce livre aurait été terminé plus tôt, le contredis-je.

Reid lâche un rire rauque.

– Tu mérites tout, ma grande.

Je prends une longue inspiration, troublée par son geste.

– Dire que tu ne voulais pas de moi au début…

– C'est bien résumé.

– Dire que je t'ai forcé à vouloir de moi.

– Ne te donne pas autant d'importance, raille Reid.

– Trésor, je suis la seule personne de tes remerciements. J'ai *autant* d'importance, je lui rappelle. J'en ai même tellement que c'est dans mon appartement que nous allons vivre.

– Rien à voir.

– Tu transmettras tes commentaires à mon secrétariat, à partir d'aujourd'hui.

– Personne ne pourrait travailler pour toi. C'est bien pour ça que tu as toujours travaillé pour moi et que c'est dans mon appartement que tu vas emménager.

– Mon secrétariat, lui rappelé-je.

Reid me donne un coup d'épaule.

– Tu veux bien me le signer ? je demande alors, parce que c'est ce que j'attends depuis déjà de longues minutes.

– Tu n'as pas peur que je raye ton nom, du coup ?

– J'en rachèterai un, rétorqué-je.

– Bonne idée, ça me rapportera des droits d'auteur.

– Que tu dépenseras en m'offrant le dîner de ce soir.

Je lève les yeux au ciel et lui tends le livre. Il sort un stylo et se met à griffonner dans son coin, en tenant le livre suffisamment loin pour que je ne voie rien.

– Si tu dessines des pénis ou des seins, je te jure que…

Reid me tend le livre pour me faire taire. Je l'ouvre aussitôt en lui lançant un regard suspicieux.

Un regard que j'écarquille dès qu'il se pose sur la dédicace de Reid.

Il nous a représentés, tous les deux sur les marches de ces mêmes escaliers entre son étage et le mien. Une place que nous avons tant occupée ces derniers mois, parce qu'elle nous rappelle ce par quoi nous sommes passés pour en arriver là.

Reid a dessiné des bulles au-dessus de nos têtes.

Mais ce n'est ni son tracé parfait ni les bulles qui volent mon souffle et font s'emballer mon cœur. C'est ce qui est écrit à l'intérieur de la bulle au-dessus de la tête de Reid.

Tu ne voudrais pas m'épouser ?

Je fixe la question, comme si j'étais entrée en transe. Mes doigts se mettent à trembler. Je relève la tête vers Reid, un milliard de questions dans les yeux, une réponse qui se presse contre mes lèvres.

Je tends la main et lui vole son crayon pour remplir la bulle au-dessus de ma tête.

– *« Sérieusement ? »* lit Reid quand je lui passe le livre.

Cet échange silencieux est meublé par le martèlement fou de mon cœur et par toutes ces paroles que nous mourrons d'envie de laisser sortir. Mais c'est ça, notre marque de fabrique, des réponses du tac au tac ou un calme peuplé d'illustrations.

– *« Je n'ai jamais été aussi sérieux, mon amour »*, lis-je quand Reid me redonne le livre, que je manque faire tomber tant mes doigts tremblent.

Des frissons grimpent mon dos, des papillons s'échauffent dans mon ventre, prêts pour le bouquet final.

Je reprends alors le crayon et écris un énorme OUI sur toute la page. J'entends Reid retenir son souffle, avant que je ne tourne le livre dans sa direction.

Il éclate tout à coup d'un rire rauque puis tend les mains vers moi pour m'attirer à lui. Je me coule dans ses bras, le livre pressé entre son cœur et le mien, ma bouche scellée à la sienne.

– Reid, chuchoté-je quand j'arrive enfin à me détacher de ses lèvres, est-ce que ce ne serait pas le moment de te rappeler que nous sommes déjà mariés ?

Le rire de Reid fuse de nouveau. Ce rire, je veux l'entendre jusqu'à la fin de mes jours. Il glisse ensuite sa bouche près de mon oreille et murmure, hérissant ma peau de frissons :

– Et je pense quant à moi que c'est le moment de te rappeler qu'il est temps de faire les choses dans l'ordre.

Je lève les yeux au ciel, et ces fichus papillons s'envolent.

FIN

Extrait
Royal Bodyguard
Aimée Lou

1

Léonard

Alors que la pièce est plongée dans l'obscurité, je fixe un point invisible au plafond, retrouvant peu à peu l'usage de la vue. La migraine a fini par disparaître après des heures à tenter de trouver le sommeil.

Prescription du médecin : dormir.

Sauf que j'en ai marre de rester allongé dans mon lit à longueur de journée. J'ai passé des semaines à me reposer à l'hôpital, entre les visites du personnel médical pour vérifier mes constantes et celles de mes proches. Maintenant que je suis rentré au palais, je n'ai qu'une envie : retrouver un semblant de vie normale et de liberté.

Mais ce n'est pas près d'arriver. Après ce qu'il s'est passé et la frayeur que j'ai causée à ma famille, je vais devoir faire une croix sur mon indépendance pour un très, très long moment. Déjà que je n'en avais pas vraiment, maintenant ça risque d'être pire. Je soupire, dépité, et me recroqueville sur le côté, le regard perdu sur le parquet en bois massif de ma chambre.

Le point positif – s'il y en a au moins un à soulever dans cette situation déplorable –, c'est que je peux enfin échapper au rituel – et rébarbatif – emploi du temps qu'on me colle sur le dos depuis que j'ai l'âge de parler. Fini les programmes réglés à la seconde près.

Je m'étends à nouveau sur le dos et passe un bras sous ma nuque, veillant à ne pas brusquer mes gestes, au risque de raviver les maux de tête. J'humecte mes lèvres sèches et expire bruyamment.

Tous les appareils électroniques ont été enlevés de ma chambre, pour que ma période de convalescence se passe au mieux et pour éviter d'accentuer les migraines. Même mon réveil qui projetait l'heure sur le mur. Celui que j'ai reçu à Noël, quand j'avais 10 ans, et qui ne m'avait jamais quitté. Ou alors c'est moi qui l'ai enlevé.

Mon moi d'avant.

Ma gorge se serre à la simple pensée de cette personne que j'ai oubliée. Séquelles collatérales, qu'ils disaient, à l'hôpital. Moi, j'appelle ça une putain de tumeur. Presque deux ans de ma vie effacés en une fraction de seconde, et j'ai l'impression que c'est tout mon monde qui s'est écroulé.

Vingt-quatre mois, c'est long. Surtout quand on en est privé.

J'étouffe soudainement dans cette pièce que je connais par cœur mais qui, aujourd'hui, me donne l'impression d'être un étranger. Je m'assois au bord du lit avec une extrême prudence, puis me lève. Je guette un vertige qui ne vient pas, les deux mains en suspens, prêtes à retenir un choc brutal sur le sol. Rassuré de voir que mon corps se remet progressivement de ses traumatismes, j'avance d'un pas mesuré jusqu'à la porte de ma chambre. Je l'ouvre doucement et analyse la luminosité du couloir. Tous les rideaux sont fermés, isolant complètement ce côté du palais du monde extérieur. Un rire amer s'échappe de ma gorge tandis que je marche jusqu'aux escaliers de service. J'ai l'impression d'être dans une prison, ou dans un hospice. Un grand hospice.

Ça me donne envie de hurler. Je suis simplement blessé. Pas fou.

Je descends les marches une à une, sans croiser âme qui vive. Ce n'est pas pour me déplaire, mais je ne devrais pas me retrouver seul dans mes quartiers. D'habitude, ça grouille de monde. Si ce n'est pas un domestique qui veille sur moi, c'est au moins un garde du corps. Là, c'est le désert. Ma présence a-t-elle au moins été annoncée aux employés ? Qu'on ne me fasse pas croire que tout le monde est occupé ailleurs. Ma sœur m'a confié que notre père avait doublé ses effectifs de sécurité. C'est difficile à croire, là, tout de suite.

Je longe le couloir vide jusqu'à la première pièce de l'aile des domestiques, puis en traverse une autre pour arriver enfin devant la porte de la cuisine. Elle est entrouverte, et avant que je pousse le lourd battant en bois, des rires et des voix me parviennent aux oreilles.

– … Tout est relatif, mon cher Jörgen. Un accident de cette ampleur peut provoquer de nombreux dégâts internes. Sera-t-il au moins capable d'assurer encore son rôle après ce qu'il a subi ? Pour le moment, difficile de répondre à cette question. Et je doute fort que la famille royale divulgue ce genre d'informations. Cela semble peu probable, en effet. Mais en attendant, nous sommes ravis de savoir le prince rentré chez lui. Comme la plupart des Saryhans, nous sommes encore hantés par ces images…

Je ferme un instant les yeux, car une sensation particulière me comprime l'estomac. J'ai eu le droit de regarder les photographies de mon accident une fois, lors de mon séjour à l'hôpital. Pour tenter de m'aider à me rappeler ce qu'il s'est passé et comprendre les raisons pour lesquelles je me suis retrouvé dans cet état. Amputé de vingt-quatre mois de ma vie, comblés par des maux de tête, des vertiges et ces fichus hématomes que les jours n'ont toujours pas effacés.

Ça n'a rien donné, et je n'ai jamais eu l'occasion de les revoir. Je soupçonne mes parents de ne pas avoir été avertis en amont de cette affaire de photos, et d'avoir interdit toute récidive aux médecins pour me protéger.

Je déglutis, abattu, et pousse la porte pour pénétrer dans la cuisine. Mon attention se porte immédiatement sur la petite télévision, dans l'angle de la pièce.

« … ou bien sa jeune sœur. Je doute qu'une femme soit capable d'exercer les fonctions royales. Ah ! Ah ! Ah ! Nils, vous n'avez plus qu'à prier pour que le prince Léonard n'ait pas à céder sa place… »

Ma mâchoire se serre d'agacement quand j'entends ces absurdités et j'aperçois une silhouette se matérialiser dans mon champ de vision. Je tourne la tête et rencontre deux billes marron. La jeune femme bondit et manque de faire tomber le sac de pommes de terre qu'elle tient dans les mains.

– Votre Altesse royale, dit-elle en faisant une révérence.

L'employée dépose ensuite le filet sur la table centrale, où d'autres légumes trônent, avant de se précipiter jusqu'à l'écran de la télévision, qu'elle éteint.

– Gustav n'est pas là ? m'étonné-je.

J'inspecte la cuisine vide de tout personnel.

– Non, Votre Altesse. Il est avec Sa Majesté le roi.

Elle baisse la tête sur son tablier qu'elle lisse nerveusement d'un geste de la main. Son visage m'est totalement inconnu et je me raidis de frustration.

Séquelles collatérales.

– Puis-je faire quelque chose pour vous, Votre Altesse ?

Tout à coup, je prends conscience que je ne me souviens plus ce qui m'a poussé à marcher jusqu'ici. Je me sens soudain mal à l'aise, face à cette jeune femme.

– Non, ça ira. Merci…

Je laisse le dernier mot en suspens, espérant qu'elle en profite pour me donner son prénom que je connais certainement, mais que j'ai oublié.

– Helle, Votre Altesse.

Cette fois, c'est moi qui fuis son regard. J'incline la tête et au lieu de rebrousser chemin, je prends la porte qui mène aux jardins avec empressement. Je suis enveloppé par le bruit de mes pas sur les graviers alors que je traverse l'allée en direction de l'arrière du bâtiment, à l'abri de toute fenêtre. Je m'adosse à l'immense mur de la façade, la tête contre les pierres dures, et ferme les paupières, éprouvé. Le bruit rassurant des oiseaux qui chantent et des branches d'arbres qui dansent avec le vent apaise mon trouble. Il fait froid, pour un mois d'octobre, mais, habitué aux températures négatives, je ne bronche pas.

Une fumée s'échappe de mes narines à chaque expiration, et une furieuse envie de cigarette me prend. Je n'ai jamais touché à ça. Pas même lorsque j'ai fait les quatre cents coups avec mes cousins, durant notre adolescence. Déjà parce que ça ne m'a jamais attiré, ensuite parce que c'est loin de s'accorder avec la bienséance. Surtout pour le prince héritier. Ou alors, il faut le faire en secret. Mais développer une addiction, quelle qu'elle soit, est loin d'être la conduite à adopter pour un homme de sang royal.

Pourtant, j'ai cette étrange sensation que c'est ce que mon moi d'avant l'accident faisait. Garder des secrets. Et un sentiment d'amertume mêlé à de l'impuissance me prend aux tripes. Je m'accroupis et plonge mon visage dans mes mains, tentant de faire cesser la brûlure qui me pique les yeux.

Et si je ne retrouvais jamais mes souvenirs ?

Je glisse mes doigts dans mes cheveux en désordre, avant de sursauter en entendant des pas se rapprocher.

Ils font rouler le gravier, et quand je redresse la tête, une silhouette est dressée devant moi. Je ne distingue pas les traits de l'individu, assombris par le soleil qui brille dans son dos, et me relève rapidement, le cœur battant. Ma vision se trouble et un étourdissement me force à m'appuyer sur la façade pour me stabiliser, tandis qu'une main chaude s'accroche à mon bras.

– Ça va ?

Le mouvement de recul que provoque ce geste et cette familiarité que l'homme se permet me déstabilisent de plus belle, et je me cogne contre le mur. Il fait un pas en arrière, visiblement surpris lui-même par ce qu'il vient de faire. Sa nouvelle position, dans son costume impeccablement taillé, éclaire sa peau d'un rai de lumière. Son visage inconnu s'ajoute à la longue liste des séquelles collatérales, et mon ventre se tord douloureusement. Sa mâchoire carrée est dénuée de barbe et ses traits anguleux étonnamment séduisants me surprennent. Il baisse les yeux tout en inclinant la tête. Il a les cheveux noir ébène, rappelant la couleur sombre de ses iris et de sa tenue. Et lorsqu'il reporte son attention sur moi, les sourcils froncés, son regard s'obscurcit. Mais j'aperçois au fond de ses yeux la même lueur que j'ai décelée dans ceux de la jeune femme, Helle : de la pitié. L'amertume me monte à la gorge et je serre les dents.

– Votre Altesse.

Je réponds en silence à sa révérence et le contourne. Un nuage de parfum me pique le nez, et je m'éloigne prestement, le souffle court. Je me suis très rarement retrouvé désarmé face à des situations. Depuis que je suis né, j'ai appris à bien me comporter, à contrôler mes gestes, à être fort, à reconnaître les personnes qui m'entourent ou à faire semblant. Aujourd'hui, c'est différent. Tout est si différent. Je pensais que mon retour à la maison serait plus agréable que la chambre d'hôpital impersonnelle, mais je me suis trompé. Et je ne sais pas ce qui me blesse le plus : la honte de ma condition, l'émotion que cela provoque dans le regard des gens que je croise ou l'impuissance que cela me fait ressentir.

***

Affalé contre la tête de lit, dans la chambre de ma sœur, je l'observe réajuster, une à une, les épingles qui serrent son chignon parfait. Elle est rentrée depuis quelques minutes de l'Institut Buxom. Elle y suit des cours trois matinées par semaine, en plus de ceux donnés à la maison par ses professeurs particuliers. Nos parents ont toujours mis un point d'honneur à nous faire étudier à l'extérieur. Malgré nos programmes stricts, ils voulaient nous permettre de partager des expériences humaines avec des personnes de notre âge, qui ne faisaient partie ni de notre entourage, ni de notre rang. Entendons-nous bien, « de notre rang » signifie simplement « de sang royal ». Puisque Buxom est un établissement scolaire tout de même réservé à l'élite de Saryha.

Ces années d'insouciance me manquent. J'ai quitté les bancs de l'école il y a plus de quatre ans, après avoir passé mon diplôme et être enfin devenu majeur. Depuis, je suis surtout mon père dans certains de ses déplacements, je le seconde au Conseil et réponds à mon rôle de prince héritier. Des journées longues et barbantes, que je me fais un plaisir d'oublier parfois avec mes amis les plus proches. Ceux que tu rencontres au collège ou au lycée et que tu ne lâches plus, même des années après. Ceux sur qui tu peux toujours compter, même si la vie te donne des responsabilités qu'eux n'auront jamais. Et qu'ils sont loin de t'envier. Prince à 22 ans ? Il n'y a que dans les livres d'adolescentes que ça fait rêver. Dans la vraie vie, c'est surtout un cadeau empoisonné. Le truc dont tu as envie de te défaire mais pour lequel tu es né.

– Pia ?

Une mèche blonde ondulée tombe sur ses épaules, que ma sœur replace en vitesse, et elle me lance un coup d'œil dans le reflet du miroir. J'inspire, gêné par ce que je m'apprête à lui demander. J'ai passé plusieurs jours à l'hôpital, et quand elle me rendait visite, elle n'était jamais seule. Mes parents sont restés chaque seconde. Chaque visite était contrôlée. Même celles de mes amis. Les ordres du médecin-chef étaient clairs : ne pas parler de l'accident, de mes séquelles, de ma vie d'avant.

Soi-disant pour me ménager.

Au fond de moi, je sais surtout que cela venait de notre père, inquiet de voir mon état se détériorer si on m'accablait de souvenirs oubliés. Comme un prince, j'ai obéi sans broncher. Ne demandant jamais à personne quoi que ce soit, sachant pertinemment que ce n'était pas le bon moment. Je voulais aussi me préserver. Vingt-quatre mois, c'est une éternité. Surtout lorsque tu essayes de te les remémorer. Même si je l'avais voulu, mon cerveau ne m'aurait jamais permis de réfléchir et d'assimiler correctement. Entre migraines et fatigue, j'étais dans un brouillard complet. Dès que j'essayais un tant soit peu de me concentrer, ma tête me faisait défaut. Mais ce soir, c'est différent. Je sais que je suis encore un peu faible, mentalement et physiquement, mais j'ai besoin de ce travail. De ces souvenirs. De refaire fonctionner ma mémoire. Pour mon bien. Ma santé. Mon équilibre. J'ai besoin de me rappeler, ou au moins de tenter. Les chances de tout récupérer sont faibles, voire nulles. Mais le neuropsychologue a indiqué que je me devais d'essayer.

– Que s'est-il passé pendant deux ans ? demandé-je avec assurance.

Les mains en suspens au-dessus de sa chevelure, sa mine se fige, autant de surprise que d'inquiétude.

– C'est peut-être encore un peu tôt pour tenter de te souvenir, tu ne penses pas ?

– S'il te plaît, ne fais pas comme tout le monde, soupiré-je. Ne me couve pas. Je n'en peux plus d'être traité ainsi. Tu sais aussi bien que moi comme cela peut devenir frustrant.

– Je ne le dis pas pour t'embêter, tu le sais bien.

Elle fait pivoter son siège, les cheveux impeccablement plaqués.

– Je n'ai pas envie que tu ailles trop vite, et que ça entraîne des séquelles plus importantes que celles que tu as déjà.

– Tu veux dire que je sois encore plus amoché ? Plus amnésique ?

J'émets un rire jaune avant de reprendre :

– Impossible. Je ne vois pas ce qui pourrait m'arriver de pire. J'ai oublié deux putains d'années.

– Si père t'entendait jurer…

– Père n'est pas là.

– Tu sais que nous nous inquiétons, ce n'est pas contre toi.

– J'en ai conscience. C'est pour cela que je te le demande à toi.

– Très bien, capitule-t-elle.

Pia place ses mains sur ses cuisses, puis se lève gracieusement. Elle s'assoit au bout de son lit et pose son regard clair dans le mien. Nous avons hérité des yeux de notre grand-mère, la reine Margreth, un mélange de bleu et de gris. Sur ma sœur, ils sont magnifiques.

– Que veux-tu savoir ?

– Tout.

Elle sourit en secouant la tête avant de commencer :

– Ce n'étaient pas des années si différentes des autres.

Tu as passé le plus clair de ton temps à étudier et à suivre père. Vous avez souvent été en déplacement, les premiers mois. Vous avez suivi les travaux de restauration de la bibliothèque de Gugraad. Vous vous y rendiez au moins une fois par semaine. Mère vous accompagnait parfois, mais le reste du temps, elle était ici. Tu sais comme elle aime tout diriger, au palais.

J'esquisse un sourire entendu. Si notre père est plutôt porté sur la politique du royaume, notre mère préfère les affaires internes. Elle gère l'image de la famille d'une main de maître, organise toutes les réceptions et s'occupe du bon fonctionnement du domaine.

– Puis, pendant l'inauguration, vous avez rencontré les habitants, écouté leurs doléances…

Pendu à ses lèvres, je tente de créer, dans ma tête, une image de chaque événement auquel elle fait référence. En vain. Tout me semble si abstrait et irréel. C'en est presque angoissant, mais je fais taire cette désagréable sensation d'un mouvement de tête.

– … Tu as été envoyé comme représentant, avec mère, lors d'une cérémonie, au mois d'août de cette année, pour célébrer la mémoire des soldats tombés pour Saryha.

– Où se trouvait père ? m'intéressé-je.

– Dans mon souvenir, il était à un conseil exceptionnel pour la réforme budgétaire refusée par le gouvernement.

Elle fixe le ciel clair, à la fenêtre, en réfléchissant.

– Nous avons participé à des galas de bienfaisance.

– Classique.

– Nous avons également célébré les 25 ans de Magnus.

Je grogne et bascule la tête en arrière, butant contre l'oreiller dans mon dos, déçu d'avoir raté la soirée d'anniversaire de mon cousin.

– C'était grandiose. Tu connais oncle Harald, toujours dans la démesure.

Je hausse les sourcils en secouant la tête, amusé. Elle

me relate d'autres événements, et je l'écoute avec attention, tentant d'ignorer la migraine qui pointe le bout de son nez par l'activité que j'impose à mon cerveau.

– Je pense que j'ai fait le tour, hum…

Elle réfléchit une seconde, ouvre la bouche, puis la referme.

– Comme tu peux le constater, ce sont deux années ordinaires, conclut-elle sans conviction.

Je plisse les paupières, perplexe, et la fixe avec insistance. Elle se lève, m'ignorant ostensiblement.

– Pia, l'avertis-je.

Elle ne répond pas et retourne s'asseoir sur son fauteuil pour s'asperger de laque.

– Pia, que s'est-il passé d'autre ?

Je me redresse, prêt à la rejoindre. Elle souffle de résignation et se mord la joue.

– Tu m'as avoué quelque chose, plusieurs jours avant ton accident.

Mon cœur s'emballe et je me redresse pour m'installer au bord du matelas.

– Tu m'as fait promettre de ne rien dire. C'était assez décousu, tu n'as pas été très précis. C'était au petit matin, tu venais de faire le mur pour aller en soirée.

Rien d'étonnant. J'avais déjà l'habitude de le faire, plus jeune, et je suis content de voir que je n'ai pas échappé à cette coutume, ces deux dernières années.

– Tu m'as déclaré fréquenter quelqu'un.

L'aveu provoque une sensation étrange dans mon estomac. Je me sens fébrile et glisse un doigt tremblant sous le col de mon pull. Dans les souvenirs qu'il me reste d'avant, je ne me rappelle pas avoir rencontré qui que ce soit de particulier. Ce qui signifie que ça s'est passé durant la période de black-out, et je me sens mal pour cette personne qui fait désormais partie des séquelles collatérales, alors qu'elle partageait une partie de ma vie.

– Tu ne m'as pas dit qui c'était, tu comptais me l'avouer par la suite. Tu m'as seulement confessé que ce n'était pas… enfin.

– Que ce n'était pas quoi ? l'interrogé-je, impatient.

Mon sang pulse dans mes veines, et j'ai presque du mal à respirer correctement. Ce n'est pas tant l'idée que je sortais avec une femme qui me perturbe, mais surtout que je suis certainement en train de la faire souffrir. Je ne me souviens pas d'elle.

– Que ce n'était pas quelqu'un de notre… rang.

– Tu veux dire une duchesse ou une comtesse ?

– Non.

Elle se tait un instant, laissant les battements de mon cœur résonner dans mes oreilles. Cette fois, je panique.

– En fait, c'était une roturière.

Le choc fait réapparaître la migraine instantanément. Je frotte mes tempes par mouvements circulaires et réguliers, à l'aide de mes index.

Une roturière.

Comment est-ce possible ? Qu'est-ce que j'ai foutu ?!

– Mais comment l'ai-je rencontrée ?

– Je n'en sais rien. Tu étais tellement heureux de me raconter tout cela. Si tu avais vu ton visage. Tu avais des étoiles plein les yeux. Tu avais un discours qui n'avait aucune cohérence, je ne saurais pas te répéter les mots que tu as employés, ce matin-là. Je n'ai pas réussi à te faire avouer depuis combien de temps vous étiez ensemble, mais tu parlais d'abdiquer pour elle.

J'accuse le choc difficilement.

Abdiquer.

C'en est trop pour moi. Je me lève, manquant de m'effondrer au sol à cause du vertige qui me surprend.

– Léo, s'inquiète Pia.

Elle se précipite à mes côtés, me soutenant de ses bras fins.

– Je savais que je n'aurais jamais dû t'en dire autant, c'était trop tôt.

Je secoue la tête, luttant pour que la pression dans mon crâne disparaisse et me permette de reprendre possession de mes esprits. J'aimerais la rassurer, mais je n'y arrive pas. Je n'ai qu'une seule envie, me plonger dans le noir pour faire cesser ce mal de tête qui me broie de l'intérieur. Je ne sais pas comment je me retrouve dans mon lit, mais les draps doux et l'odeur réconfortante de ma chambre me font sombrer dans un sommeil profond.

2

Léonard

Le bureau de mon père est un endroit que j'ai toujours apprécié. L'odeur familière de bois mélangée à celle des vieux livres me fait directement retomber en enfance. Lorsqu'il me proposait de lui tenir compagnie, tandis qu'il s'abandonnait à ses tâches administratives, je jouais aux échecs dans l'angle de la pièce, contre moi-même. Je m'amusais à me défier, à trouver des stratégies pour contrer mes propres progressions.

Du haut de son mètre quatre-vingts, il n'a pas perdu le charme qu'il avait plus jeune. Les photos ne trompent pas, c'était un bel homme, et ça l'est encore. Ses cheveux ne sont plus blond doré comme les miens, mais tirent davantage vers un gris foncé. Les ridules autour de ses yeux et celles, plus grosses, barrant son front témoignent d'un état soucieux qui ne semble jamais le quitter. Et ses épaules, jadis carrées, se sont affaissées à force de porter le poids du royaume de Saryha. Pourtant, il reste impressionnant. Je ne suis plus un enfant, mais je le regarde toujours avec autant d'admiration.

Le bruit de mes pas est étouffé par la moquette bordeaux quand je traverse son bureau pour le rejoindre. Il est debout, face à la fenêtre, les bras croisés. Et lorsqu'il m'entend, il pivote, un sourire tendre sur le visage.

– Vous m'avez fait appeler, père ?

– Oui. Nous devons discuter.

Sa voix est douce mais ne cache pas une certaine

sévérité. Attitude qu'il se doit d'adopter, en sa qualité de roi. Je hoche la tête, la bouche sèche d'appréhension. Lorsque je me suis réveillé, il y a maintenant trois semaines, dans ma chambre d'hôpital, j'ai tout de suite remarqué les nouvelles rides qui striaient son visage, entre ses sourcils. Et j'ai été foudroyé par l'inquiétude et la tristesse qui ternissaient son regard. Ces mêmes émotions que j'ai constatées chez ma mère. Je les retrouve encore, en ce moment même, alors qu'il me fixe, et j'ai l'impression qu'elles ne veulent plus le quitter.

– Je voulais vous présenter vos nouveaux gardes du corps.

Il lance un coup d'œil par-dessus mon épaule, et je me retourne. Trois hommes se tiennent derrière moi, immobiles. Le regard rivé devant eux, ils gardent leurs mains dans leur dos et ne sourcillent pas, même lorsque je les jauge. Je ne les avais pas vus en pénétrant dans la pièce, trop obnubilé par mon paternel, son aura si particulière et les souvenirs que ces lieux font naître en moi. Un tube acoustique transparent s'échappe de leur oreille droite et disparaît sous le col de leur chemise sombre. Positionnés de la sorte, ils ressemblent à des statues taillées dans du granit noir. Mon attention se porte sur l'un d'eux, à l'extrémité gauche du trio, dont le visage me semble familier. Une joie inattendue m'irradie, mais elle s'étiole dès que je percute pourquoi je pense le reconnaître. Il ne fait pas partie du pan de ma mémoire perdue. C'est simplement l'homme qui m'a découvert à l'arrière du bâtiment, ce matin. Un sentiment de déception me comprime l'estomac, et je pince les lèvres, cachant mal le désarroi qui me tiraille. Le poids de mon regard perturbe sa concentration, et il accroche ses deux iris noirs aux miens. Je m'agite imperceptiblement et détourne la tête pour reprendre ma position initiale. Pourtant, mon cœur, lui, n'arrête pas sa course folle dans ma poitrine, et ma nuque me picote.

– Sergent-chef Svensen, adjudant Bakke et capitaine Galbero, respectivement Rock, Fox et Nine.

Je zieute furtivement les trois hommes, avec une moue amère.

– Où est Mads ?

– Il fait partie de ma garde personnelle, désormais, puisqu'il est devenu le chef de la sécurité, annonce mon père.

Je grimace, irrité d'apprendre cette nouvelle. Mads a toujours été mon garde du corps. Il m'a vu grandir et nous avions développé une relation de confiance. Il ne posait pas de questions et me laissait faire ce que je voulais, comme l'adolescent que j'étais et l'adulte que je suis devenu. Comment a-t-il pu m'être enlevé ?

– L'agent Nine s'occupait déjà de votre sécurité, ces deux dernières années. Il connaît toutes vos habitudes.

Je me renfrogne à la suite de ce second aveu. J'avais un nouveau garde du corps et je ne m'en souviens toujours pas. Je les lorgne avec dédain, sans qu'aucun d'eux me prête un regard.

C'est lequel ? Celui de droite doit être l'agent Bakke, surnommé Fox. Pas difficile à deviner, car ses cheveux tirent sur le roux. Alors qui, entre le grand dadais du milieu – dont la carrure doit compenser ce qu'il n'a pas dans la tête – et le brun à gauche – aussi taciturne qu'imposant – est le dénommé Nine ? Intérieurement, je prie pour que ce ne soit pas ce dernier. Parce que son profil saillant est affreusement séduisant et cela réveille dans mon estomac une réaction que je préfère étouffer.

Je fourrage mes doigts dans ma tignasse blonde et inspire un grand coup. Je ne prends même plus la peine de me coiffer le matin, vu que je ne sors pas. Je n'ai pas à faire l'effort d'être sous mon meilleur jour. Et ça me va.

Je déteste plaquer mes cheveux en arrière, ça me donne une étiquette que je n'ai jamais aimé avoir, celle du fils parfait. Être le prince héritier est déjà difficile à assumer. Lors des sorties officielles, je ne peux refuser. Chez moi, je préfère être naturel. Au grand dam de mes parents, qui sont souvent en train de me reprendre sur mon aspect négligé. Pourtant, j'ai toujours des pantalons parfaitement repassés – des jeans, occasionnellement s'ils ne sont pas troués –, des polos ou des pulls cintrés comme il faut, et je me force parfois à porter des chemises. Or, ils ne retiennent qu'une seule chose : les mèches qui me tombent devant les yeux. Mon paternel observe mon geste d'un œil résigné.

– J'ai renforcé votre équipe pour plus de sécurité. Ils vous suivront dans chacun de vos déplacements.

Même aux toilettes ? ai-je envie de contrer avec ironie. Mais je m'adresse au roi. Qu'il soit mon père n'y change rien. Je lui dois le respect, encore plus devant ses employés. Je savais que j'allais être surveillé à cause de cet accident, mais j'aurais préféré me tromper.

– Vous ne vous rendrez pas compte de leur présence. Seul le capitaine Galbero sera visible et à vos côtés en permanence.

Les derniers mots me font tiquer. Je retiens un soupir mais masque mal ma frustration.

– Depuis quand ai-je besoin d'un baby-sitter ? dis-je dans un élan de rébellion.

– Surveillez votre langage, Léonard.

Si je savais lequel des trois est ce Galbero, je le fusillerais du regard. Mads devinait quand s'effacer, quand j'avais besoin qu'il prenne ses distances, quand j'avais besoin d'être seul. J'aimais être avec lui. Cet autre agent, je ne le connais pas. Est-ce qu'au moins il ferme les yeux, comme Mads, sur mes sorties nocturnes pour rejoindre mes amis et échapper à mon rôle princier ? Peut-être va-t-il me faire vivre un enfer ? Déjà prisonnier de mon cerveau qui me fait défaut, je me sens davantage acculé par la situation. Mon paternel contourne le bureau et se positionne en face de moi.

– J'ai besoin de vous savoir protégé. Je ne supporterais pas un second accident.

Il a parlé d'une voix douce et je me demande si les bodyguards dans mon dos entendent cet aveu qui me déchire le cœur.

– Ils ne vont tout de même pas conduire à ma place, n'est-ce pas ? chuchoté-je, désabusé.

Mon père pose sa main sur mon épaule et effectue une pression qui se veut apaisante. En vain, car je sens mon sang battre dans mes tempes.

Bien sûr qu'ils vont conduire à ma place.

Je suis devenu un prince amnésique et dépendant. Fichu statut, fichue pression. Pourquoi diable me suis-je retrouvé dans cette situation ? Qu'a-t-il bien pu m'arriver pour que la voiture percute la barrière de sécurité et m'envoie droit dans le fossé ? Trop d'alcool ? Impossible, je ne prends jamais le volant après une soirée. Une pluie verglaçante ? Probable, c'est récurrent, dans ce pays où il neige quatre-vingts pour cent de l'année. Je n'ai eu aucune information. Je sais simplement qu'une enquête est ouverte pour déterminer les causes de l'accident. Mais une désagréable impression qu'on me cache quelque chose me percute de plein fouet. Ils ne m'affubleraient pas de trois gardes du corps, dont une ombre qui va me coller en permanence, s'il n'y avait pas un risque évident pour ma sécurité. Mais lequel ?

Mon père s'éloigne de moi et se replace devant la fenêtre avant de me congédier en silence. Je quitte la pièce sans un mot, résigné au sort qui m'est officiellement réservé. Je n'ai pas besoin de me retourner pour savoir qu'on me suit. L'opération garde renforcée est activée, et je grogne d'agacement en pénétrant dans ma chambre. J'ai envie de claquer la porte, mais me retiens. Ce geste n'aurait rien d'acceptable. Que dirait-on si on apercevait le prince se rebeller ?

Je m'affale sur mon matelas et remarque une ombre passer sous le liseré de la porte avant de se positionner juste devant. Pas besoin d'être devin pour savoir duquel des trois il s'agit.

Visible et présent en permanence.

***

Je masse mon front, ruminant contre la douleur qui se profile à l'horizon.

Ça ne s'arrêtera donc jamais ? Le médecin m'avait promis qu'avec le temps, les migraines disparaîtraient. Et ça m'épuise un peu plus chaque jour que ce ne soit pas le cas. Je me lève doucement de mon lit et parcours ma chambre, étudiant chaque recoin à la recherche d'un truc à faire pour penser à autre chose qu'à cette douleur sourde. Aucun garde du corps ne m'accueille, sur le seuil de ma chambre, quand je décide d'en sortir. D'abord étonné, je ne m'en formalise pourtant pas. Je déambule dans les couloirs du palais, croisant quelques domestiques qui me font une révérence, mais pas une trace de ma garde personnelle. Soulagé de pouvoir me déplacer entre les murs de chez moi sans être suivi, je poursuis mon ascension et passe devant la grande bibliothèque de l'aile ouest.

Je pénètre dans l'immense pièce remplie de livres, tire les portes coulissantes derrière moi, et longe les murs tapissés d'ornements. J'inspecte les ouvrages, de tailles et d'époques différentes, et en retire certains de leur emplacement. Lire ne me ferait sûrement pas de mal, et ça me permettrait de faire passer un peu le temps. Un bouquin en main, je m'apprête à m'asseoir lorsque je remarque une activité plus intéressante, dans le fond de la salle. J'abandonne l'ouvrage sur la table basse et me dirige vers le piano à queue, curieux de savoir si j'ai perdu de ma dextérité. Je ne joue plus depuis quelque temps, n'ayant jamais l'occasion de me poser. Mais là, c'est différent. Je n'ai rien d'autre à faire, et je ressens une certaine joie de retrouver cet instrument que j'affectionne depuis que je suis petit. Je me glisse sur le tabouret en velours, et caresse le clavier. J'appuie sur une touche, puis sur une autre, et les premiers sons font vibrer ma poitrine. S'ensuit une musique douce qui m'apaise instantanément et fait disparaître la douleur de ma tête. Je ferme les yeux, profitant de la mélodie qui s'échappe de l'énorme caisse en bois.

– Je doute que ce soit très recommandé, dans votre état, prince Léonard.

La voix grave me fait sursauter et mes doigts se figent, suspendus au-dessus des touches. Je pivote la tête et pose mon regard sur l'intrus. Dans son costume noir, les bras derrière le dos, il me fixe de son regard sombre. Mon corps se crispe, des pieds à la tête, et une chair de poule déroutante – que j'aimerais ne pas trouver aussi agréable – se propage sur mes bras.

Encore lui.

– Agent… ?

– Nine.

Ma respiration se coupe. Capitaine Galbero.

Pas lui.

Je serre les dents, refoulant ce que cet aveu est en train de faire remuer en moi, et aboie :

– Vous êtes médecin en plus d'être nourrice ?

Son visage se tord imperceptiblement d'agacement avant de redevenir impassible. Je reporte mon attention sur le piano, ne retenant pas le sourire fier qui étire mes lèvres. Déjà que je n'apprécie guère qu'on me dise quoi faire, alors quand ça vient d'un des hommes que l'on m'impose, j'ai juste envie de l'envoyer voir ailleurs. Il est sous le commandement de mon père, certes. Mais je suis le prince. Et on ne dit pas au prince ce qu'il devrait ou ne devrait pas faire. Seuls le roi, la reine et ma sœur peuvent se permettre ce genre de comportement. Sans plus lui accorder d'attention, je continue de jouer.

– Je suis votre garde du corps. Pas votre baby-sitter.

Je me stoppe, étonné.

– Je n'ai pourtant pas eu cette impression. Un bodyguard attend qu'on lui donne l'autorisation de parler. Sinon, il se tait.

Je reprends, ignorant la présence de Nine dans mon dos et l'attention que je sens rivée sur ma nuque. Je ne peux pas voir sa réaction, mais je suppose qu'il n'est pas content du ton que j'emploie. Qu'à cela ne tienne, je m'en moque. Il se permet des réflexions que personne ne devrait oser. Je ne sais pas comment nous nous comportions l'un avec l'autre durant ces deux dernières années, mais je n'aime pas sa familiarité. Je suis son prince, certainement pas son égal.

– Je suis là pour vous protéger, que vous le vouliez ou non.

– Alors protégez-moi en silence.

– Si cela implique de vous empêcher de trop stimuler votre cerveau, alors je prendrai la parole dès qu'il sera nécessaire. Votre Altesse.

Agacé, je pose mes mains sur mes genoux et me retourne pour lui faire face. La mâchoire tendue et les sourcils froncés, il m'étudie d'un œil sévère. Le rayon de soleil qui filtre par les deux grandes fenêtres se pose directement sur lui. Les traits de son visage sont harmonieux et vraiment plaisants. Difficile de ne pas remarquer sa beauté. Et je pense que c'est le genre d'homme que l'on remarque, qui plaît et qui doit faire tomber plus d'une femme. Mais dans ce costume noir et avec cet air arrogant plaqué sur la figure, il intimide. Ça ne m'étonne pas qu'il ait été embauché dans le service de sécurité. Il ne donne pas du tout envie de l'approcher. Même si moi, il est loin de réussir à me faire baisser les yeux, l'agent 009. Et j'aimerais surtout ne pas le trouver aussi séduisant, parce que ce n'est clairement pas le moment de combattre sur tous les fronts.

– Qu'allez-vous faire, si je ne veux pas ? M'attacher ?

Intérieurement, je ris. Lui reste silencieux, le regard braqué dans le mien. Une lueur étrange traverse ses pupilles, mais disparaît aussi rapidement qu'elle est apparue. Je me permets rarement ce genre de remarque, et je ne sais pas ce qui m'a pris de dire une chose pareille, qui plus est à voix haute.

– Ça m'apaise, confessé-je finalement. Les maux de tête ont disparu dès que j'ai commencé à jouer.

Les lèvres de Nine s'ouvrent, puis se referment.

– Et ça fait du bien d'être… normal.

Je jette un rapide coup d'œil à l'instrument de musique.

– Je serai dans le couloir, si vous avez besoin de moi.

Il incline la tête et s'éloigne à reculons, me lançant un dernier regard étrange. Je reprends ma place, puis lorgne les touches en écoutant les pas du garde du corps et le bruit des portes de la bibliothèque qui coulissent.

Je n'ai plus envie de jouer.

Et un poids indéchiffrable me comprime la poitrine alors que je me retrouve de nouveau seul.

Extrait
Back to Campus
Erin Graham

1

Ruben

Le temps peut engendrer des sentiments déroutants.

Comme l'amertume et la mélancolie. Le paradoxe entre la joie de fouler à nouveau ce sol qui m'a vu grandir et les regrets qui parsèment malgré moi mes souvenirs. Entre le parfum de la sérénité qui plane sur ce jardin qui m'entoure et l'angoisse qui m'attend à quelques pas.

Malgré les éclats solaires brillant à la surface du lac à une dizaine de mètres du bâtiment dans lequel je m'apprête à pénétrer, malgré le chant des oiseaux et mon retour au pays, un goût amer s'invite sur mon palais et des réminiscences obscures assiègent mon cerveau.

Par la vitre entrouverte, je donne une liasse de billets au chauffeur en le gratifiant d'un remerciement de convenance. Il ne prend même pas la peine de répondre et démarre sans attendre, en m'abandonnant sur le trottoir face à cette porte transparente et mécanique que j'ai appris à détester à une époque, symbole du désespoir et de la désolation.

Ironie du sort, j'ai fui cet endroit dès que j'en ai eu l'occasion pour mieux y revenir en urgence des années plus tard.

The Irish Hospital of New Valley.

Tout un programme. J'ai beau avoir connu bien pire depuis, la mort dans ses aspects les plus perfides et douloureux, cette porte restera à jamais mon pire souvenir. D'autant plus maintenant que je me vois obligé de la passer à nouveau, puisqu'elle se révèle être encore une fois la gardienne du destin d'une personne pour laquelle je serais prêt à tout.

Même si au premier abord, ce n'est certainement pas l'impression que j'ai pu donner à l'époque.

Bloqué là, sur le putain de bitume que mon esprit imagine aussi gluant qu'une saloperie de mélasse autour de mes semelles, je manque de courage.

C'est presque drôle. Le guerrier impuissant face à une simple surface en Plexiglas.

D'un geste, je mets en route mon arme ultime. Encore un souvenir, bon, cette fois. Un moyen de défense et de repli.

Toujours prévoir ses arrières.

Une reprise de « Time After Time[1] » retentit dans mes oreillettes alors que je relève mes Aviator[2] sur mon crâne et endosse mon sac en expirant lourdement.

« If you're lost you, can look and you will find me
Time after time
If you fall, I will catch you, I'll be waiting
Time after time »
(« Si tu es perdu, tu peux chercher et tu me trouveras
Chaque fois
Si tu tombes, je te récupérerai, j'attendrai
Chaque fois »)

---

1. Paroles de « Time After Time » Paroliers : Robert Hyman / Cyndi Lauper. © Warner Chappell Music, Inc.
2. Modèle de lunettes de soleil, marque déposée Ray-Ban.

Notre héritage. Quelques paroles ineffaçables. Quelques voix venues du passé pour pallier le manque et le vide ancré partout autour de moi, et surtout dans les rues de cette ville.

Mes doigts se crispent sur la lanière usée de mon paquetage alors que cette fois, j'oublie la terre rougie par le sang et le soleil trop fort que je viens de quitter, les raisons pour lesquelles j'ai demandé mon rapatriement en urgence, et passe cette foutue porte dont je n'entends presque pas le glissement significatif alors qu'elle s'écarte de mon chemin.

À travers les paroles de cette chanson que je connais par cœur, le fantôme de Sarina Holman, ma mère, fait une nouvelle fois son office. Tout comme les hommes et les femmes en blouse blanche se croisant autour de moi. L'odeur aseptisée des lieux s'évanouit au milieu des souvenirs de mon enfance, ceux qui ne quittent jamais complètement celui que je suis devenu. Je ne m'arrête pas plus sur les personnes aux regards ternes peuplant les coins, les sièges des salles d'attente et l'ascenseur que j'emprunte pour me rendre à l'étage des soins intensifs, secteur des « cas critiques ».

« I've got a suitcase of memories that I almost left behind
Time after time »
(« J'ai une valise pleine de souvenirs que je laisse
derrière moi
Chaque fois »)

– Je peux vous aider ?

Une femme se plante devant moi – une infirmière, je suppose, à sa blouse blanche et sa tenue de personnel de cet hôpital.

Nous y sommes. Plus moyen de prétendre que rien ne se passe, à présent. Aucun repli en zone neutre possible.

Je me résous à éteindre ma musique et à affronter la réalité en lui accordant toute mon attention. Ses yeux parcourent ma carrure, interrompent subrepticement leur course sur les plaques pendant à mon cou, et leur éclat inquisiteur s'adoucit immédiatement. L'effet « soldat » habituel. Qui ne succombe pas au charme de l'homme sacrifiant sa vie pour son pays ? Le sable du Moyen-Orient jonche très certainement encore mon crâne, et l'odeur de la misère doit sans doute toujours rôder sur ma peau, malgré les fringues civiles que j'ai pris le temps d'enfiler avant d'embarquer pour New Valley. L'horreur est un ennemi qui ne lâche jamais vraiment ses proies. Surtout lorsque ces dernières sont consentantes. Et je l'étais. Il m'a semblé une évidence, à l'époque, que combattre les misères d'inconnus serait plus vivable que d'affronter mon enfer personnel. On peut me qualifier de héros, alors qu'en réalité, mes choix auraient plutôt à voir avec de la lâcheté.

Quoi qu'il en soit, toute peine méritant salaire, mon engagement dans l'armée m'octroie sans nul doute un laissez-passer largement concluant et pour le moins arrangeant dans beaucoup de circonstances.

J'inspecte moi aussi, bien malgré moi, ce spécimen haut comme trois pommes qui me barre le chemin. Petit bout de femme brune physiquement sympathique sur lequel, à un moment plus propice, j'aurais sans doute pu arrêter mon attention.

Mais pas là.

– Je cherche la chambre de Kyle Holman. Enfin, non, je ne la cherche pas. Je connais sa chambre. 6C.

Elle plisse le nez, suspicieuse.

– Vous êtes ?

– Ruben Holman, son frère.

D'un geste précis, elle dégaine une montre gousset de sa poche de poitrine puis reporte son attention sur moi.

– Il est sans doute un peu tôt, mais j'imagine que vous

n'accepterez pas d'attendre sagement les horaires de visite ni l'arrivée du corps médical en charge de son dossier.

– Affirmatif.

J'ai déjà assez traîné comme ça. Mon frère est enfermé dans cet établissement depuis presque deux semaines maintenant, les deux semaines les plus longues de ma vie, et il est hors de question que je laisse la moindre minute supplémentaire m'éloigner de lui. Je pense que je me suis déjà largement fait attendre. Bien plus qu'elle l'imagine très certainement.

Elle tente de ravaler une grimace avant de tourner les talons.

– M. Holman nous a bien expliqué, à sa manière, que votre famille n'était pas du genre à se laisser imposer quelque règle que ce soit. D'autre part, même si l'état de votre frère ne s'est pas arrangé, il n'empire pas non plus, m'explique-t-elle en entamant la remontée du couloir sans se préoccuper du fait que je la suive ou non. Nous avons remarqué également que la présence des proches provoquait parfois des miracles dans ce genre de cas. Je vous demanderai simplement de ne pas crier, fumer, ou agir de manière inconsidérée durant la visite. Je préfère prévenir, nous avons vu tellement de choses invraisemblables dans ce service. Un homme totalement nu, une fois, qui semblait persuadé que sa femme retrouverait plus rapidement l'envie de se « réveiller » en voyant ce qu'elle perdait chaque nuit. Bref. Votre frère doit sans doute entendre et percevoir son environnement, même si je ne peux pas l'attester de manière certaine. Cela étant dit, je vous encourage à discuter avec lui. Je suppose également que vous demanderez un compte rendu sur son dossier, mais pour ce point, je laisserai le soin au Dr Smith de vous exposer la situation clairement. Il devrait passer dans la matinée.

Après son petit speech, elle s'immobilise devant une

porte grise, esquisse un sourire, sans doute destiné à me transmettre toute sa sympathie, et pousse le battant devant nous.

– Votre oncle est déjà présent. Bonjour, monsieur Holman. Je vous laisse donc… vous installer.

Je pénètre dans la pièce et la porte se referme derrière moi. J'avais beau m'être préparé, je plonge malgré moi dans l'horreur de la situation. Kyle, mon frère que je n'ai pas vu depuis presque cinq années, étendu sur un lit beaucoup trop blanc, branché à un tas de machines beaucoup trop nombreuses, dans une pièce beaucoup trop silencieuse. Habitué à la reconnaître, mon esprit perçoit la mort, lourde et implacable, qui plane entre ces murs et laisse entrevoir trop de promesses funèbres.

Une boule de rage plus que de tristesse s'installe dans ma gorge tandis que je dépose mon sac dans un coin de la pièce puis retire mes AirPods de mes oreilles.

– Tiens ! ricane une voix neutre depuis un siège installé près du lit mécanisé. Sergent Holman. Que nous vaut le plaisir ?

Mon oncle. Rick Holman. Je pourrais le qualifier de connard absolu, son petit sarcasme n'ayant clairement pas sa place aujourd'hui dans cette pièce. Cependant, je ne peux me résoudre à faire preuve de mauvaise foi. Je mérite amplement cet accueil. Même si notre dernière rencontre date de plusieurs années. Parce que, justement, notre dernière rencontre date de plusieurs années. C'est bien là tout le problème. Un problème cent pour cent issu de mes mauvais choix. Mes très mauvais choix.

– J'étais en OPEX[3], me contenté-je de répondre en massant ma nuque. L'armée juge elle-même des urgences.

Et c'est déjà incroyable que mes supérieurs aient accepté d'écourter d'un mois ma mission sur place. Même si elle

3. Opération extérieure, soit déploiement à l'étranger, hors du pays.

m'a demandé deux semaines avant mon départ, c'est quand même plus rapide que ce à quoi je m'attendais.

Mon oncle ne commente pas et, comme si ma présence ne lui faisait ni chaud ni froid, repart dans sa lecture du magazine de pêche posé sur ses genoux.

Réaction indifférente encore une fois méritée. Je ne m'attendais pas réellement à autre chose. Cela fait des années que je redoute ce retour aux sources. Le sort a voulu que je n'aie plus le choix ni le temps de l'appréhender.

Le sort, ou mon frère, pour le coup.

J'avance auprès de ce lit, décidant que le moment est venu d'affronter.

De l'affronter lui. Le corps de mon frangin, inerte et presque sans vie. On pourrait imaginer qu'il dort profondément et sereinement, ce que pensent sans doute d'autres personnes, à d'autres chevets dans cet étage de l'hôpital, nourrissant le secret espoir d'un monde idéal et sans douleur, mais la réalité est tout autre. Pas de repos mais la souffrance, morale en tout cas, d'une tentative de suicide mal gérée. Assez propre pour occasionner pas mal de dégâts, mais pas assez franche pour arriver à son but. Le juste milieu inacceptable. Je ne peux que me réjouir qu'il ait échoué dans son geste, tout en me mentant sur l'état dans lequel tout ceci l'a rendu. De plus, l'incompréhension globale de la raison de son geste n'arrange rien. Il n'a laissé que trop peu d'indices. Un message sur une boîte vocale d'une voix embrumée par l'alcool. Une route sinueuse en pleine nuit, une falaise. Une chute. Un coma. Tout un paquet de choses remises à leur place en prime, comme mon absence à ses côtés qui m'a percuté le crâne à l'annonce de la nouvelle. Je me persuadais que tout allait bien, parce que c'était plus simple ainsi, eh bien, là, je ne peux plus fermer les yeux. Rien n'allait bien. Et je n'étais pas là pour lui.

Dois-je me réjouir d'entendre son cœur battre à travers les machines, ou haïr l'univers qui me l'a rendu dans cet état ? Ou, plus probablement, me détester moi-même pour ce beau gâchis ?

J'attrape une chaise pour la rapprocher de ce lit morbide, mes jambes menaçant clairement de me lâcher. Mon frère, si jeune. Dans mon esprit, il reste le gamin que j'ai laissé derrière moi il y a des années. Une petite chose fragile souriant malgré tout ce que la vie nous avait réservé. Je le croyais tellement fort, presque au-dessus de tout ça…

Je me trompais.

Mon esprit s'embrume d'une tristesse bien plus atroce que celle qui s'impose à mon quotidien de soldat sur le terrain. Là-bas, la mort fait partie du lot. Mais ici… elle s'invite alors qu'elle n'a rien à y foutre…

Salope !

– Il en est où ?

Question stupide, sans doute. Il m'est d'avis que mon frère n'en est nulle part. Mais mon cerveau bafouille lui-même et je ne trouve rien de cohérent à dire. J'ai juste besoin que Rick me parle de lui. Peu importent nos différends, ils n'ont pas leur place ici.

– Hier, ils n'ont pas annoncé de changement, répond-il sans lever les yeux de son article. J'imagine qu'aujourd'hui, ce sera pareil. Je ne vois pas ce qui changerait… malheureusement.

J'observe les yeux de mon oncle, cernés et vitreux. Je décèle ce sentiment d'impuissance qui le ronge malgré lui. Sans doute la culpabilité, également. Trop de choses que je connais par cœur et contre lesquelles je n'ai jamais su réellement combattre.

D'un geste lent, hésitant, je pose la main sur le drap immaculé sur lequel repose celle de mon frère. Mes doigts réclament un contact, quel qu'il soit, avec lui. Dernier survivant de notre foyer heureux d'enfance. Ma dernière moitié.

Lentement, je glisse sur sa paume pour la déplacer et l'enlacer. Une tache sombre attire au même moment mes yeux à l'intérieur de son poignet. Un tatouage que je ne connais pas (l'inverse aurait été étonnant, Kyle n'avait que 17 ans lorsque je l'ai vu pour la dernière fois).

« 20 doigts enlacés
2 âmes enflammées
1 cœur partagé
L'éternité pour s'aimer. »

Mes rétines s'imprègnent machinalement de ces mots alors que mon esprit tente d'en comprendre la signification. Encore une fois, j'ai laissé un gosse fan de football et de jeux vidéo en partant d'ici. Un ado très loin d'un étudiant enclin à se tatouer des vers sur un poignet.

Mon attention remonte sur ses traits épuisés, légèrement tuméfiés, presque inconnus.

C'est fou comme cinq années peuvent transformer un enfant en adulte. Même si je connais ce visage par cœur, j'ai l'impression de le découvrir.

Je n'avais pas conscience du poids du temps. Cinq ans. Cinq ans passés si vite et en même temps si lourds entre nous. Mû par mon instinct, je me penche pour poser mon oreille sur son cœur. Les yeux fermés, je laisse les vibrations régulières calmer mes frayeurs. Je crois que c'est exactement ce que j'attendais, depuis l'annonce de l'accident. M'assurer par moi-même que la vie ne l'avait pas quitté totalement. Rester là, et m'en gaver. Jusqu'à ce que mon propre organe reprenne le rythme du sien. Jusqu'à ce que je me cale à son existence. Jusqu'à ce que mon âme juge suffisant cet instant de fusion à sens unique.

Au moins, ce subterfuge pour tromper ma culpabilité fonctionne à peu près. Ce qui est déjà pas mal.

Mon pouce caresse par réflexe la peau fine et douce

noircie par l'encre tandis que je me perds dans les détails que l'âge a imprimés sur son épiderme. Une petite cicatrice sous son oreille. Une barbe relativement fournie. Une allure plus… masculine.

– Ce tatouage n'est pas vieux, ronchonne Rick, le nez toujours plongé dans sa feuille de chou. Et avant que tu le demandes, je ne sais pas ce qu'il signifie.

J'ouvre la bouche pour poser la foule de questions qui se bousculent dans mon esprit. Parce que j'ai franchement l'impression de devoir rattraper toute mon absence. Un sentiment épais et désagréable d'avoir perdu le fil s'en prend férocement à ma bonne conscience, déjà bien mal en point.

– Depuis qu…

La porte de la chambre s'ouvre violemment et l'arrivée d'une horde de soignants interrompt mon interrogatoire avant qu'il ait pu commencer.

– Kyle Holman. Il a rejoint notre service depuis maintenant seize jours après une arrivée de nuit au service d'urgence. Accident de la route sous emprise d'alcool. Un genou plâtré et une luxation de l'épaule, en ce qui concerne les blessures bénignes. Leur guérison suit leur cours normal. Ce qui le retient ici est, comme vous pouvez le constater, un coma de stade deux provoqué par une commotion cérébrale lors de l'accident. Pour le moment, aucune évolution notable, ce cas étant en phase de passer dans un autre service de maintien, plus approprié à son état. Les constantes sont satisfaisantes.

Si j'avais des questions, il m'a apporté la majorité des réponses. Mon frère n'est pas en passe de revenir parmi nous. Pour le moins, même eux ne sauront pas statuer. Encore une fois, nous nous trouvons à la limite parfaite entre le soulagement, puisqu'il reste « vivant », et la douleur franche et insupportable de l'attente sans limites.

Depuis la nouvelle de son accident, je brûlais d'arriver

près de lui. Finalement, ma présence à ses côtés n'a rien de réconfortant, c'est même peut-être encore pire. Je sens déjà mes jambes s'affoler et mon esprit tourner en rond. Je dois trouver un moyen de canaliser cette angoisse qui m'étouffe.

– Messieurs, bonjour, nous salue l'homme dirigeant l'équipe de médecins en herbe (visiblement).

Je lui réponds d'un signe de tête alors qu'enfin, Rick baisse son journal pour les accueillir. Plongeant peu à peu dans une sorte de nébuleuse, les tempes bourdonnant de plus en plus, j'écoute les propos des médecins tout en prenant conscience de la situation. Je comprends que rien ne sera simple ni réconfortant dans les prochains jours, mais arrive à m'éloigner de la souffrance qui s'en prend déjà à mon âme. Comme après l'explosion d'une mine à quelques mètres. Tout s'active sous mes yeux, mais je reste maître et contrôle la situation. Rien de personnel, uniquement la survie, l'efficacité.

La guerre peut exploser partout. Pas uniquement sur le champ de bataille.

Mes doigts se resserrent sur ceux, inertes, de mon frère. Cette fois, je ne le lâcherai pas.

***

Ce n'est qu'une fois de retour dans le foyer qui fut celui de notre enfance que le coup de grâce arrive. La maison Holman. La balancelle sous l'auvent. La cuisine aux rideaux fleuris très kitsch qu'affectionnait ma mère. Le bureau aux stores constamment baissés dans lequel se réfugiait mon père.

Je pensais en être sorti, mais la douleur persiste. Toujours aussi vive et brûlante. Piquant ses cibles sans pitié. Le cœur, les souvenirs et les yeux.

Rick me précède dans le salon sans se tourner vers

moi. Derrière les fenêtres ternes, la nuit est tombée. Le silence règne dans la rue, comme ça a toujours été le cas. Le monde s'endort et les angoisses commencent.

– Je suppose que tu auras besoin d'une clé. Ta chambre n'a pas bougé, toujours au premier étage, bougonne-t-il en me lançant un trousseau. Tu comptes rester longtemps ?

Je me retiens de rétorquer avec sarcasme que tout dépendra du bon vouloir de Kyle. Réponse qui serait logique, mais inutilement agressive. Je sais pertinemment que son opinion sur moi est scellée depuis longtemps. Je n'ai franchement pas envie de débuter une polémique. Hier matin, je me trouvais à l'autre bout du globe, une arme à la main. Et je viens de passer ma journée à veiller mon frère inanimé. Ce n'est pas le moment, je n'en ai pas l'énergie.

Parfois, il faut savoir admettre que la coupe déborde. Et c'est clairement le cas. Mes muscles grondent sous ma peau, mon esprit tente de hurler tellement de maux que je ne sais même plus les comprendre et mon corps tout entier réclame la trêve. Peut-être même qu'avec un peu de chance, j'arriverai à trouver le sommeil.

Rêve, Holman !

– Je partirai quand j'aurai compris. Et quand il sera revenu.

– Compris ? ricane mon oncle en passant derrière le bar de mon père. Et depuis quand ça t'intéresse, exactement ?

J'aurais dû me douter qu'avec un homme comme Rick Holman, digne frangin de feu mon père, la trêve tant attendue n'aurait pas lieu. Il doit certainement juger l'occasion trop bonne. Nous nous affrontons du regard un moment, mais, entre le choc du face-à-face avec mon frère à l'hôpital, les remords qui ont reflué, je ne suis vraiment pas de taille ce soir. De plus, mon absence lui a effectivement donné toutes les raisons de croire que je m'en foutais. Je baisse les yeux le premier pour trouver mon sac à mes pieds et le balancer sur mon épaule.

– Mieux vaut tard que jamais… Si tu ne veux pas m'aider, je me démerderai tout seul.

Je m'apprête à tourner les talons, mais il me retient en répondant d'une voix plus faible.

– Je ne peux pas t'aider. Kyle était un homme mystérieux. Un de plus dans cette famille. J'ai fouillé dans ses affaires, et je n'ai rien trouvé non plus. Je ne sais pas ce qui lui est passé par la tête.

Je pivote vers lui tandis qu'il soupire d'impuissance, ou peut-être de relâchement, en s'accoudant au bar, un verre de whisky à la main. J'aperçois le masque des hommes Holman s'effriter peu à peu. Ses traits se tendent de fatigue et de soucis trop longtemps contenus. J'imagine son soulagement de ne plus être seul à veiller sur Kyle – même s'il ne l'avouera jamais. Je décèle à travers ses yeux verts l'âme de notre famille. Parce que, malgré tout ce qui nous sépare, tous les maux supportés et tus, nous restons une famille. Rien ne sera facile dans cette épreuve, mais, même si plus rien ne nous lie ou presque, notre nom et notre sang resteront en nous, entre nous, et nous uniront, quoi que nous en pensions.

Et, pour une fois, je dois admettre que je ne m'en plaindrais presque pas. L'adversité a ce don fabuleux de rapprocher les hommes et de redonner une vraie mesure à chaque grief. C'est simplement malheureux que l'humanité se contente systématiquement d'attendre le pire, lorsqu'il est souvent trop tard, pour comprendre que le meilleur n'était pas si loin. Avant les drames.

Bref.

– Si lui n'a rien dit, forcément, d'autres parleront. Je suis crevé. Bonne nuit.

Je n'attends pas une réponse qui ne viendra jamais et

préfère remonter l'escalier jusqu'à ce qui fut ma chambre. En évitant soigneusement la porte de l'autre côté du couloir. La sienne.

Comme si seulement quelques jours avaient filé depuis ma dernière visite, je reprends mes marques immédiatement entre mes murs, entre les meubles élimés et les étagères remplies d'un bordel sans nom et surtout inutile. Les coupes et les médailles. Les photos. Les fanions et les posters. Autant de vestiges trahissant la réelle existence, à une époque, d'un Ruben Holman superficiel et sans problème. Un fantôme définitivement oublié, pour ma part.

En repoussant tous les souvenirs fanés qui tentent de reprendre d'assaut mon cerveau, je me laisse tomber sur mes draps, visiblement fraîchement installés – merci tonton Rick – et laisse la porte ouverte à un sommeil qui, je l'espère, se montrera ce soir.

addictives

Louve Baxter
Challenge the Boss

Rose Becker
Le Bébé, mon milliardaire et moi (aussi en poche)
Torride, sexy & dangereux
Dangerous

Aimée Bianca
B.O.S.S. Beau, Odieux, Sexy, Snob

Phoebe Campbell
Lui résister… ou pas

Mia Carre
Bad for You
Teach Me Everything
Charmant connard !

Mélodie Chavin
Campus Rules
Fucking Wedding
Coloc avec mon ennemi

Alexia Clemens
Red Python. Save Me

Sonia Eska
Ne me tente pas

Anne Ferra
One More Time

Emma Green
Toi + Moi : L'un contre l'autre (aussi en poche)
Toi + Moi : Envers et contre tout (aussi en poche)
Toi + Moi : Seuls contre tous (aussi en poche)
Call Me Baby – volume 1
Love Me if You Can
Kiss Me if You Can
Bliss. Le faux journal d'une vraie romantique – volumes 1 et 2
Jeux interdits
Jeux insolents
Jeux imprudents
Une toute dernière fois
Fallait pas me chercher ! – volumes 1 et 2
Corps impatients (aussi en poche)
Cœurs insoumis (aussi en poche)
Âmes indociles (aussi en poche)
Cent facettes de Mr Diamonds
Bliss. Le faux journal d'une vraie romantique – l'intégrale
(Im)parfait (aussi en poche sous le titre *Fais-moi une place*)
Love Me if You Can
Kiss Me if You Can
It's Raining Love !
The Boy Next Room
Call Me Baby – l'intégrale
Call Me Bitch – l'intégrale
PS : Oublie-moi !
Fallait pas me chercher ! – l'intégrale
Recherche coloc : emmerdeurs, râleurs, lovers… s'abstenir !
10 bonnes raisons de te détester !
Just 17
Love & Lies on Campus
Bien plus forte que toi !
If You Wanna Be My Lover…
The Boy on Fire
La Vie en vrai

Megan Harold
Breaking the Rules
Initiation with My Boss

Ludivine Hart
Arrogant & Tattooed

Amy Hopper
Gone Boy
Le Coloc

Charlie Lazlo
Mon insupportable boss

Sienna Lloyd
Mords-moi !

Caroline Mongas
Mariage forcé. Un contrat indécent

Zoé Murat
Boss Me Around (aussi en poche sous le titre *The New York Office*)

Clara Nové
Offside

Lina Parker
Campus at Sea

Gaëlle Sage
Kiss, Kill & Ride
Lost Rider
Arrogant Rider

Ana Scott
Dark Ride
Last Ride
Vicious Ride
The Dominant
Evil Ride
Sensual Stepbrother
Un enfoiré mais un coup d'enfer !
Say Yes to the Boss
Le Meilleur Ami de mon frère
Entre nous le chaos

Camilla Simon
Le voisin parfait est un enfoiré
Initiation with My Enemy
Le mec parfait est un inconnu… ou presque !
Le rockeur parfait est insolent et tatoué

Liv Stone
Love Lessons (aussi en poche)

Lisa Swann
Adore-moi !

Louise Valmont
Campus Initiation
Mon insupportable voisin !

Chloe Wilkox
Extreme Lover
Immoral
Dominant Boss. Apprends-moi
The Virgin's Price

Ana K. Anderson
Indompté
Scottish Bastard

Sophie Auger
Be with Me

Sonia Birdy
L'Initiation
Touchdown. Campus Star

Laura Black
Dark Initiation
Games of Desire
H.A.R.D. Hot, Arrogant, Rebelle, Déterminé

Sulfurous Bad Boy
Italian Boss

Margot D. Bortoli
Too Young

Anne Cantore
Promets-moi. Louise et Marco

Sarina Cassint
Avec toi... peut-être
Insolent Boss

Romy Cole
Never Kiss a Soldier

Mary Ann Davis
Coach Me Love

Gwen Delmas
Noël, toi & moi
Sex Friends. Pas de contraintes, que du plaisir !

Sarah Dheilm
Hot Reward
Elite Fighter

Eugénie Dielens
Imprévisible boss
The Boss Next Door

Cléa Dorian & Ninon Vars
Dark Love

Laurie Eschard
Love Naked

Lil Evans
Boss Affair

Lou Garance
Can You Keep a Secret ? (aussi en poche)
Foutu coloc !
L'Infiltrée

Alexandra Gonzalez
Shades of You

Erin Graham
Teach Me Love
The Boss
Secret Stepbrother
Strong Addiction
Coloc avec mon boss
The Initiation
Un boss dans mon chalet

Joh Harper
Crazy Love
Broken but Alive

Marie Hayle
Under Control
Lover Next Door

Missy Heart
Dark Domination

Ellie Jade
About Last Night

Emma S. James
Under the Rain

Sara June
Rider in the Dark
Sexy Wild Rider

Emily Jurius
Love to Hate You

Antinea Kane
In Love with My Enemy

Allie Krown
High School Challenge

Marion Laurent
Mr Alpha
I Want You in My Bed!
My Fake Boy Friend

Pauline Libersart
Tiger. Entre ses griffes

Nina Loren
Breaking the Ice

Teach Me Again. Impossible Desire

Ella Lores
Mariée par accident à un connard arrogant rencontré la veille…
My Best Enemy
Fucking King

Jessica Lumbroso
Emma X. Secrète et insoumise

Émilie Maes
7 Days to Resist

Lili Malone
Coloc avec un inconnu

Mila Marelli
Dark Man in Love
Crazy Wedding

Mag Maury
My Hipster Christmas

Billie Morgan
Free Fighter

Aurore Nox
Foutu menteur !

Alix Parks
Never Kiss the Boss

Jeanne Pears
Insupportable coloc
Colocs & Sex Friends
H.O.T. Hypnotique, Obstiné, Ténébreux
The Most Insolent Man

Alexia Perkins
Arrogant Fake Lover

Sophie S. Pierucci
L'Inconnu de l'ascenseur & Moi (aussi en poche)
My Stepbrother. L'initiation

Silvia Reed
Darkest. La dernière heure
Too Close

Anita Rigins
No Rules
My Rules
J'aime pas Noël ni les voleurs de taxis !
Toxic Hell

Jana Rouze
Effet de vague – saisons 1, 2 et 3

Isla A. Rowley
Le Coloc de mon frère

Caroline Sauvage
I Hate My Boss !

Ana Scott
À corps brisés (aussi en poche)

Adora Sky
Decadent Lover

Léana Soal
Fight & Hope

Cara Solak
Perfect Obsession

Izia Soley
Fauve
Initiation. On Your Skin

Liv Stone
Initie-moi. Mes jours contre tes nuits

Lena K. Summers
Perfect Bad Boy
Donovan, roi des connards

Kaly Swann
Austin. Breathe with Me

Oly TL
Jardin secret

Fanny Twice
Burning First Love

Anna Wendell
Arrogant Bad Boy
Apprends-moi le désir
Colosse. Le maître du jeu
Break Your Chains

Mina Zadig
Just Sex & Tattoos
Arrogant Highlander

New adult addictives

Sonia Birdy
California High School

Mélodie Chavin
Stepbro' Next Door

Juliette Duval
Falling for my Stepbrother

Sianna Milano
High School Initiation

Isla A. Rowley
Toxic Games

A addictives POCHE

Rose Becker
Le Bébé, mon milliardaire et moi (aussi en grand format)
Désirs & Désastres

Marjorie Burbaud
The Campus Teacher
Foutu Highlander…

Olivia Dean
À lui, corps et âme – volumes 1 et 2

Sonia Eska
My Last Chance

Lou Everly
Bad Boy Crush

Lou Garance
Can You Keep a Secret? (aussi en grand format)

Erin Graham
Nos amours contraires
Back to Campus

Emma Green
Seuls contre tous (aussi en grand format sous le titre *Toi + Moi : Seuls contre tous*)
L'un contre l'autre (aussi en grand format sous le titre *Toi + Moi : L'un contre l'autre*)
Envers et contre tout (aussi en grand format sous le titre *Toi + Moi : Envers et contre tout*)
Corps impatients (aussi en grand format)
Cœurs insoumis (aussi en grand format)
Âmes indociles (aussi en grand format)
Fais-moi une place (aussi en grand format sous le titre *(Im)parfait*)

Kim Grey
Fausse fiancée & vrais ennuis

Megan Harold
Sublime-moi !

Charlie Lazlo
Kiss Me I'm Famous
The Duke

Aimée Lou
Royal Bodyguard

Zoé Murat
The New York Office (aussi en grand format sous le titre *Boss me Around*)

Jeanne Pears
Jamais avec mon coloc !

Sophie S. Pierucci
L'Inconnu de l'ascenseur & Moi (aussi en grand format)
Deep & Dark

Lise Robin
Forbidden Stepbrother

Ana Scott
À corps brisés (aussi en grand format)

Liv Stone
Love Lessons (aussi en grand format)

Alexane Tolley
The Boss Rules

Chloe Wilkox
Your Game, My Rules

Autrice : Marjorie Burbaud

Edisource – Éditions Addictives
100, rue Petit, 75019 Paris
Imprimé par FINIDR – Lipova cp. 1965 – 73701 Cesky Tesin,
République tchèque
Dépôt légal : mars 2023 – Achevé d'imprimer : février 2023
ISBN : 978-2-37126-552-3

Réf. contrat : ZREI_001